ILARIA PALOMBA

Tu dir weh

Blumenbar
bei Aufbau

Ilaria Palomba, geboren 1987 in Bari. Sie studierte Philosophie in Bari und literarisches Schreiben in Rom. »Tu dir weh« ist ihr Romandebüt.

»Wenn ich etwas bin, dann das Mädchen, das ich mit fünf war, bevor die Hirnwäsche der Gesellschaft einsetzte. Ich war eine, die zwischen einer Umarmung und einem Fußtritt keinen Mittelweg kannte.«

Die hübsche, neunzehnjährige Philosophiestudentin Stella lernt auf einer Party einen Mann mit verführerischer Stimme kennen: Marco. Kurz darauf machen sie es im Auto. Das erste Mal ist wie ein Rausch. Doch der Drang, es so noch einmal zu erleben, führt Stella in eine folgenschwere Abhängigkeit. Das Berührende ist: Stella spürt von Anfang an, was Marco mit ihr vorhat. Kann sie sich noch befreien, bevor es zu spät ist?

Eine bitter-süße Abrechnung mit der Macht der Männer und der Sehnsucht nach immer mehr Leben.

Übersetzer:

Marianna Perniola, geb. 1984, studierte Übersetzungswissenschaften in Turin und übertrug als Teil eines Übersetzerkollektivs Handkes »Kali« ins Italienische.

Tom Müller, geb. 1982, ist Übersetzer und Autor; er war Finalist des Open Mike 2010.

ILARIA PALOMBA

Tu dir weh

Roman

Aus dem Italienischen
von Marianna Perniola und Tom Müller

Blumenbar

Die Originalausgabe unter dem Titel
Fatti male
erschien 2012 bei Gaffi Editore, Rom

FSC
www.fsc.org
MIX
Papier aus verantwortungsvollen Quellen
FSC® C083411

ISBN 978-3-351-05001-6

Blumenbar ist eine Marke der Aufbau Verlag GmbH & Co. KG

1. Auflage 2013

Einbandgestaltung und Illustration Tim Jockel, Berlin
Satz LVD GmbH, Berlin
Druck und Binden CPI – Clausen & Bosse, Leck
Printed in Germany

www.blumenbar.de

ERSTE BEGEGNUNG

Ein Hund bellt. Drei überdrehte Typen voller Piercings und mit nackten Oberkörpern spielen Hardcore-Punk im Hof des ehemaligen Krankenhauses. Stella kotzt auf den Fußboden. Ein bärtiger Junge mit langen Haaren stützt ihren Kopf.

»Was hast du denn getrunken?«

Sie dreht sich um, hält die Luft an, atmet ein, muss sich wieder übergeben.

»Ruhig. Ruhig, Schätzchen«, sagt er. »Komm schon, raus damit, dann geht's dir gleich besser.«

Klar, Schätzchen, wenn ich nicht deine dämliche Visage sehen müsste, würde es mir schon besser gehen.

Der Freak schleppt Stella zur Eingangstür des autonomen Zentrums. Sie schließt die Augen.

»Hey«, schreit er sie an, »was ist los, Schatz?« Er gibt ihr einen Klaps auf die Wange. »Komm zu dir, reiß dich zusammen.«

»Igitt«, ruft ein Mädchen mit schwarzen Dreadlocks. »Die hat alles vollgekotzt, und wer macht das jetzt weg?«

»Sie hat ordentlich getankt«, erklärt der Freak, »ist vollkommen hinüber. Ich kümmer mich drum.«

Stella rutscht aus seiner Umarmung und sackt auf den Boden. Sie wacht nicht auf. Er zieht sie hoch, nimmt sie auf seine Arme und deponiert sie auf einem von Hundebissen zerfetzten Sofa. Dort lässt er sie liegen und geht in den Garten, Pogo tanzen mit den Freunden.

»Hey, du.« Sie fährt aus dem Schlaf. Vor ihr steht eine aufgekratzte Brünette mit blauen Augen. Sie ist sich nicht sicher, ob es ein Traum ist oder ein Mädchen aus Fleisch und Blut.

»Hallo, du«, sagt die Braunhaarige. »Wir haben dich angeschaut, du sahst so schön aus …«

Stella blickt auf und entdeckt hinter dem Mädchen eine Frau, die wie ein Model aussieht, und einen schmächtigen Typen mit kariertem Pullover und karierter Mütze, dahinter noch einen: blond, dürr, mit dem Blick eines Hurensohns.

»Wer bist du?«

»Ich bin Carla. Und das sind Sebastiano, Susy und Marco.«

Was will die von mir?

»Du, was machst du?«

»Ehrlich gesagt wollte ich direkt ins Koma.«

»Und warum?«

Schweigen.

Der Typ mit der karierten Mütze kommt näher, der andere bleibt im Hintergrund, verfolgt weiter das Geschehen.

»Was für 'ne hübsche Blondine«, sagt er.

Er spricht mit einer Quakstimme und klingt, als käme er vom Land.

Hallo, Daffy Duck.

»Na, was machst du heute Abend?«, fragt der Enterich.

»Willst du immer noch ins Koma?«

»Hast du was Besseres zu bieten?«

»Jede Menge Liebe«, sagt Carla.

Alles klar, ich hab' verstanden: Du bist dicht wie ein U-Boot.

»Hast du dich denn in mich verliebt?«

»Ich liebe die ganze Welt«, ruft die Braunhaarige laut. Ihre blauen Augen funkeln.

Stella fängt an, Spaß zu haben.

»Komm doch mit«, schlägt Carla vor.

»Wohin denn?«

»Ins Zero.«

»Was läuft da?«

»Technofreitag.«

Stella überlegt kurz. Aufgrund der bescheidenen Menge Blut in ihrem Alkohol entscheidet sie, heute Abend dieser Scheißidee nachzugeben: Tanzen gehen mit vier seltsamen Unbekannten, die aussehen, als wären sie einem Teeniefilm entstiegen. Sie folgt ihnen. So aufgeregt war sie nicht mehr seit ihrer ersten Technoparty, als sie, wie an der Box festgeklebt, die Nacht durchgetanzt hat, mit geschlossenen Augen.

Der Freak beobachtet, wie seine Freundin das autonome Zentrum verlässt, im Arm einer Lesbe. Dahinter zwei Wichser.

»Hey! Stella!«

Sie dreht sich um.

»Wohin gehst du?«, fragt er.

Sie kommt näher. »Tanzen.«

»Tanzen? Du warst doch bis vor fünf Minuten noch völlig hinüber, ich habe dir geholfen, überhaupt zu …«

»Ja, du hast mich auf dem Sofa liegenlassen und bist abgehauen, um mit deinen Freunden rumzuhängen.«

»Nee, in Wahrheit hab' ich deine Kotze weggewischt und mich um dich gekümmert, weil es dir beschissen ging.«

»Schätzchen, wenn du nicht willst, dass ich da hingehe, sag es.«

»Es ist nicht so, dass ich nicht will, dass …«

»Du musst es nur sagen, wenn ich es nicht machen soll.«

»Stella, jeder ist frei zu tun und zu lassen, was er will.«

Ich wusste es: Ich gewinne immer.

»Ich geh dann.«

Carla kommt hüpfend näher. »Ist das dein Macker?«

»Ja, ist er.«

»Hey, du«, sagt sie und strahlt, »mach dir keine Sorgen, ich pass für dich auf sie auf.«

»Und wer zum Teufel bist du?«

»Komm, du kannst ganz locker bleiben.«

Stella drückt ihm einen Kuss auf die Lippen und klopft ihm auf die Schulter. Sie legt den Arm um Carla, und sie gehen durch das Tor des alten Krankenhauses hinaus.

Der Freak steht da, die Hand ausgestreckt, den Mund halb geöffnet, und sieht der Silhouette seiner Freundin nach, die langsam ausfranst, im Dunkel der Bäume. Sabino, der Fixer, ein ausgemergelter Kerl mit Lippenpiercing und einer Mütze voller Anstecker, klopft ihm auf die Schulter und lallt etwas wie: »Nur nicht darüber nachdenken.« Stella ist hinter dem Tor verschwunden.

Der Blonde mit dem Blick eines Hurensohns fordert die Mädchen auf, näher zu kommen. »Ich hab' was für euch.«

Seine Stimme ist ganz anders als die seines Entenkumpels. Es ist die Stimme eines Jünglings, süß und sinnlich. Er fummelt mit der Hand in der rechten Jeanstasche und zieht ein weißes Tütchen heraus. Er öffnet es, hält ihnen die offene Hand hin, fixiert Stella und sagt: »Bedient euch.«

Sie zuckt vor Schreck zusammen. Unter seinem eisigen Blick fühlt sie sich nackt. Carla tupft mit dem Finger in die weiß-rosa Kristalle und steckt ihn dann in den Mund.

»Was ist das?«, fragt sie.

»Warst du schon mal in Berlin?« Der Blonde guckt Stella an, als wolle er sie zum Duell herausfordern.

»Nein, warum?« Sie erwidert seinen Blick.

»Das ist dein Flugticket«, sagt er.

Ohne die Augen zu senken, steckt sie den Zeigefinger in die Tüte. Sie spürt die Körner an der Fingerkuppe, sammelt sie auf. Leckt sich den Finger. Lutscht ihn ab. Der Blonde lächelt. Sie schluckt den bitteren Geschmack herunter und unterdrückt die Übelkeit.

Kompliment, Stella, das ist der erste Trip deines Lebens.

»Fährst du mit uns?«, fragt er sie.

»Nein«, antwortet ihm Carla verärgert, »sie fährt bei uns mit. Außerdem ist sie ver-ge-ben!«

Der Blonde und Daffy Duck steigen in einen grünen Citroën. Stella folgt den Mädchen zu einem grauen Fiat Uno. Sie setzt sich nach hinten. Das Mädchen, das am Steuer sitzt, tastet nach Carlas Kinn, zieht sie zu sich und küsst sie.

Und ich?

»Stört dich das?«, will Carla wissen.

Die andere lässt das Auto an. Stella betrachtet Carla eingehend: die ultrakurzen Haare, das Piercing unterhalb ihres Mundes und die blauen Augen. Sie betrachtet sie eingehend und denkt, dass die Frau ziemlich cool ist. Eine, die weiß, was sie will. Eine mit Arsch in der Hose.

»Nee, gar nicht …«, antwortet Stella.

»Die Sache ist, dass wir richtig enge Freundinnen sind, verstehst du?«, sagt Carla mit einem Lächeln. »Wir mögen uns sehr.«

»J-ja, klar, verstehe …«

Das Auto lässt das Industriegebiet hinter sich, durchquert den Olivenhain und hält auf einem freien Platz, wo auch andere Autos stehen. Carla fragt Stella nach ihrer Handynummer, nur so, für den Fall, dass sie sich in der Menge verlieren.

»Wir sind da. Lasst eure Jacken hier, drinnen werden sie geklaut«, sagt sie.

Sie lassen die Jacken im Auto. Steigen aus. Gesellen sich wieder zu den Typen. Die Musik hämmert von innen gegen die Wände des rosa Gebäudes, und vor der Tür wartet eine lange Schlange.

Das Mädchen, das am Steuer saß, zieht ein paar Kärtchen hervor und bedeutet den anderen, ihr zu folgen. Sie zeigt den Gorillas am Eingang die Karten, und die winken sie durch. Stella hat den Eindruck, an eine Gruppe von VIPs geraten zu sein.

Das Lokal ist überfüllt. Die Musik ohrenbetäubend. Weiße Lichtblitze zerreißen die Dunkelheit.

Stella kann kaum die Gesichter der Leute erkennen. Sie sind bloß verworrene Umrisse. Und sie selbst hat Bauchschmerzen. Es sind keine richtigen Bauchschmerzen, eher ein Ziehen, das immer dann auftritt, wenn man in Situationen kommt, die man nicht kennt. Ein Schmerz in den Gedärmen, so plötzlich wie eine Kolitisattacke.

»Suchen wir etwas?«, schreit sie.

»Was willst du denn suchen«, schreit Carla.

»Ich weiß nicht, irgendetwas. MDMA ...«

»Vielleicht hat Marco noch ein bisschen.«

Sie drängt sich zwischen den Silhouetten nach vorn. Erreicht das Mischpult. Die Boxen vibrieren. Die Leute toben. Sie schließt die Augen. Vor ihr – der Blonde. Er verströmt einen ganz eigenen Geruch: Es ist nicht nur Aftershave, eher wie der Geruch von Haut, die nach anderer Haut verlangt. Ein Geruch nach Sex. Er drückt sein Becken gegen das von Stella, und sie spürt die Kraft der Berührung.

»Ich habe Lust«, flüstert sie ihm ins Ohr, »auf Drogen.«

»Ich habe alles, was du willst«, antwortet der Blonde und holt das Tütchen raus.

Er steckt den Finger hinein und legt ihn sich dann auf die Zunge.

Stella schließt die Augen. Ihre Lippen streifen sich. Der Geschmack seines Mundes mischt sich mit dem von Stella. Sie saugt die Droge von der Zunge des Blonden. Er ist süß, dieser Kuss. Süß und bitter gleichzeitig. Stella fühlt sich frei. Sie fühlt, dass sie all das machen kann, was sie ihr immer verboten haben. Sie fühlt eine ungeheure Lust, sich über alles, was man ihr gesagt hat, hinwegzusetzen, Lust nach mehr, viel mehr. Sie will den Geruch dieses Mannes auf ihrer Haut. Sie fühlt, wie ihr die Begierde die Eingeweide zusammenzieht. Sie küsst ihn erneut.

Was ist das denn, das Paradies der Sinne?

Der andere Kerl nähert sich ihr und versucht, sie ebenfalls zu küssen. Sie stößt ihn weg, zeigt mit dem Finger auf den Blonden und sagt: »Mir gefällt er.«

Falls außer ihm jemand versucht, mich zu küssen, wird er dafür bezahlen.

Der andere zieht beleidigt ab und lässt sie allein.

Stella tut etwas, das sie irgendwann einmal in einem Film gesehen hat: Sie legt ihre Hand auf die Brust des Blonden, lässt sie unter sein Hemd wandern und presst sie dann auf seine Haut. Sie schließt die Augen. Er geht ihr mit der Hand in die Hose, unter den Slip, bis zu den Schamhaaren, lässt dort seine Finger kreisen.

Du kommst aber schnell zur Sache.

Sie tanzt weiter, seine Finger in ihrem Slip. Sie schiebt ihr Becken nach vorn. Die Zartheit, dieses Berühren und Nichtberühren, ein Kribbeln ergreift sie, sie ist schon feucht. Sie fühlt Liebe und Hass, Krieg und Frieden, Verlangen und Angst. Sie ist verloren. Sie liebt ihn. Obwohl sie nichts von ihm weiß. Sie begehrt ihn. Ihr gefällt dieser Blick eines Hurensohns auf ihrem Körper. Ihr gefällt der Geruch, der ihn umgibt, seine Art, ihr zwischen die Beine zu fassen, als ob er ihren Körper besser kennt als sie selbst.

Und du bist ziemlich gut, verdammt!

Sie taumelt. Verliert das Gleichgewicht. Hört keine Musik mehr. Sieht keine Lichtblitze mehr, die die Dunkelheit unterbrechen. Sie spürt nichts anderes als Lust. Sie keucht. Sie klammert sich an ihn. Sie stöhnt.

Was ist mit mir los? Hör bloß nicht auf.

»Ich krieg Lust, mit dir zu schlafen«, flüstert er, »komm, lass uns Liebe machen.«

Liebe?

Sie nickt.

Der Blonde beugt sich zu seinem Freund. Er flüstert ihm etwas ins Ohr. Der andere händigt ihm gereizt die Schlüssel aus.

Stella und der Blonde verlassen das Lokal. Sie weiß nicht, ob sie vor Kälte oder wegen der Drogen zittert oder weil sie gerade im Begriff ist, es mit einem Fremden zu machen. Er geht schnell, ohne auf sie zu warten. Dunkelheit. Stille. Kälte.

Wenn du auf mich wartest, darfst du vielleicht ran.

Bäume. Das Auto ist weit entfernt von den anderen geparkt. Stella friert. Schaudern. Schwindel.

Was für ein Licht: als würden gleich Außerirdische landen.

Der Blonde öffnet die Tür des Citroëns, steigt ein. Sie hinterher.

»Wohin fahren wir?«, fragt er.

»Keine Ahnung.«

Ich bin zu fertig, um zu denken.

Er lässt das Auto an. Biegt in einen Feldweg ein. Stella verschränkt die Arme vor der Brust. Schluckt den bitteren Geschmack des MDMA hinunter. Starrt auf die Straße.

Der Blonde fährt an die Seite. »Ziehen wir eine Line?«

Sie nickt.

Er nimmt eine CD-Hülle, kippt das Tütchen darüber aus, zerdrückt mit einer Karte die Kristalle, rollt eine Banknote zusammen und steckt sie sich in die Nase. Dann hält er inne.

»Ach, sorry«, er reicht sie Stella, »Ladies first.«

Sie weiß nur zur Hälfte, was sie machen soll. Und auch das nur aus einem Film. Einen Augenblick lang fühlt sie sich wie eine Kriminelle. Und sie ist sich nicht sicher, ob ihr die Sache gefällt oder nicht. Aber aufregend ist es.

Spiel jetzt nicht das unerfahrene, junge Ding, los, zieh dir das rein.

Sie steckt sich die Banknote in die Nase und zieht so stark sie kann. Die Nasenflügel brennen. Sie macht die Augen zu. Atmet. Alles dreht sich. Sie will sich übergeben, unterdrückt es. Schluckt es runter. Seufzt.

Bald werde ich mich nicht mehr erinnern, wer ich bin. Na toll.

Der Blonde zieht seine Line und verstaut die Utensilien. Er beugt sich über sie, legt ihr die Hand in den Nacken und küsst sie. Warme Wogen durchströmen ihren Unterleib, und sie spürt ein starkes Verlangen zwischen den Beinen. Er streichelt sie dort, sie schiebt ihre Hand in seine Hose. Streift seine Leiste. Die Schamhaare. Das Glied. Sie packt es. Beginnt, die Hand auf und ab zu bewegen. Es reagiert nicht. Sie stoppt.

Besser so. Ich war drauf und dran, Scheiße zu bauen.

»Komm, macht nichts«, sagt sie.

»Nein«, sagt er, die eisblauen Augen auf sie geheftet, »ich gehe hier nicht weg, bis wir miteinander geschlafen haben.«

Sie reißt die Augen auf.

Okay, aber wenn du keinen hochkriegst, Herzchen, wie willst du das anstellen?

Als ob er ihre Gedanken gelesen hätte, sagt er:

»Es ist nicht deine Schuld, es ist das MDMA.«

Stella versucht, die Kontrolle über sich zurückzugewinnen. Ihr dreht sich noch immer alles. Ihr Kiefer mahlt unaufhörlich. Der Blonde klappt ihre Lehne runter. Schiebt die Hand unter ihr T-Shirt. Sie fühlt die warmen, schmalen Finger auf ihrer Brust, die Brustwarzen werden hart.

Sieh mal einer an, du weißt, wie es geht.

Die Fingerspitzen des Blonden kreisen zwischen ihren Brüsten, hinunter zu ihrem Bauch. Die blauen Augen gleiten schneller über ihren Körper als seine Finger. Sie drückt ihren Rücken durch, streckt ihm alles entgegen. Er klappt seinen Sitz runter.

»Entspann dich«, flüstert er.

Er streichelt ihren Bauch. Sie sinkt auf das Polster. Hebt die Knie. Zieht ihre Schuhe aus. Stellt die Füße auf die Sitzkante. Der Blonde hat die Hand in ihrem Slip. Streift mit den Fingern durch die Schamhaare. Er trifft den Punkt, wo sie den höchsten Genuss empfindet. Stella öffnet ihre Lippen, sie sind feucht. Sie senkt die Augenlider. Stöhnt.

Wenn du mich so berührst, explodiere ich.

Sie so zu sehen – mit entblößten Brüsten und geschwollenen Brustwarzen, geschlossen Augen, speichelfeuchten Lippen – erregt ihn. Er nimmt ihre Hand und schiebt sie in seine Boxershorts. Sie legt die Hand um sein Glied, schließt sie zur Faust, spürt, wie es unter dem Druck immer mehr anschwillt. Bewegt die Hand auf und ab, im Wechsel tritt die Eichel hervor und verschwindet.

Alter, du bist gut bestückt!

Er steckt einen Finger in sie. Er hält ihn ihr vor den Mund und wartet, dass sie ihre Zunge rausstreckt. Stella lutscht an dem Finger des Blonden. Er zieht sich die Hose aus. Nimmt sein Glied in die Hand. Sie beugt den Kopf zwischen seine Beine. Macht den Mund auf. Die Eichel ist kurz vor ihren Lippen. Ein starker Spermageruch hat sich im Auto verbreitet. Sie öffnet den Mund noch weiter und fühlt, wie das Glied anschwillt.

»Du bist wunderbar«, murmelt er, »mach weiter. Hör nicht auf. Du bist wunderbar.«

Klar, alle Frauen sind wunderbar, wenn sie Schwänze lutschen.

Sie behält sein Glied im Mund, bis es ganz steif ist. Dann zieht er ihr die Hose aus. Sie streift sich mit den Füßen die Strumpfhosen ab. Der Blonde betrachtet ihre schlanken Beine. Legt seine Finger zwischen ihre Oberschenkel. Er drückt ihre Beine auseinander und dringt in sie ein. Stella zuckt zusammen. Schmerz. Dann Vergnügen. Feuchtigkeit. Lust. Genuss.

Ich kapier gar nichts mehr.

Er ist behutsam. Lässt sie sein Glied nur kurz spüren, bevor er sich ihr wieder entzieht. Sie keucht, beginnt zu stöhnen. Er wird etwas schneller, stößt ruckartig und hart gegen ihr Becken. Sie krümmt sich. Er zieht das Glied raus und streicht ihr damit über die Klitoris. Sie spürt einen Schauer zwischen den Beinen. Schaut ihn an.

Du machst mich verrückt.

Er gibt ihr mit den Augen eine Warnung. Dringt hart in sie ein. Stella schreit, krümmt sich auf. Wird von der Lust überschwemmt. Schreit erneut. Sie versteht nicht, was mit ihr passiert. Warum sie sich so vereint mit ihm fühlt. Sie hat keine Kontrolle über ihre Sinne. Und in den Eingeweiden pulsiert der Genuss. Sie fühlt, wie es ihre Schenkel hinabfließt und ihre Haut verschmiert. Sie fühlt das Vakuum. Alles steht still. Der Orgasmus beginnt in ihrem Innern und saugt sie auf. Er breitet sich über jeden Nerv aus, bis in die Fingerspitzen. Ihr ist schwindlig. Und ihre Augen drehen sich nach innen.

Wenn das nur Sex ist, dann mache ich es gerade mit Gott.

»Darf ich in dir kommen?« Seine Stimme reißt sie zurück in die Wirklichkeit.

»Nein, nicht! Komm auf keinen Fall in mir.«

»In Ordnung, wollte nur fragen.«

Der Blonde nimmt das Glied raus und spritzt über ihr ab. Sie spürt die Wärme der Flüssigkeit auf ihrem Bauch. Und kommt wieder zu Atem.

»Wie heißt du?«, fragt er sie.

Na großartig.

»Stella.«

»Marco«, noch auf ihr, schüttelt ihr die Hand. Er schiebt sich auf den Fahrersitz, zieht sich die Hose an und gibt Stella ein paar Taschentücher.

»Kann ich dich wiedersehen?«, fragt er sie.

Sie beißt sich auf die Lippen.

Und wer erklärt das jetzt Donato?

»Es gibt ein Problem …«

»Du hast einen Freund.«

»Ja.«

Er legt eine Hand auf ihre Schulter.

»Verstehe.«

Stella fühlt sich wie eine Idiotin.

»Lass es uns so machen«, sagt er, »ich geb dir meine Nummer, und wenn du Lust hast, rufst du mich an, ok?«

Sie nickt.

Klar, natürlich rufe ich dich an. Worauf du dich verlassen kannst.

»Woher kommst du?«, fragt sie ihn.

»Sarignano. Es ist spät geworden, schau«, sagt er mit einem Blick aus dem Fenster. Es dämmert.

Er lässt das Auto an.

Schweigen. Schweigen. Ein Blick.

»Jetzt wirst du schlecht über mich denken.«

Marco fährt langsamer. Sieht sie an. »Nein …«

»Das ist das erste Mal, dass mir so was passiert.«

»Bei mir nicht, aber so war es noch nie.«

Sie lächelt.

»Und außerdem habe ich ihn noch nie betrogen. Wir sind jetzt zwei Jahre zusammen, und das ist mir noch nie passiert.«

Marco schweigt. Er grinst dreckig, und das macht ihn noch attraktiver. Beim Zero sind die Rollläden schon unten, davor parkt kein einziges Auto mehr. Daffy Duck steht allein da, wartet, dass sein Kumpel ihm den Wagen zurückbringt. Marco hält neben ihm. Stella steigt aus. Jetzt, da sie darüber nachdenkt, weiß sie nicht, wie sie nach Hause kommen soll; außerdem hat sie ihre Jacke im Auto der Mädchen liegenlassen. Marco wirft die Fahrertür zu und kommt zu ihr.

»Ein letzter Kuss.«

Sie umarmen und küssen sich vor Daffy Duck. »Marco, verdammte Scheiße, lass uns endlich abhauen«, sagt er.

Marco verabschiedet Stella, die ihn an der Schulter festhält. »Könntet ihr mich nicht ein Stück mitnehmen?«

»Wo wohnst du?«, fragt Daffy.

»Hier in der Nähe, hinter der Brücke, ist nicht weit.«

Sie steigen wieder ein und fahren in Richtung von Stellas Wohnung. Im Auto reden die beiden Jungs über Musik, Partys und erwähnen die Namen von Mädchen. Ab und zu drehen sie sich zu Stella um und fragen nach dem Weg. Stellas Wohnung ist nah, sie kommen viel zu schnell an.

Vielen Dank auch für eure Mühe.

Sie steigt aus, öffnet das Tor, bleibt dahinter stehen und schaut dem Citroën hinterher, der langsam die Straße hinauf davonfährt. Noch spürt sie Wogen der Lust, überkommen sie Hitzewellen von dem

MDMA. Sie hat ein unendlich breites Lächeln im Gesicht und denkt nur an seine Telefonnummer. Sie starrt auf ihr Handy, sucht Marcos Nummer und klingelt ihn an. Er antwortet sofort.

Ich will ihn ja gar nicht wiedersehen, ich will nur, dass er mich nicht so schnell vergisst.

Stella öffnet die Haustür, steigt in den Aufzug und betrachtet sich dort im Spiegel: Mit den riesigen Augen und den stark erweiterten Pupillen sieht sie verdammt gut aus, findet sie.

Sie betritt die Wohnung auf Zehenspitzen, um ihre Eltern nicht zu wecken. Zieht ihre Schuhe im Flur aus, geht in ihr Zimmer, lässt die Tür angelehnt, um keinen Lärm zu machen. Sie holt ihr Heft aus der Schublade und schreibt alles auf, alles, was ihr heute Nacht passiert ist, haarklein, bis ins letzte Detail.

Sie hört Schritte im Nebenzimmer. Die Stimme ihres Vaters. Eine Tür wird zugeschlagen. Sie macht das Licht des Globus aus und schlüpft unter die Decke. Schläft nicht. Drückt das Heft an sich. Sie ist auf Reisen.

Bald werden sie zur Arbeit gehen. Halt durch.

Das Geräusch einer Schiebetür. Sie stellt sich schlafend. Ihre Mutter betritt das Zimmer. Sie schaut sie an. Kommt näher. Sie mustert Stella eingehend.

Halt deine Augen geschlossen.

Ihre Mutter ist so nah, dass Stella ihren schalen Frühmorgenatem riechen kann.

Augen zu!

Ihre Mutter legt Stella sorgfältig die Bettdecke über und geht hinaus. Wasserrauschen. Besteckgeklimper. Stühlerücken.

Sie wartet auf das Geräusch der zuschlagenden Wohnungstür, ehe sie aus dem Bett steigt.

Ein neuer Tag, ein neues Ich.

Die Tür des Badezimmers ist durchsichtig. Wie alle Türen bei Stella zu Hause. Um in jedem Fall ungestört zu sein, hat sie die Korridor- und die Badezimmertür abgeschlossen. Das Wasser strömt über ihre Haut. Stella greift sich einen blauen Schwamm von der Duschablage. Sie will den Rasierer woanders hinlegen. Er rutscht ihr aus der Hand und schneidet ihr in die Fingerkuppe. Sie fährt sich mit dem Schwamm über die Schultern. Über den Bauch. Zwischen die Beine.

Sie betrachtet sich. Streichelt sich. Misst ihre Taille mit den Händen. Schaut sich das dunkle Haarbüschel zwischen den Beinen an. Denkt an Marcos Finger, wie sie sich durch ihre Schamhaare schmuggeln. Sie verspürt Lust.

Ich will ihn nicht wiedersehen. Er interessiert mich gar nicht.

Sie hebt den Rasierer vom Boden der Dusche auf und fährt damit unter dem Bauchnabel entlang. Dann zwischen den Beinen.

Aber, wenn es so weit kommen sollte … dann erwartet ihn eine kleine Überraschung.

Sie geht in die Hocke, spreizt die Beine. Sie zieht an der Haut ihrer Schamlippen. Im Rasierer Büschel schwarzer Haare.

Sie zieht mit den Fingern die Haut der Leistengegend straff. Sie rasiert sich, bis nur ein dünner Streifen über ihrem Geschlecht zurückbleibt.

Sie erschrickt. Draußen, hinter der Badezimmertür, hinter der Tür zum Flur, fliegen hysterische Schreie durch die Luft, von denen Stella nur einzelne Fetzen versteht. Ihre Eltern sind schon zurück.

»Nicola, es ist deine Schuld. Du warst es, der ihr zu viel Freiraum gelassen hat. Jetzt denkt sie, sie kann machen, was sie will.«

»Na wenn du ihr ständig auf die Pelle rückst, wenn du ständig versuchst, ihr schlechtes Gewissen zu sein, Monica, komm, denk mal nach. Wie soll sie rausfinden, was richtig und was falsch ist, wenn du so an ihr klebst?«

»Sie ist undankbar.«

»Sie rebelliert gegen dich.«

»Ich bitte dich. Dich verabscheut sie auch.«

Freiheit? Gewissen? Rebellion? Rufe ich ihn an oder nicht?

Stellas Handydisplay leuchtet auf. Sie bemerkt es, springt aus der Dusche, streift sich einen Bademantel über, geht ran, schlüpft in ihr Zimmer und schließt die Tür.

»Schätzchen, was zum Teufel ist mit dir passiert? Ich habe seit Ewigkeiten nichts von dir gehört«, sagt der Freak.

»Schätzchen. Tut mir leid. Ich bin ein Miststück.«

»Warum? Was hast du gemacht?«

»Nichts, echt nichts.«

»Na jedenfalls wollte ich dir sagen, dass mich deine Mutter gestern Nacht angerufen hat.«

»Und du?«

»Und ich hab' ihr gesagt, dass du nicht bei mir bist. Keine Ahnung, wo du steckst, aber nicht bei mir.«

Ah, deswegen benimmt sie sich wie eine Furie.

»Was zum Teufel hast du dir dabei gedacht?«

Die Wut lässt ihre Wangen auflodern.

»Entschuldige mal. Was hättest du denn an meiner Stelle getan? Du lässt mich da sitzen, um mit ein paar Unbekannten, die voll auf irgendwelchem Zeug sind, tanzen zu gehen? Und ich soll dir auch noch vor deiner Mutter den Arsch retten?«

Sie schweigen.

»Donato, ich muss mit dir reden.«

»Kommst du her?«

»Ja, genau das werde ich tun.«

Stella zieht sich an: Gestreiftes T-Shirt, grauer Pullover, Jeans, Turnschuhe. Dann verlässt sie das Zimmer, durchquert den Flur.

»Nicola«, schreit ihre Mutter, »pass auf, wenn du es ihr nicht sagst, mach ich es, und zwar auf meine Art.«

Was wollt ihr mir sagen? Dass ihr zwei Trottel seid?

Stella öffnet die Tür, im Wohnzimmer riecht es nach Tomatensoße. Die Küchentür steht offen, Monica spült das Geschirr, Nicola sitzt an der Stirnseite des Tisches und raucht. Vor ihm drei aufgeschlagene Zeitungen.

»Guten Morgen«, sagt Stellas Mutter.

Ihr Vater sagt nichts, begrüßt sie nicht mal.

»Hallo«, sie nimmt einen Salzkringel von dem blauen Teller in der Mitte des Tisches.

»Willst du frühstücken?«

»Nein, ich hau ab.«

Ihr Vater zieht die Augenbrauen hoch. Richtet die Brille. Sieht sie nicht an.

»Wohin willst du?«

Stella schnauft.

»Zu Donato.«

Nicola nimmt die Brille ab und schaut ihr tief in die Augen.

»Haben wir heute wohl die Ehre, deine Gesellschaft beim Abendessen zu genießen?«

Stellas Augen wandern von ihrem Vater zu ihrer Mutter und wieder zurück. Monica zuckt mit den Schultern, schüttelt den Kopf.

»Aber«, sagt Stella leise, »heute ist doch Samstag.«

Nicola hält ihr entgegen, dass für sie jeden Tag Samstag sei, weshalb sie heute ruhig mal aufs Ausgehen verzichten könne.

»Mama, sag doch etwas! Ich muss zu Donato, zu Donato! Ich komme auch nicht allzu spät.«

Monica schaut zu ihrem Mann.

»Wenn sie zu Donato will …«

Nicola setzt sich wieder die Brille auf, sammelt die Zeitungen ein und steht auf. Stella fährt sich mit der Zunge über die Zähne. Ihr Vater schlägt die Flurtür zu. Der Knall dröhnt bis in die Küche. Stella geht zu ihrer Mutter und setzt ihren treuherzigsten Blick auf.

Komm Mutti, ich weiß, dass du viel von Donato hältst.

»Ich komme bald zurück. Versprochen.«

»Bereinige mal die Sache mit Donato und dann komm zurück. Und sag ihm, er soll nicht vergessen, sich hin und wieder zu waschen.«

Das sage ich ihm jeden Tag, aber es bringt so gut wie nichts.

Stella nickt ihrer Mutter zu und verschwindet. Sie stürzt die Treppe hinunter und macht sich davon, bevor es sich ihre Mutter noch mal anders überlegt.

Sie überquert die Brücke, läuft an der Poliklinik vorbei, biegt in die Allee ein, betritt den Hof des Freaks, drückt auf die Klingel.

Eine Frau mit Kochschürze macht die Tür auf. Im Haus riecht es nach frischgebackener Focaccia. Die Frau umarmt Stella. Sagt ihr, dass Donato noch schläft.

»Willst du ein Stück Focaccia? Einen Kaffee? Ein Stück Kuchen?«

»Nein, vielen Dank.«

Eigentlich sterbe ich vor Hunger.

»Nimm, Stella. Tu dir keinen Zwang an.«

»Wenn Sie darauf bestehen.«

Sie folgt der Frau mit der Schürze zur Küche, setzt sich, die Frau schneidet ein Stück dampfender Focaccia ab und stellt es ihr hin. Sie lächelt.

Schön wär's, wenn ich auch eine Mutter hätte, die in der Küche gut ist und nicht nur darin, einem auf die Nerven zu gehen.

»Was macht die Uni?«

»Gut, es gefällt mir sehr. Ich besuche jetzt ein Seminar über Sartre: etwas kompliziert, aber interessant.«

»Tja, Stella, du bist ein gutes Mädchen, nicht so ein Taugenichts wie mein Sohn.«

Stella beißt in die Focaccia, kaut, schluckt. Es schmeckt nach gebratenem Brot, Kartoffeln, Tomaten. Als sie mit dem Essen fertig ist, begleitet die Frau sie ins Zimmer ihres Sohnes. Sie macht die Tür auf.

»Donato, wach auf, Stella ist da.«

Donato, mein Lieber, wach auf … meine Eltern hätten mich längst mit Fußtritten aus dem Bett gejagt, wenn ich um vier Uhr nachmittags noch schlafen würde.

Der Freak macht die Augen auf. Sie tritt ein, die Frau geht und schließt die Tür. Es ist dunkel.

Der Freak setzt sich im Bett auf. Stella geht etwas näher heran. Ihr ist zum Heulen.

»Ziehst du nicht den Rollladen hoch?«

»Ich bleib lieber im Dunkeln.«

»Komm, mach ihn auf, sonst krieg ich Beklemmungen.«

Schweigen.

Stella zieht den Rollladen hoch. Das Zimmer wird von Licht durchflutet. Langsam kann man die Poster an der Wand erkennen: Grateful Dead, Pink Floyd, Jefferson Airplane, Bob Marley. Klamotten liegen über das Sofa verstreut. Der rote Schimmer von Donatos Barthaaren wird sichtbar. Seine traurigen Augen ebenso. Seine hervorstehenden Backenknochen. Seine Stirn und die Zornesfalten.

Donato streicht sich die wirren Haare nach hinten, die ihm sonst bis zum Bauchnabel reichen. Er atmet tief ein, hält den Atem an und sagt:

»Setz dich bitte.«

Stella setzt sich neben ihn, nicht zu nah.

»Komm näher«, sagt er.

Sie rückt näher, lässt aber etwas Platz zwischen ihrem Hintern und dem von Donato.

»Wie geht's dir?«

Scheiße.

»Gut …«

Schweigen.

Stella schaut Donato an. Sie hat das Gefühl, dass er schon alles weiß. Sie kann es ihm nicht sagen. Sie würde gerne, aber sie kann es nicht. Außerdem hat er es sowieso begriffen, denkt sie, es macht keinen Sinn, sich in Einzelheiten zu ergehen.

»Gibt's etwas, dass du mir sagen solltest?«, fragt er.

Verdammt, ich habe nicht gedacht, dass es so schwer sein würde.

Sie rutscht etwas weiter weg. Donato legt eine Hand auf ihr Bein.

»Hau nicht ab.«

»Ich haue nicht ab.«

Sie schauen sich an. Stella seufzt. Schluckt. Ihre Finger krallen sich in die Decke.

»Donato, wir beide können nicht mehr zusammen sein.«

»Hast du mich betrogen?«

Sie beißt sich auf die Lippen.

Ja.

»Nein.«

»Wer waren die?«

»So Leute halt.«

»Warum bist du mit denen mitgegangen?«

»Es gibt ein Mädchen.«

»Ein Mädchen?«

»Ja, mir gefällt ein Mädchen.«

Was für eine Riesenlügnerin.

Sie schauen sich an. Er sucht nach Antworten in ihren Augen.

»Ein Mädchen?«

Warum? Darf ich nicht lesbisch werden?

Der Freak lässt den Kopf in die Hände sinken. Stella rückt zu ihm, löst seine Hände vom Gesicht und hält sie fest. Er schaut auf. Sie fühlt sich wie ein Stück Dreck. Sie drückt ihn an sich. Küsst ihn. Er dreht sich weg. Dann wieder zurück. Er küsst sie. Stella schließt die Augen. Kneift sie fest zusammen. Eine Träne fließt über ihre Wange. Er streicht ihr durch das Haar, das Gesicht.

»Was hast du, Stella?«, sagt er leise. »Was hast du?«

Nichts, ich hatte nur völlig zugedröhnt Sex mit einem Unbekannten.

Sie hält das Schluchzen zurück. Lässt sich ausziehen. Das schuldet sie ihm. Die Finger ihres Freundes gleiten über ihren Körper wie die eines Fremden. Der Freak ertastet die glatte, nackte Haut zwischen ihren Beinen. Seine Hand bleibt auf ihrem Geschlecht liegen.

»Was hast du gemacht?«

»Ich wollte etwas ändern.«

Warum, findest du das nicht erregend?

Donato lässt sie los und knöpft sich die Hose wieder zu.

»Ich finde, du veränderst dich gerade zu sehr«, sagt er.

DAS GESCHENK

Stella lässt den Freak auf dem Bett liegen, geht aus dem Zimmer, grüßt die Frau mit der Kochschürze flüchtig und haut ab. Donato weint, aber Stella weiß es nicht.

Die Vorstellung, zu Fuß nach Hause zu gehen, gefällt ihr überhaupt nicht. Die Tränen fühlen sich an wie Regentropfen, die über ihre Wangen rinnen. Auf der Brücke herrscht dichter Verkehr. Der Himmel ist ein Kondensat der Farben Rot, Dunkelblau, Violett. In der Jeanstasche vibriert ihr Handy.

So ein Scheiß, warum müssen die beiden mir so auf die Nerven gehen?

Sie holt das Handy raus. Es sind nicht ihre Eltern.

»Hey Mädchen, wir sind alle hier versammelt, Marco ist auch da.«

Sie spürt, wie sich ihr Magen zusammenzieht.

»Weißt du, dass du deine Jacke bei uns im Auto gelassen hast?«, sagt Carla.

»Stimmt, hatte ich schon vergessen.«

»Wenn du willst, kann ich sie dir nach Bari mitbringen, in die Uni zum Beispiel.«

»Du würdest mir echt einen Gefallen tun.«

»Oder du kannst hierher zu uns kommen.«

»Ich zu euch?«

»Zum Beispiel am Mittwoch.«

»Am Mittwoch?«

»Wir wollen alle zusammen zu Abend essen.«

Und mich reicht ihr als Hauptspeise rum.

»Ich weiß noch nicht.«

»Überleg es dir.«

»Mach ich.«

»Sag mir Bescheid.«

»Ok, ich komme.«

Stella beschleunigt den Schritt. Die Autos rasen vorbei. Es wird dunkel.

Und so gerät das kleine Mädchen in die Löwengrube. Wie wunderbar.

Sie geht am Parkhaus entlang, der Haupteingang der Poliklinik, die gelben Hochhäuser.

Nee nee, meine Lieben, ich werde nicht den Part des unschuldigen, naiven Mädchens übernehmen.

Sie geht weiter, über die Ampel, überquert die Straße, kommt an der Bäckerei vorbei.

Ich gehe nicht mit leeren Händen nach Sarignano. Ich bringe ihnen ein schönes Geschenk mit.

Sie tippt auf dem Handy herum und findet die Nummer von Sabino, dem Fixer. Sie kennt ihn eigentlich nicht so gut, aber er hängt auch im alten Krankenhaus rum.

»Ich bin Stella, die Blonde vom letzten Wochenende.«

»Hey, du Schönheit, wie geht's?«

»Ich muss dich um einen Gefallen bitten.«

»Hab' verstanden. Wann?«

»So bald wie möglich.«

»Komm zur Piazza Umberto. Ich bin da.«

Sehr gut, Stella, du bist dabei, dich in die Zone der Ausgestoßenen zu begeben.

Zwischen den Palmen und Zedern, in den Beeten, auf den Bänken, an den Rändern des Platzes die Punkabbestia; Assis, Schnorrer und Fixer, aber vor allem Hundebesitzer. Sie dealen nicht direkt dort, Piazza Umberto ist eher ihr Treffpunkt. Treffpunkt aller Außenseiter: Einwanderer, Obdachlose, Straßenhändler, alte Leute. Die Punkabbestia versuchen, nicht groß aufzufallen, stehen möglichst weit von dem Brunnen und dem Unieingang.

Stella zieht sich die Kapuze über den Kopf. Wenn jemand sie dort sieht und es ihren Eltern erzählt, bedeutet das jede Menge Stress.

Sie nerven schon, weil sie nachts nicht nach Hause kommt, es fehlte gerade noch, dass sie sie auf der Piazza Umberto bei den Punkabbestia erwischen.

Die Hände in den Taschen, die Kapuze über dem Kopf schlendert sie zwischen den Beeten entlang. Sie sieht einen Typ mit zerrissener Hose und einer Mütze voller Anstecker. Er lehnt an einem Baum und setzt sich einen Schuss.

Bloß nicht hingucken.

Sie geht noch ein bisschen herum. Hört jemanden, der die Passanten nach Kleingeld anschnorrt. Sie kommt zu einer halbzerfallenen Bank: Eine Gruppe Leute mit Piercings und Hunden. Einer von ihnen ist Sabino.

»Hey!«, sagt sie und klopft ihm auf die Schulter.

Der Kerl ist aufgeregt und zittert wie Espenlaub.

»Na, Schönheit«, sagt er und umarmt sie.

Er will ihr ein paar Freunde vorstellen.

Stella blickt sich um, und allein der Gedanke lässt sie erschaudern.

Zombies? Nein danke.

»Ich hab' es eilig.«

Sabino lässt es sich nicht zweimal sagen, grüßt einmal in die Runde, hängt sich bei ihr ein, und sie gehen los.

»Wo gehen wir hin?«, fragt er mit einem rauen Unterton in der Stimme.

»Ich hab' ein Zimmer, gleich hier im Zentr …« Sie stockt mitten im Satz.

Bist du schwachsinnig? Willst du so etwas mit zu dir nach Hause nehmen?

»Nee, warte mal, da fällt mir gerade ein, geht doch nicht. Wird momentan renoviert«, korrigiert sie sich.

»Gehen wir zu mir?«, fragt Sabino.

Vom Regen in die Traufe.

»Wohnst du allein?«

»Nee, da sind noch ein paar Typen, aber voll entspannt.«

Das heißt Fixer.

»Na gut, lass uns zu dir gehen.«

Den ganzen Weg lang tut Sabino nichts anderes, als auf seinem Lippenpiercing rumzukauen, zu zittern und Stella zu sagen, dass sie eine verdammt heiße Frau ist.

Sie biegen in die Via Davanzati ein, kommen in eine Gasse, dann in noch eine. Stadtviertel Madonnella. Ein schwarzes Tor. Sabino nimmt den Schlüssel von der Kette an seinen Jeans, schließt auf. Stella geht zur Treppe, die nach oben führt.

»Nee, hier lang«, sagt er und zeigt auf die Treppe nach unten.

Ach so, dann muss das also der Eingang zur Hölle sein.

Sabino macht die Tür auf. Es stinkt nach Gebratenem und nach seit Jahren vor sich hin schimmelndem Mozzarella. Niemand ist da.

»Willst du ein Bier?«

»Ok.«

Überall in der Küche sind Spritzer von Kaffee und Tomatensoße. Stella kommt es wie Blut vor. Sabino macht den Kühlschrank auf und nimmt zwei Bierflaschen raus. Auch hier schimmliger Käsegeruch. Stella drückt an ihren Fingern herum, es knackt. Er öffnet die Flasche mit den letzten gesunden Zähnen und reicht sie ihr. Stella schließt fest die Augen und trinkt den ersten Schluck.

Es stinkt zwar auch nach verschimmeltem Mozzarella, aber hey, dafür ist es wenigstens kalt.

»Also, was brauchst du?«, fragt er zitternd.

»Koka.«

»Wie viel brauchst du?«

»Hör mal, ich habe vierzig Euro, wie viel kannst du mir dafür geben?«

»Ich tue dir einen Gefallen, weil du so schön bist: Ich gebe dir ein halbes für vierzig Euro, in Ordnung?« Er zittert weiter.

»Was hast du?«, fragt sie ihn. »Alles in Ordnung?«

»Ja, alles in Ordnung, lass uns eine Line Koks ziehen, so kannst du das Zeug gleich probieren und mir sagen, wie du es findest.«

Stella spürt, wie sich ihre Innereien zusammenziehen. Sie wechseln ins Schlafzimmer.

Das Zimmer ist dunkel. Die Rollläden sind heruntergelassen. Auf dem Boden liegt eine Doppelbettmatratze mit einer roten Decke. An der Wand das Poster von Exploited: ein riesiger Totenkopf mit einem orangefarbenen Iro. Ein Poster von Trent Reznor. Eine Metallkette mit Nägeln aufgehängt. Auf dem Boden liegen CD-Hüllen, Löffel und gebrauchte Spritzen.

Sabino setzt sich auf die rote Matratze. Rückt einen Tisch heran, übersät mit Tabak, Bier- und Kaffeeflecken (oder Blut), und schüttet aus einem Tütchen zwei Lines. Stella setzt sich neben ihn. Jetzt zittert sie.

Dann mal los, Stella, los. Das ist praktisch deine erste Line Koks, spiel nicht das Küken.

Der Fixer steckt sich einen abgeschnittenen Strohhalm in die Nase und zieht die erste Line weg. Danach reicht er ihr den Strohhalm. Sie sehen aus wie zwei Blätter im Wind: Der eine zittert wegen des Entzugs, die andere aus Panik.

Stella steckt sich den Strohhalm in die Nase. Er ist feucht. Verschmutzt von Sabinos Schleim. Sie will sich übergeben, beißt die Zähne zusammen und beugt sich hinunter. Saugt alles auf. Die Nasenflügel brennen. Sie hält sich die Nase mit beiden Händen zu. Trinkt einen Schluck Bier. Sie zündet eine Zigarette an. Fühlt sich völlig überreizt. Es juckt überall, als läge ein dünner Film auf ihrer Haut, der es ihr schwermacht, noch etwas von außen aufzunehmen. Die Zunge klebt am Gaumen, kribbelt, und das Herz pumpt schnell. Der rechte Fuß beginnt, nervös auf den Boden zu tippen, es scheint unmöglich, ihn anzuhalten.

Sabino ist blass und zittert furchtbar am ganzen Körper.

»Hey, du Schönheit«, sagt er, »entschuldige, aber ich muss es tun.«

Er wird doch nicht etwa mit mir schlafen wollen?

»W-was?«, fragt Stella.

»Ich muss es jetzt tun …«

Scheiße, und was, wenn er mich vergewaltigen will?

»Was, ekelt es dich?«, fragt er.

»W-was soll mich ekeln?«, antwortet sie mit aufgerissenen Augen.

»Die Sache ist, dass, wenn ich kokse«, er knirscht mit den Zähnen, »brauche ich etwas, das mich runterbringt.« Seine Stimme wird nervös. »Sonst erwischt es mich übel, und ich schieb nur Para.«

»…«

»Das Problem ist, dass ich nie die Vene treffe.«

Sabino greift sich einen Löffel vom Boden. Gibt ihn Stella. Sie ist außer sich vor Panik, hält den Löffel, zittert, mit ihr der Löffel. Der Fixer nimmt das Heroin aus einem anderen Tütchen, holt sich ein Fläschchen aus einer Schublade und das Feuerzeug aus der Tasche. Er hält die Flamme unter den Löffel, und das braune Pulver wird langsam flüssig.

Komm schon, ich will hier weg.

Er tastet nach der Spritze auf dem Boden, findet sie und zieht die ganze Flüssigkeit ein. Er greift sich ein Abschnürband und hält es ihr hin.

»Weißt du, wie man einen Schuss setzt?«

»Ehrlich gesagt, nein.«

»Bitte«, zittert er, »ich treffe nie die Ader, bitte!«

Sabino streckt seinen Arm aus. Stella ist total durcheinander, ihre Zähne klappern, der Kopf ist leer. Sie zieht das Band so stark wie möglich zusammen. Die blauen Flecken auf seinem Arm schwellen an. Stella sieht keine Vene. Ihr zittern die Arme, sie hält die Spritze beidhändig wie eine Waffe, sie versucht, sie ruhig zu halten, aber kein Chance.

Verdammte Scheiße: die Zähne, die Hände, der Fuß. Wollt ihr mal still halten!

Sie fängt an, ihm mit der Spritze in die Haut zu pieksen.

»Nein! Nicht da, stopp«, schreit er.

Sie zuckt zusammen. Versucht vergeblich, die Nadel in den Arm einzuführen. Bis er sagt: »Ja, los! Da! Stich dort rein!«

Stella schließt die Augen und spießt Sabinos Arm auf. Er schiebt sie weg und drückt sich den ganzen Stoff rein.

Dann fällt er aufs Bett, die Spritze noch immer im Arm.

Sie bleibt sitzen. Kerzengerade. Starrt Löcher in die Luft.

Der Fixer stöhnt auf der Matratze, als hätte er einen Orgasmus. Er zieht die Spritze heraus, aber die Nadel bleibt im Arm stecken. Stella greift sich an die Kehle, um sich zu vergewissern, dass ihr nicht gerade das Herz herausspringt.

»Hilfst du mir?«, lallt er.

Alter, verdammt noch mal, wenn du nicht in der Lage bist, dir einen Schuss zu setzen, dann lass es bleiben. Was willst du noch von mir?

Sabino hält seinen bläulich verfärbten Arm ganz nah vor ihr Gesicht und schwenkt ihn mitsamt der Nadel vor ihr hin und her. Sie hat das drängende Bedürfnis zu kotzen. Ihr Fuß hämmert jetzt den

Rhythmus des Teufels auf den versifften Fußboden. Die Zunge ist an den Gaumen gekleistert. Ihre Augen schnellen von den an der Wand hängenden Ketten zur Nadel im Arm des Fixers. Sie kriegt keine Luft. Sie nimmt sich zusammen, erwischt die Nadel mit den Fingernägeln, zieht sie heraus. Sabinos Blut spritzt aufs Bett und auf Stellas Lippen. Eine Welle Rostwasser, zäh und warm. Sie versucht, es mit dem Pulloverärmel zu entfernen, doch der warme Eisengeschmack bleibt im Mund.

Das Mädchen rennt zur Toilette und kotzt. Als sie ihren Kopf hebt, bemerkt sie den Jauchegestank und die schwarzbraune Kruste im Waschbecken und in der Wanne.

Stella kommt ins Schlafzimmer zurück. Sabino liegt lächelnd auf dem Bett und fragt sie, ob sie nicht ein bisschen mit ihm chillen möchte.

»Lass uns einen Film anschauen, hast du Lust?«, lallt er.

Klar, wie wäre es mit: Die Nacht der lebenden Toten.

»Sorry, muss los!«

Sie schnappt sich das Tütchen Koks, schmeißt das Geld auf den Tisch und ist weg.

Unterwegs spürt sie immer wieder, wie ihr Handy vibriert, aber sie geht nicht ran. Sie will mit niemandem sprechen. Schnell lässt sie die Stadtviertel Madonnella und Poggiofranco hinter sich. Während der ganzen Strecke reibt sie sich die Lippen mit dem Ärmel: Das Blut ist nicht mehr da, doch der widerliche Metallgeschmack geht nicht weg.

Zu Hause liegt ihre Mutter auf dem Sofa, ist vor dem Fernseher eingeschlafen, ihr Vater ist nicht da.

Na toll: Sie haben bestimmt gestritten.

Plötzlich wacht Monica auf. Stella geht ins Badezimmer. Ihre Mutter folgt ihr.

»Mama, heute ertrage ich dich nicht«, sagt sie.

Monica kommt ihr langsam näher. Stella riecht das verfluchte Nachthemd ihrer Mutter, es riecht alt, nach alter Ehefrau und Mutter, die sie nie werden will. Sie sieht die Falten auf dem Gesicht ihrer Mutter und die Augen, geschwollen vor Müdigkeit.

»Dein Vater ist losgegangen, um dich zu suchen, weißt du das?«, sagt Monica mit einer Grabesstimme.

»Könnt ihr bitte aufhören, euch zu benehmen, als ob ich hirnamputiert wäre?«, sagt Stella und versucht, die Ausdünstung des Koks abzuschätzen.

»Stella, was ist mit dir los?«, fragt ihre Mutter und macht einen Schritt zurück, um sie in Gänze zu betrachten.

Stella schweigt.

Lass dich nicht erwischen, du Idiot.

Ihre Mutter betrachtet sie forschend.

»Mit dir stimmt etwas nicht, Stella, wir sind doch nicht blind.«

Was willst du denn?

»Mama, raus!«, schreit sie.

»Du sagst nicht einfach ›raus‹ zu mir« , brüllt ihre Mutter.

Stella stößt sie aus dem Türrahmen des Badezimmers.

»Hat man so was schon gesehen. Was für eine verzogene Göre!« Monica hat schon aufgegeben, ihre Stimme entfernt sich.

Stella zieht sich aus, legt die Jeans und den Pullover in eine kleine Wanne und kippt die Flasche Desinfektionsmittel drüber. Sie stürzt in die Dusche. Bleibt drei Stunden lang. Wasser reinigt, sagt sie sich, Wasser beseitigt auch den Dreck im Innern.

»Das ›Vom-Andern-gesehen-werden‹ ist die Wahrheit des ›Den-Andern-Sehens‹«, sagt der Professor.

»Eh, verstehst du den?«, fragt das Mädchen mit dem pinkfarbenen Pony, das neben Stella sitzt.

»Ehrlich gesagt, nein«, antwortet sie und greift sich an den BH, wo das Tütchen Koks versteckt ist.

»Wie soll man sich bloß auf diese Prüfung vorbereiten?«

»Tina, ich hab' keine Ahnung, ich glaub, ich gehe nachher mal in seine Sprechstunde.«

Der Professor hüstelt, hört auf zu reden, hebt den Blick und sucht die Plätze, wo das Getuschel herkommt. Alle drehen sich um. Stellas Banknachbarin tuschelt noch weiter. »Später«, bedeutet Stella mit den Lippen.

Es sind noch vierzig Minuten bis zum Ende der Vorlesung. Der Professor knallt das Buch so laut aufs Pult, dass es im ganzen Hörsaal widerhallt. Dann wirft er zum Ausdruck seines Ärgers die Arme in die Luft, starrt ins Leere und verlässt schließlich den Hörsaal.

Jemand sagt: »Schau sich einer das an! Und wir sind extra für seine Vorlesung hergekommen.«

»Und ich komme von außerhalb. So was kann er doch nicht bringen!«, wirft ein anderer Typ ein.

Philosophie ist ein bisschen wie das Leben: Wenn du deinen Arsch nicht hochkriegst, wirst du einen Dreck verstehen.

Stella entzieht sich Tinas Geplapper, indem sie aufsteht und den Saal verlässt. Sie folgt dem Professor, er geht auf seinen Stock gestützt, versucht trotzdem sich zu beeilen. Stella sieht, wie er stolpert – erst jetzt bemerkt sie, dass er hinkt. Der Flur riecht nach Zigaretten. Gruppen von Studenten drängen sich auf den Fluren, den

Bänken, stellen sich unter das Schild *Rauchen verboten* und rauchen.

Der Professor steigt die Treppe hinunter in den ersten Stock.

»Entschuldigung«, sagt sie mit kaum hörbarer Stimme.

Er sieht sie leicht schielend an, zieht die weißen Augenbrauen hoch, kräuselt die Stirn, ein Meer von Falten.

»Verzeihen Sie, Herr Professor, es tut mir leid, dass Sie den Unterricht nicht beenden konnten.«

Der Professor zuckt mit den Schultern.

»Wenn es euch nicht interessiert ...«

»Tatsächlich haben wir über den Unterricht geredet, wir hatten Verständnisschwierigkeiten.«

Er geht in seinen Raum, winkt Stella herein und bittet sie, Platz zu nehmen. Er setzt sich hinter den Schreibtisch. Sie tritt zögernd ein. Es riecht nach Papier, nach alten Büchern, nach vergilbten Seiten, die tausendmal durchgeblättert worden sind. Zwei melancholische Bilder an den Wänden zeigen Schiffbrüchige. Ein schwacher Lichtstrahl dringt durch das Fenster, erhellt mühsam die über den Tisch verstreuten Blätter und die linke Seite des Jacketts des Professors.

»Ich habe Schwierigkeiten mit der Terminologie«, erklärt sie mit leiser Stimme.

»Ihr denkt also, dass ich mich kompliziert ausdrücke?« Der Professor gestikuliert mit der linken Hand, während er mit der rechten einen ledergebundenen Notizkalender durchblättert. »Nun, so rede ich eben, es ist an euch, sich an meine Ausdrucksweise zu gewöhnen.«

Stella nickt. Fühlt, wie das Tütchen Koks an ihrer Brust scheuert. Der Professor schaut auf ihren Ausschnitt.

Gott, kann er etwa das Tütchen sehen?

Das Telefon klingelt. Der Professor dreht sich nach dem Apparat um. Sie nutzt den Moment und fühlt nach, ob das Tütchen noch so in ihrem BH steckt, wie es soll.

»Aus welchem Grund studieren Sie Philosophie?«, fragt er, nachdem er den Hörer wieder aufgelegt hat. Seine Augen wandern von ihrem Ausschnitt zurück zu ihrem Gesicht.

Was weiß ich. Weil ich nichts anderes kann als denken?

»Ich?« Sie zuckt zusammen. »Ich habe Nietzsches ›Zarathustra‹ gelesen, und seine Lehre hat mir sehr gefallen: Nihilismus, der Wille zur Macht, die Kritik an der westlichen Gesellschaft und das alles.«

Der Professor schüttelt langsam den Kopf, die runzligen Ränder seiner Wangen sehen traurig aus.

»Sie müssen den tiefen, inneren Grund suchen, weshalb Sie sich entschieden haben, Philosophie zu studieren. Wir alle haben Gründe. Sobald Sie Ihre Wahrheit finden, den Grund, warum Sie diese Reise in das menschliche Bewusstsein unternehmen wollen, dann und nur dann, werden Sie in der Lage sein, die Bedeutung der Worte zu verstehen. Und Sie werden mühelos ›Das Sein und das Nichts‹ lesen können.«

Na prima: Um die Prüfung zu bestehen, muss ich mich erst einer Psychoanalyse unterziehen.

Sie bedankt sich und geht. Alle fünf Minuten prüft sie ihren BH, nicht dass sie das Koks zu guter Letzt noch auf der Straße verstreut. Am Ende vielleicht sogar vor einem der illustren Professoren.

Sie spürt, wie ihr Handy in der Jeanstasche vibriert. Auf dem Display erscheint eine Nachricht: »Hi Mädchen, wir sehen uns um 5 Uhr an der Haltestelle, direkt vor der Kaserne. Carla.«

Kaserne?

Herzklopfen.

»Müssen wir uns ausgerechnet vor der Kaserne treffen?«

Keine Antwort.

Stella verlässt hastig das Gelände der Universität, schiebt sich zwischen den Verkaufsständen durch, ein Dutzend Araber fuchtelt mit Ringen, Armbändern und Sonnenbrillen vor ihrem Gesicht. Sie umkurvt sie.

In zweiter Reihe geparkte Autos. Gruppen von Studenten in Cafés und Focaccialäden. Smoggestank, Verkehr, Hupen. Sie läuft durch die Unterführung, tritt jemandem auf die Füße und drängelt sich zwischen den Leuten durch, die überall im Weg herumstehen. Endlich ist sie beim Largo Ciaia, sieht fünf blaue Busse. Zwei sind kurz vor der Abfahrt. Sie überkommen Zweifel.

Das Koks.

Sie betastet ihren BH. Spürt nichts. Fährt sich mit der Hand an die Brust. Spürt das knisternde Tütchen. Drückt es tiefer in den BH, gegen die Haut. Ein paar Männer machen ihr große Augen. Stella will ihnen den Mittelfinger zeigen, beherrscht sich aber.

Kaum sitzt sie im Bus, klingelt ihr Handy. Es ist nicht Carla.

»Hallo? Mama …«

Das kann doch nicht wahr sein.

»Ja, ich bin … Ja. An der Uni.«

Jetzt muss mir die auch noch auf die Nerven gehen.

»N-nein, welche Geräusche? Ich bin bei den Kaffeeautomaten. Hier ist ein ziemlicher Lärm.«

Ist sie ein verdammter Wachhund?!

»Was soll das jetzt? Ich hatte dir doch gesagt, dass ich nicht zum Mittagessen komme. Was? Papa will mit mir reden? Was will er denn? Bitte komm jetzt nicht noch mal mit der Sache von Samstag, wir haben doch darüber gesprochen. Außerdem habe ich gerade viel zu tun, ich muss lernen.«

Zum Teufel, lass mich endlich in Ruhe.

»Ja, ich bleibe in der Bibliothek. Ja. Nein. In Ordnung. Tschüss.«

Los, leg endlich auf.

»Tschüss. Tschüss. Tschüüüss!«

Stella legt mitten im Satz auf und schaltet sofort ihr Handy aus.

Der Bus fährt in Sarignano delle Murge ein und hält genau vor dem Eingang der Kaserne der Karabinieri. Die Stimme des Fahrers kündigt die Haltestelle an. Stella schreckt auf.

An einem besseren Punkt hätte er nicht halten können.

Sie ist die Einzige, die aussteigt. Das weiße Tütchen scheuert auf der Haut ihrer Brust. Juckt. Sie rückt den BH zurecht. Ist draußen. Der Bus fährt ab. Vor ihr steht ein stattlicher, großgewachsener Typ mit Kinnbart. Er taxiert sie mit unverhohlener Neugier.

Warum starrt er mich so an, das Arschloch?

Stella schaut sich um, überquert die Straße. Sie sind nicht da. Sie schaltet ihr Handy wieder ein, tippt eine Nachricht an Carla, sagt ihr, dass sie da ist.

Der Typ folgt ihr. Sie kaut an ihren Fingernägeln.

Scheiße.

Er kommt näher. Ein Bulle tritt aus der Kaserne, grüßt den Typ und fragt:

»Machst du Feierabend?«

Der andere bejaht und winkt mit der rechten Hand zum Gruß. Sie verabreden sich für den Abend. Das Herz schlägt ihr bis zum Hals. Der uniformierte Bulle entfernt sich.

Der Typ in Zivil kommt auf sie zu.

Mist, ich wusste es.

»Hallo«, sagt er.

Stella setzt ein unschuldiges Lächeln auf. Ihre Miene bleibt mindestens vier Sekunden eingefroren.

»Hi.«

Dann dreht sie sich weg.

»Alles in Ordnung?«, fragt er.

»Alles super«, antwortet sie.

Was zum Teufel will dieser Arsch?

»Ich habe Sie noch nie in dieser Gegend gesehen.«

»Ich bin auch nicht von hier«, sagt sie, immer noch lächelnd.

Das Herzklopfen wird immer stärker. Sie befürchtet, das Tütchen könnte genau jetzt herausrutschen. Sie betastet sich. Atmet ein. Atmet aus. Beißt sich auf die Lippen.

»Warten Sie auf jemanden?«

Ja, auf ein paar Junkies.

»Freunde.«

»Darf ich Ihnen solange Gesellschaft leisten?«

Der Typ ist wohl bescheuert.

»Kein Problem.«

»Ich bringe Sie nicht in Verlegenheit?«

»Nein, kein Problem, die kommen sowieso gleich.«

»Das ist doch keine Art, ein so hübsches Mädchen warten zu lassen.«

Wusst' ich's doch, der ist bescheuert.

Stella blinzelt ihn an und lächelt. Klingelt Carla an. Dann Marco. Noch einmal Carla. Schreibt eine SMS: »Los, bitte beeilt euch!«

Der Bulle quatscht weiter.

»Und was ist mit Ihrem Freund?«

Na klar.

»Ich hab' keinen Freund.«

»Keinen Freund?« Er tippt sich mit dem Finger an den Kinnbart, seine Stimme wird tiefer: »Wissen Sie, dass ein so hübsches Mädchen ohne Freund große Risiken eingeht?«

Wo sind wir, im Mittelalter?

Stella antwortet einsilbig.

»Kennen Sie diese Freunde schon lange?«

Er verhört mich.

»Eine Weile.«

»Und was machen sie?«

Sie sagt, sie wüsste es nicht. Bemüht sich, weiter zu lächeln.

Jetzt schleppt er mich in die Kaserne.

»Darf ich Sie duzen? Bist du volljährig?«

»Ja.«

»Wie alt bist du?«

»Neunzehn.«

»Dann bist du volljährig.«

Und du bist dicht.

»Kommst du mit mir, einen Kaffee trinken?«

Und was mache ich jetzt? Wenn ich ja sage, bin ich geliefert, wenn ich nein sage, schöpft er Verdacht.

Ein Ford Fiesta hält weiter vorn an. Stella versucht, die Insassen zu erkennen. Ein Glück. Sie sind es. Sie verabschiedet sich von dem Typ und steigt mit zittrigen Beinen ins Auto. Sie setzt sich nach hinten und erkennt sofort Marcos Aftershave. Er begrüßt sie kaum, rückt seine Ray-Ban zurecht. Ein Schauer kriecht ihr die Arme hinauf.

»Habt ihr euch angefreundet?«, fragt Carla, die neben Marco sitzt.

Angefreundet? So kann man das auch nennen.

»Mehr oder weniger.«

»Sorry jedenfalls, wir haben uns wegen Marco verspätet, er braucht immer so lange.«

»Ich hatte was zu tun«, meint er.

Na was für ein Arschloch.

»Leute, ihr könnt euch nicht vorstellen, was ich gerade durchgemacht habe. Ich hab' Drogen im BH, der Bulle hält mich an, fängt an zu reden. Ich bin fast vor Angst gestorben.«

Marco wird langsamer. Nimmt die Sonnenbrille ab, starrt Stella durch den Rückspiegel an. Sie fühlt, wie sie von seinen blauen Augen aufgesaugt wird.

»Was für Drogen?«, fragt er.

»Ein bisschen Koks, ich wollte euch ein Geschenk mitbringen.«

»Hast du gehört, Carla, sie hat uns Koks mitgebracht«, sagt Marco spöttisch, und es hat den Anschein, als mache er sich über sie lustig.

»Wie süß«, sagt Carla.

Wenn ihr wüsstet, was mich das gekostet hat.

Sie kommen in die Gassen der Altstadt. Halten vor einem Grillhaus. Steigen aus. Es riecht, welch Wunder, nach Gebratenem. Sie gehen eine andere Gasse entlang und Marco öffnet eine kleine Tür. Über ein paar Steinstufen gehen sie hinauf. Er voran, dann Carla, dann Stella, die sich am Geländer festhält. Es ist kalt. Die Stufen sind hoch. Steingewölbe verströmen diesen Geruch von uralten Zeiten, geheimnisvoll und vielversprechend.

Marco öffnet die oberste Tür. Zigarettengestank. Es läuft Hip-Hop. Ein paar Leute sitzen im Kreis auf einem weißen Teppich. Stella erkennt Sebastiano alias Daffy Duck. Die Wände sind bunt. Im Vorzimmer hängen Schwarzweißfotos.

Das hier sind aber längst keine kleinen Jungs mehr.

Bilder von Marco. Marco mit Charlie-Chaplin-Hut. Marco beim Diabolospielen. Marco, der eine Zigarette raucht. Marco mit einem Fuß auf dem Knie. Marco, der Kunststücke vollführt. Marco mit einer Brünetten, schmal und mit großen Brüsten.

Wer ist die?

Er sagt beiläufig zu seinen Freunden, dass die Blonde hier Stella heißt, dann macht er die Schiebetür am Ende des Zimmers mit dem weißen Teppich auf und schließt sie hinter sich.

Was soll das: Er lässt mich hier mit seinen Freunden allein und haut ab?

Rechts neben dem Teppich steht ein Sofa. Links ein Schlagzeug, eine elektrische Gitarre, ein Keyboard und ein Synthesizer. Carla schlingt sich um Stellas Taille.

»Setz dich doch«, sagt sie und zeigt auf das Sofa.

Stella setzt sich, aber auf den Boden neben einen dunklen Typ mit schwarzen Dreadlocks, zwei großen Piratenohrringen und wulstigen Lippen. Sein Name ist Alberto. Er fragt sie, ob sie mit Marco befreundet sei.

Ich bin sein letzter Fick.

»Wir haben uns vor kurzem kennengelernt.«

»Sie haben sich vor kurzem kennengelernt«, ruft Alberto zu Daffy Duck.

»Ja, ich kann mich erinnern«, sagt Daffy mit höhnischem Lachen. »Ich war dabei.«

Carla küsst ein Mädchen und flüstert ihr etwas ins Ohr. Alberto reicht Stella einen Joint. Die Freundin von Carla ist groß, dünn, dunkelhaarig und trägt ein enganliegendes schwarzes Kleid und Schuhe mit hohen Absätzen. Sie scheint das Mädchen zu sein, das auch auf einem der Fotos mit Marco zu sehen ist. Die anderen verbreiten so ein Boheme-Flair, halb Indie-Rock, halb Raver. Schmale Krawatten, Hemden, weite Hosen, Skaterschuhe, manche mit Pullovern, manche mit Tribals auf den Armen, jeder hat mindestens ein Piercing.

Marco kommt aus seinem Zimmer, stellt sich an die Stereoanlage. Legt *Feel Good* von den Gorillaz auf.

Warum behandelt er mich wie Luft?

»Was treibst du so im Leben?«, wird sie von dem dunkelhaarigen Mädchen gefragt.

»Ich studiere, und du?«

»Ich bin Model.«

Was mir noch nicht ganz klar ist: Bist du lesbisch oder flirtest du mit Marco?

»Du würdest dich auch echt als Model eignen. Schon mal daran gedacht, an so eine Karriere?«, sagt die Dunkelhaarige.

»Ich? Nee.«

»Du würdest dich als Model eignen und noch für vieles andere mehr«, sagt Duffy Duck und zwinkert.

»In Marcos Gesellschaft«, sagt Alberto mit seiner Baritonstimme, »wird sie auf jeden Fall noch vieles andere tun.«

Und schon hat der Reigen begonnen. Der eine bittet sie, ihren Körper im Profil zu zeigen. Ein anderer, doch einmal wie auf dem Catwalk durchs Zimmer zu laufen, noch einer fragt nach ihrer Körbchengröße. Stella macht mit, lacht mit, zwinkert, tut so, als hörte sie nicht. Setzt sich schließlich wieder neben die Dunkelhaarige.

»Ich sage dir, du kannst das«, sagt das Model, »wenn du Lust hast, komm morgen hier vorbei – sie suchen grade neue Mädchen.« Sie streckt ihr die Hand hin und gibt ihr eine Karte mit Namen und Adresse.

»Gib da bloß nichts drauf«, ruft Carla Stella zu, »sie legt sich nur so ins Zeug, weil sie dich vernaschen will.«

Die Dunkelhaarige hat schmale, mit Armreifen behängte Handgelenke, die Fingernägel sind schwarz lackiert.

»Wie alt seid ihr?«, fragt Stella, während ihr ein neuer Joint gereicht wird.

Carla ist fünfundzwanzig, das Model achtundzwanzig, Daffy neunundzwanzig, Alberto einunddreißig.

»Und wie alt ist Marco?«, die Frage kostet sie Überwindung.

»Dreißig«, antwortet Carla.

Verdammt in die Jahre gekommen, der Typ.

Marco verschwindet wieder in seinem Zimmer, Stella steht auf und folgt ihm.

Wie wäre es, wenn du mich wie ein ganz normales menschliches Wesen behandeln würdest?

Sein Zimmer ist orange gestrichen. Das Bett abgezogen, mit Jeans und Boxershorts überhäuft. Der PC läuft. Das Fenster ist geschlossen. Es riecht muffig, wie nach einer langen Nacht, nach der niemand gelüftet hat. An der hinteren Wand ist eine weitere Tür, sie steht halboffen, dahinter ist ein Waschbecken zu erkennen.

»Na, wie geht's dir?«, fragt Stella und berührt seine rechte Schulter.

»Gut, ich wollte ein paar Songs auflegen. Was für Musik magst du?«

»Ich weiß nicht ... Portishead, Muse.«

Marco legt *Humming* von Portishead auf.

»Wollen wir das Koks nehmen?«, sagt sie.

»Warte, lass uns auch Carla und Susanna einladen, sie sind meine kleinen Schwestern.«

Ja, deine Fickschwestern.

Stella zuckt mit den Achseln, beißt sich auf die Lippen.

»Hör zu, ich weiß nicht, ob es reicht. Das hier ist nur für dich und für mich.«

Sie zieht ihr Shirt hoch. Sie fingert das Tütchen aus dem BH und spielt damit herum. Marco beobachtet sie kurz, fasst sich ans Kinn, schaut zu ihr und dann wieder woanders hin. Stella zieht den BH von den Brüsten. Marco reagiert nicht.

Bist du schwul oder was? Gefall ich dir etwa nicht?

Sie legt das Koks auf den Computertisch, zieht sich das Shirt zurecht. Er bittet sie, kurz zu warten. Er kommt mit einem Teller ins Zimmer zurück, schließt die Tür, dreht den Schlüssel um. Er erwärmt den Teller mit dem Feuerzeug.

Aha, du bist also ein Experte.

Stella spürt, wie es im Unterleib zu brodeln und gluckern beginnt. Sie versucht, die Geräusche mit lautem Ein-und Ausatmen zu überdecken. Marco sagt ihr, sie solle das Zeug schon mal vorbereiten.

»Machst du es?«, fragt sie mit herausforderndem Lächeln.

Ich hab' keine Ahnung, wie man Lines legt.

Marco leert das Tütchen über dem Teller. Verteilt den weißen Staub mit einer Kreditkarte und bildet zwei dünne, gerade mal einen Zentimeter lange Streifen. Dann wirft er ihr einen Blick zu, der besagt: Ist das alles?

Der verdammte Fixer hat mich mit seinem dreckigen Blut bespritzt und auch noch übers Ohr gehauen.

»Weißt du, ich hab' vorher schon was gezogen«, lügt sie, »ich konnte nicht widerstehen.«

Sie bekommt einen roten Kopf.

Er nimmt einen halben Strohhalm aus einem Stiftetui und steckt ihn sich in die Nase. Zieht. Reicht den Teller herüber zu Stella, deren Magen ein echtes Gluckskonzert aufführt. Sie zieht stark und spürt die Bitterkeit im Hals. Stellt den Teller auf den Tisch.

Marco kneift Stella in die Wange, die Finger sind warm, ein leichter Schmerz. Ihr Herz klopft. Der Geruch von Aftershave und Minze umhüllt sie. Sie weitet die Nasenflügel, spürt die Lust zwischen den Beinen. Er drückt seine Lippen auf ihre und küsst sie. Stella spürt seine speichelnasse Zunge, sie legt ihm die Arme um den Hals, streicht ihm langsam durchs Haar.

»Danke«, sagt er »jetzt sollten wir uns aber was Stärkeres besorgen, findest du nicht?«

Sie bebt am ganzen Körper, kann den Sinn von Marcos Worten nicht erfassen.

»Unbedingt«, sagt sie, tut so, als ob sie sich auskenne.

Er verlässt das Zimmer, und sie folgt ihm. Er geht zu Carla und flüstert ihr etwas ins Ohr. Carla steht auf, verabschiedet sich von den anderen, und sie gehen hinaus.

Sie bleiben vor einem Bankautomaten stehen. Marco führt die Karte ein, mit er eben noch das Koks zerdrückt hat. Er hebt Geld ab – sehr viel Geld. Stella entschuldigt sich bei Carla, dass sie ihr nicht mal eine Line übrig gelassen haben. Carla wiegelt ab, Koks möge sie sowieso nicht besonders, sagt sie. Dann gehen sie zum Auto.

»Und was machst du sonst, im Leben, meine ich?«, fragt Stella ihn.

»Ich arbeite im Handel«, antwortet Marco.

»In welchem Bereich?«

»Import-Export.«

»Und womit handelst du?«

»Ein bisschen mit allem. Und du?«

Ich wette, dass er mit Rauschgift handelt!

»Ich studiere Philosophie.«

»Ich mag Filme, ich hab' selber Kurzfilme gedreht. Außerdem spiele ich in einer Band: Ich hab' mit einer bekannten Band gespielt, den Velena, kennst du sie?«

»Vom Namen her.«

»Wir haben in Bologna zusammengewohnt. Die Sängerin und ich, wir sind wie Kletten. Und mit der Gitarristin war ich zusammen, nachdem sie sich von der Sängerin getrennt hat.« Marco schaut

Stella an, beobachtet, wie sie reagieren wird. »Ich stehe auf Lesben«, sagt er. Carla lächelt.

Dann hast du es auch mit Carla und dem Model getrieben.

»Aber wenn sie lesbisch sind, wie konntest du dann mit ihnen zusammen sein?«

»Ich bin selber lesbisch«, sagt er grinsend.

Sie sind beim Auto, steigen ein, Marco und Carla vorn, Stella geht auf den Rücksitz. Er lässt den Motor an. Sie fahren durch die Dorfstraßen. Der Dom. Die Bars. Der kleine Platz.

Sie reden über Drogen. Marco sagt, dass er in Bologna damit angefangen habe. Carla erzählt von ihren Erfahrungen mit Koks, jetzt bevorzuge sie chemische Drogen. Stella weiß nicht, was sie sagen soll.

Ich habe letzte Woche angefangen.

»Ich nehme Drogen, seit ich zwölf bin«, sagt sie, »ich habe alles probiert.«

»Wirklich?«, sagt Marco, und man sieht, dass er weiß, wie sehr das gelogen ist.

Sie halten an. Er steigt aus, sagt, dass er nicht lange brauche. Leistet euch gute Gesellschaft, sagt er und zwinkert.

»Wie hast du Marco kennengelernt?«, fragt Stella.

»Ich und Marco waren zusammen.«

Stella zuckt zusammen.

»Wir sind ein paar Tage, bevor wir dich kennengelernt haben, zusammengekommen«, sagt Carla, »wir waren Freunde, ich hatte mich kurz vorher von meiner Freundin getrennt, wir haben über unsere Vorstellung von der idealen Beziehung gesprochen, eine freie Beziehung, ohne Eifersucht, wo man von den Erlebnissen, die man macht, auch erzählt. Dann haben wir entschieden, diese Beziehung auszuprobieren.«

Scheiße.

»Dann hasst du mich?«, fragt Stella.

»Nein, versteh mich nicht falsch. Es freut mich, dass ihr euch gefallt, mach dir keine falschen Vorstellungen. Echt, es freut mich, ich und Marco könnten nie miteinander schlafen, ich mag Frauen. Wir haben eine ganz platonische Beziehung.«

Da steckt doch mehr dahinter.

Stella gesteht Carla, dass sie letzte Woche mit Marco den ersten Orgasmus ihres Lebens hatte.

»Marco ist ein Weib«, erwidert Carla, »in manchen Sachen ist er echt ein Weib: Er mag es, wenn du es genießt, er ist überhaupt nicht selbstsüchtig. Weißt du, er hat auch über dich geredet, er hat mir gesagt, dass es ihm sehr gefallen hat, es mit dir zu machen.« Sie hält inne. »Aber …«

Was?

»Du darfst dich nicht an ihn binden. Sei vorsichtig.«

Wieso?

»Ich hänge nicht an ihm«, sagt Stella.

Carla fragt, ob sie je mit einer Frau zusammen gewesen sei.

Schön wär's.

Stella nickt, ohne ihr in die Augen zu sehen. Carla hält sich am Sitz fest, fasst Stella am Nacken und steckt ihr die Zunge in den Mund. Sie spürt einen süßen Geschmack. Angenehm. Ihr gefällt dieser Kuss. Sie wünscht, er würde nie enden.

Marco steigt ins Auto.

»Sorry für die Unterbrechung«, sagt er.

Sehr gut, da kannst du mal sehen, wie lesbisch ich bin.

Stella schmust weiter mit Carla, die sich schließlich von ihr löst und Marco etwas ins Ohr flüstert. Er lacht.

Stella zieht sich an den Lehnen der Vordersitze nach vorn und fragt mit überlegenem Ton:

»Darf ich auch wissen, worum es geht?«

Marco schaut sie direkt an. Sie schluckt die Spucke herunter und versucht, entspannt zu bleiben.

»Magst du Carla?«, fragt er.

Sie bejaht. Marco fragt Carla, ob ihr Stella gefalle, und sie erwidert, dass ihr Stella sogar sehr gefalle.

Er nimmt ein weißes Kristall aus einem Tütchen und steckt es Stella in den Ausschnitt. Ihr Herz rast, Schauer der Freude und des Verlangens durchziehen ihren Körper.

Marco und Carla schauen sich an. Sie lächeln.

Carla schlüpft auf den Rücksitz. Zieht Stellas T-Shirt hoch. Sie beugt sich vor, um den Kristall von Stellas Brüsten zu lecken. Sie spürt die feuchte Zunge auf ihrer Brust. Ihr ist heiß. Ihre Brustwarzen werden hart, der Slip langsam feucht. Carla übergibt ihr den Kristall mit der Zunge. Stella ignoriert den bitteren Geschmack wie von Medizin, kämpft gegen den Brechreiz. Schluckt. Kalt. Heiß. Speichel. Körpersaft. Lust. Marco schiebt sich die Hand in die Hose.

Hinter ihnen – das Heulen einer Sirene.

»Scheiße!«, ruft Marco und gibt Gas, ohne sich die Hose zuzuknöpfen.

Stella guckt nach hinten. Carla schreit.

»Kommt, hauen wir ab!«

Der Rest des Kristalls rutscht in den Schlitz zwischen den Polstern.

Wie willst du denn abhauen?

Stella muss sich ständig an den Hals fassen. Ihr ist kalt. Sie will kotzen. Sie ist nicht mehr klar genug, um sich Sorgen zu machen, aber irgendetwas sagt ihr, dass sie in der Scheiße stecken. Sie versucht, den Nebel zu durchdringen, und zwar jetzt, doch ihr Kopf dreht sich wie ein Brummkreisel. Sie reagiert nur noch in Zeitlupe.

Marco biegt in eine Nebenstraße, legt den Rückwärtsgang ein und fädelt sich in eine schmale Gasse. Sie haben die Bullen auf den Fersen.

Stella hört ein Gewirr von Stimmen:

»Renn!«

»Stehenbleiben!«

»Geh!«

»Bitte!«

»Scheiße!«

Sie weiß nicht wie, aber vor ihnen steht das Auto der Bullen. Marcos Auto steht ebenfalls. Ein dicker Bulle kontrolliert seine Papiere. Der andere, groß, dünn, mit Kinnbart, fordert sie auf, allesamt auszusteigen. Stella erkennt ihn: Es ist der Typ in Zivil, dem sie an der Haltestelle begegnet ist.

Der dicke Bulle verzieht den Mund und macht eine angewiderte Miene.

»Mach deine Hose zu, junger Mann«, sagt er zu Marco.

»Habt ihr Drogen genommen?«

Marco bekommt einen roten Kopf, wird unruhig, knöpft sich die Jeans zu.

»Nein, solche Sachen machen wir nicht«, antwortet er leise.

Stella fühlt, wie ihr Unterkiefer zittert und kreist. Sie schafft es nicht, etwas dagegen zu tun. Ihre Augen rollen nach hinten. Carla gibt ihr kleine Schläge gegen das Bein und flüstert: »Reiß dich zusammen!«

Der schmale Bulle mustert Stella von Kopf bis Fuß. »Was hat sie genommen?«

»Nichts, sie ist betrunken«, antwortet Marco, ohne sich was anmerken zu lassen.

Carla starrt ins Leere, hat den Nagel des Zeigefingers in ihren Daumen gegraben.

»Habt ihr etwas?«

Marco und Carla antworten im Chor:

»Nein!«

Stellas Kiefer zittert und kreist.

Jetzt machen sie uns fertig.

Der dicke Bulle sagt dem dünnen, er solle das Auto durchsuchen. »Wenn ihr etwas habt, ist es besser, es gleich rauszurücken. Wenn wir es selber finden, wird es Ärger geben.«

Schweigen. Blicke. Schweigen.

Stella lässt ihre Augen kreisen, als könnte sie so die Dinge scharf stellen. Der dünne Bulle beobachtet sie mit wachsender Empörung.

Ich hab' gleich gewusst, dass das vorhin nicht bloß eine freundliche Plauderei war.

»Neunzehn Jahre«, sagt er direkt in ihr Ohr, »und schon reitest du dich in so einen Schlamassel!«

Dann steigt er vorn ins Auto, öffnet das Handschuhfach. Ein paar CD-Hüllen mit weißen Spuren fallen heraus. Der Bulle starrt Marco an. Der zuckt zusammen.

Der dünne Bulle klappt den Sitz herunter.

Er fingert in den Zwischenräumen der Polsterung herum.

Marco und Carla werfen sich panische Blicke zu. Marco tastet nach seiner Jeanstasche, sucht nach einer Möglichkeit, das Zeug, das er bei sich trägt, loszuwerden.

Der dünne Bulle findet den Kristall, der zwischen den Sitz gerutscht war, und übergibt ihn dem Dicken. Der durchsucht Marcos Jacke, den Geldbeutel. Er findet vier Tütchen, jedes nussgroß.

Stella schluckt den bitteren Geschmack herunter und versucht, die Augen, den Kiefer und die Beine ruhig zu halten, die inzwischen heftig zittern. Der Widersinn ist, denkt sie, dass sie sich unbesorgt fühlt: als ob ihr Körper einen eigenen Willen hätte, unbeherrschbar.

Der dicke Bulle wedelt mit dem Kristall vor Marcos Nase. Der reißt die Augen auf.

»So, ihr habt also nichts«, sagt der dicke Bulle. »Jetzt dürft ihr schön mitkommen.«

Scheißbullen.

Die Kaserne ist weiß. Riesig. Die Polizisten nehmen die drei in die Mitte. Sie führen sie die Treppe hinauf.

Ein Konzentrationslager. Großartig.

Stella sieht noch immer alles in Zeitlupe, hat schon vor Augen, wie sie hinter Gittern sitzt. Carla schweigt. Marco macht einen Anruf. Stella hört nur:

»Es ist passiert. Sprichst du mit denen? In Ordnung. Danke.«

Marco kennt jemanden, der uns hier rausholt.

Ein weißer Flur. Lang. Kalt. Geruch von Desinfektionsmitteln. Tabak. Den Flur entlang sechs braune Türen. Aus Stahl. Der dicke Bulle verschwindet durch eine dieser Türen und lässt den dünnen Bullen mit ihnen zurück.

Stille.

Der Dicke kommt wieder aus der braunen Tür, zusammen mit zwei Polizistinnen. Sie verteilen sich auf die drei. Stella folgt einer Polizistin um die fünfzig. Von den Wänden hallt das Geräusch der Absätze.

Sie sieht unscharf. Muss schlucken. Ihr ist kalt.

Sie betreten ein Zimmer. Die Polizistin schließt die Tür hinter ihrem Rücken. Sie hat das Gesicht eines Schäferhundes und einen Schnurrbart. Sie setzt sich hinter den Tisch.

»Setz dich hin.«

Einen Augenblick, ich hol nur kurz mein Ersatzgehirn, dann komme ich.

Der Raum ist klein. Schilder an den Wänden, hohe Fenster. Stella sieht unscharf. Beißt sich auf die Zunge, um den Kiefer endlich zum Stehen zu kriegen. Sie spürt noch immer den bitteren Nachgeschmack.

»Seit wann nimmst du Drogen?«

»Es ist mein erstes Mal.«

Die Polizistin lacht.

»Hör mal zu, Schönheit, je früher du mir die Wahrheit sagst, desto früher machen wir Schluss. Und wir wollen auch nach Hause.«

»Was wird jetzt passieren? Komme ich ins Gefängnis?«

»Pass auf, zuerst kriegst du eine Ordnungswidrigkeit.«

Scheiße. Was zum Teufel ist das?

»Ihr werdet doch nicht meinen Eltern Bescheid sagen. Ich bin volljährig.«

»Ich stelle die Fragen hier. Also, seit wann nimmst du Drogen?«

Was will sie denn hören, die Schreckschraube?

»Ich habe letztes Wochenende in der Disko zum ersten Mal Ecstasy genommen.«

Die Polizistin hebt den Blick. Zieht eine Augenbraue hoch.

»Und nun läufst du schon mitten in der Woche mit fünf Gramm herum? Ziemlich krasse Entwicklung, dafür, dass du erst letztes Wochenende begonnen hast.«

Stellas Augen rollen noch immer, rechtsherum, linksherum. Ihre Zähne klappern.

Aber so war es, verdammt noch mal.

»Auf deinem Ausweis steht, dass du Studentin bist. Was studierst du?«

»Philosophie.«

»Und du glaubst, dass dir der Stoff dabei hilft? Was willst du mit deinem Leben anfangen?«

»Nein. Ich …«

»Willst du als Junkie enden?«, hakt sie nach. »Deinen Körper verkaufen, um dir eine Dosis zu besorgen? Ich weiß doch, wie das bei euch endet.«

Es klopft an der Tür: der dicke und der dünne Bulle. Der Dicke wirft Stella einen merkwürdigen Blick zu, eine Mischung aus Hab-ich's-doch-gewusst und Mitleid.

»Lass sie gehen, wir sind fertig mit denen.«

Die Polizistin gibt ihr einen Schein, auf dem die Ordnungswidrigkeit vermerkt ist, und entlässt sie.

»Noch ist es früh genug, um aufzuhören«, sagt sie, als Stella hinausgeht.

Der dünne Bulle bringt Stella zu den anderen. Sie seufzt. Außer Carla und Marco ist da noch ein anderer Typ. Nicht in ihrem Alter, den Falten auf der Stirn und um den Mund herum nach zu urteilen, eher der Vater von einem der beiden. Er ist fett, solariumgebräunt, hat eine Glatze und macht einen ziemlich schmierigen Eindruck.

Der Glatzkopf bedankt sich bei dem Bullen und begleitet sie alle nach draußen. Die Wirkung des MDMA ist dabei nachzulassen, und Stella versinkt in eine absolute Traurigkeit. Der Glatzkopf legt eine Hand auf ihre Schulter und sagt, sie könne ganz beruhigt sein, es werde nichts passieren.

Marco und Carla gehen, ohne sich zu verabschieden. Sie blickt ihnen nach, wie sie die Straße hinuntergehen und sich langsam entfernen.

Was für Arschlöcher! Und ich, was mach' ich jetzt?

»Wie kommst du zurück?«, fragt der Glatzkopf.

Mit einem Flugdrachen.

Sie zuckt mit den Achseln und macht sich auf den Weg Richtung Bahnhof.

Du musst den tiefen inneren Grund suchen, weshalb du in diesen

Schlamassel geraten bist. Wir alle haben Gründe. Sobald du deine Wahrheit findest, den Grund, warum du dich auf diese Reise in das menschliche Bewusstsein begeben hast, dann, und nur dann, wirst du in der Lage sein, die Bedeutung der Worte zu verstehen. Und Marco wird dir zu Füßen liegen.

DAS BRANDZEICHEN

Bei jedem Schlag des Drummers blitzt das alte Krankenhaus kurz auf. Der Geruch von Haschisch hängt in den Räumen. Ein zugedröhnter Typ schreit eine Mischung aus Englisch und dem Dialekt von Bari ins Mikrofon. Irokesen, Dreadlocks und Ärsche fliegen durch die Luft, alle schwitzen und tanzen Pogo wie betrunkene Kängurus, alle außer Stella.

Was haben diese Schwachköpfe dauernd zu feiern?

Der Freak redet aufgeregt mit einem Kumpel, wirft gelegentlich einen Blick herüber, sucht sie mit den Augen in der Menge.

Sie lehnt an einer schmutzigen Wand, neben dem Graffito einer riesigen biomechanischen, gelb-schwarzen Krake. Sie schlürft aus einem Plastikbecher einen Cuba Libre, der nach übelstem Billig-Rum schmeckt. Sie schlürft und mischt dabei die Flüssigkeit mit ihrem Speichel. Sie denkt an die Sache mit den Bullen. Sie starrt ins Leere.

Diese beiden Arschlöcher haben mich dort einfach alleingelassen.

Der Freak kommt auf sie zu, Stella verlässt den Raum, wo die Band spielt, er folgt ihr.

Was willst du? Hast du nicht gesagt, ich hätte mich viel zu sehr verändert?

Sie weicht einem betrunkenen Mädchen und ein paar schweißnassen Typen aus, setzt sich auf die Treppen gegenüber vom Eingangstor, zündet sich eine Zigarette an und schaut der grauen Rauchwolke nach, die den Mond vernebelt.

»Wie geht's dir?«

Sie fährt zusammen. Neben ihr steht Donato.

Ich bin so von der Rolle, dass ich dich nicht mal hab' kommen sehen.

»Gut.«

»Sicher?«

Stella zieht den Rauch ein, hält ihn in der Lunge, bläht die Backen wie ein Fisch, schnaubt und stößt schließlich einzelne kleine Rauchwolken aus. Sie zieht sich die Kapuze des Pullovers über den Kopf, zieht die Knie an, umschließt sie mit ihren Armen und legt den Kopf drauf. Falsch herum sieht das alte Krankenhaus aus wie eine große, verunstaltete Blechdose in Rosa. Falsch herum sehen all diese alternativen Typen aus wie Figuren aus einem japanischen Zeichentrickfilm.

Ich hab' echt riesige Lust, etwas zu nehmen, das mich total ausflippen lässt.

»Stella! Eh! Hörst du mich?«

Sie spürt seine Weinfahne an ihrem Hals, wendet sich dem Freak zu, es riecht nach Gras. Sie beobachtet seine Finger, die um ein langes Blättchen wirbeln.

»Ich bin heute in Gedanken versunken, mach dir nichts draus!«

Aber du machst dir total was draus, oder? Du bist überzeugt, dass ich mich in jemanden verknallt habe, nicht wahr? Jemand, der mich dir weggenommen hat, nicht wahr? Und du hast recht, Donato, ich hab' mich in ein Arschloch verknallt.

Donato legt eine Hand auf Stellas Schulter, mit der anderen reicht er ihr den Joint, sie zündet ihn an.

»Ist doch immer wieder schön, hier rumzuhängen, in unserem kleinen autonomen Zentrum …«

Stella fühlt den leichten Druck auf der rechten Schulter, zieht an dem Joint, der Grasgeschmack füllt ihren Mund, sie bläst sich eine große Wolke vors Gesicht und blickt hinein. Dann schaut sie sich um: Hardcore-Punk, schreiende Leute, Jungs, die wie wahnsinnig Pogo tanzen, andere, die auf den Sofas abhängen, Hunde, die bellen, während ihre Besitzer, den Kopf auf irgendwelchen Kissen, mit offenem Mund vor sich hinschlummern.

Ja, wunderschön, wie in einem Palast.

Ihr Handy fängt an zu vibrieren und zu klingeln. Stella nimmt es in die Hand und wird blass. Donato blickt sie an, als wäre er kurz davor loszuheulen. Sie gibt ihm den Joint zurück.

»Ist er das?«

»Eh, tschuldige, einen Augenblick«, sagt sie und erhebt sich von der Stufe.

Sie geht zum Tor. Donato bleibt sitzen und beobachtet sie mit traurigen Augen, den Joint in der Hand, von dem der Rauch in Kräuseln aufsteigt.

»Hallo?«

»Hallo, hier ist Marco.«

Hallo Arschloch, wie geht's? Willst du dich bei mir entschuldigen?

»Marco. Schön dich zu hören.«

»Wo bist du?«

»Beim alten Krankenhaus.«

»Was geht da?«

Immer die gleiche Scheiße.

»Ein geiles Konzert, lauter Leute voll im Delirium, Alkohol in Strömen …«

»Ich komme dorthin.«

Stella beißt sich auf die Lippen, gestikuliert mit der rechten Hand, läuft zwischen der Treppe und dem Tor hin und her.

Der Freak erhebt sich. Sie legt auf. Sie stehen einander gegenüber, er starrt sie an, sie versucht, dem Blick auszuweichen.

»Stella, schau mich an.«

Herrgott noch mal! Du, geh mir nicht auf die Eier.

Sie stöhnt genervt.

»Wirst du ihn treffen?«

»Wen ›ihn‹? Wovon redest du?«

»Der Typ, mit dem …«

Stella hebt den Blick, streift die Kapuze ab, schüttelt ihre Haare.

»Donato, du musst eins verstehen: Es ist aus.«

Donato fasst Stella am Handgelenk und drückt zu, so fest er kann. Die Augen hat er genauso fest geschlossen, als ob er das, was er tut, nicht tun wolle. Sie schreit und holt gerade aus, um ihm eine Ohrfeige zu verpassen, als ein großes, dünnes Mädchen mit pinkfarbenem Pony und Augenbrauenpiercing sie von hinten anspringt und umarmt.

»Hey Stella! Hängst du auch immer hier ab?«

Sie stinkt widerlich nach Alkohol, hat leblose Augen, die Augenlider hängen tief, und ihre Zähne klappern.

»Tina!«, ruft sie aus und dreht sich zu ihr um, als wäre sie überglücklich, sie zu treffen. »Was treibst du denn hier?«

Danke Tina, befreie mich von diesem Klotz am Bein.

Der Freak zieht die Augenbrauen hoch.

»Entschuldige«, sagt er zu Tina, »wir waren gerade im Gespräch.«

»Ah, sorry, hab' ich euch gestört?«

»Nee«, sagt Stella, »lass ihn, Donato ist heute ein bisschen nervös.«

Sie fasst Tina unter den Arm und zieht sie fort. Donato steht da mit geballten Fäusten und pochenden Adern auf der Stirn.

»Schmeißen wir einen Trip?«

Das ist genau das, was ich jetzt brauche.

»Sag bloß, du nimmst auch Drogen?«

»Ja, aber die Drogen sind längst nicht mehr das, was sie mal waren«, antwortet Tina.

Jetzt, bei genauerem Hinsehen, fällt ihr auf, dass Tina, wenn man von den gefärbten Haaren und dem Piercing absieht, nicht gerade das Gesicht eines jungen Mädchens hat.

Sagen wir, sie hat locker ihre dreißig auf dem Buckel und sich dabei noch schlecht gehalten.

Stella geht mit Tina durch das Tor hinaus. Sie schließen sich im Auto ein und ziehen zwei Lines MDMA.

Als sie aus dem Auto steigen, stehen vor ihnen Marco und der Glatzkopf, der sie vor den Bullen gerettet hat.

Wer ist das denn?

Marco kommt zu Stella, blickt Tina an. Die leckt sich die Lippen. Stella merkt nichts, sie steht reglos da und starrt den alten Typ neben Marco an: weißes Hemd, Goldkette, Augenringe. Er stinkt schlimmer nach Alkohol als der Freak.

Er sieht aus, als käme er direkt von King Kongs Hochzeit.

»Stella, das ist mein Vater«, sagt Marco. »Papa, das ist Stella, meine Busenfreundin …«

Busenfreundin?

Ihr dreht sich der Magen um. Ihr dreht sich alles.

Übst du diese Wirkung auf mich aus, oder ist es das MDMA? Sie schluckt den bitteren Geschmack herunter.

Für einen Augenblick kommt es ihr vor, als bekäme alles kleine Risse, Streifen, deren Ränder sich heben, abblättern wie Lack.

Ich muss was trinken.

Sie geht die Stufen hinauf, zurück in das Durcheinander. Sie bahnt sich einen Weg durch die Menge am Tresen, schwenkt einen Fünfeuroschein und bestellt noch eine Rum-Cola. Sie lässt dem Mädchen an der Kasse den Rest und drängt sich in die Menge, die Pogo tanzt. Vor ihr – der Freak.

Nein, verdammt!

Sie läuft aus dem Raum und stößt mit Tina zusammen.

»Hübsch, dein Freund«, sagt Tina.

Stella grinst.

Eine wie du kann von einem wie dem nur träumen.

Sie leert den Cocktail in einem Zug, nimmt Tina an der Hand, legt ihr einen Arm um die Hüfte, schiebt ihre Hand unter Tinas Pullover, klettert mit den Fingerspitzen den Rücken hinauf. Sie fühlt diese seltsame Lust nach mehr, viel mehr. Etwas, das in den Schenkeln beginnt und in alle Muskeln aufsteigt. Sie bewegt langsam den Kiefer.

»Was soll das?«, fragt Tina.

In diesem Augenblick kommen Marco und sein Vater herein.

Ich will ihn provozieren.

Stella nimmt Tinas linken Arm und legt ihn sich um den Hals.

»Ich will tanzen«, antwortet sie.

Tina schaut Marco an und lächelt ihm zu, sie verschränkt ihre Beine mit denen von Stella und bewegt ihr Becken gegen das ihrer Freundin. Stella legt Tina die Finger in den Nacken und küsst ihren Hals, spürt, wie die warme Haut erschauert, fühlt die Leberflecken unter ihren Fingerspitzen. Sie schaut Marco verloren an und leckt den Hals ihrer Freundin.

Die lässt sie machen, denn sie ist völlig weggetreten. Er verschlingt sie mit den Augen.

Der Mann, den Marco als seinen Vater vorgestellt hat, flüstert ihm etwas ins Ohr. Marco lächelt, kommt zu ihnen.

»Darf ich euch was anbieten?«

Stella nickt. Die vier gehen zum Tresen. Das Mädchen, das die Cocktails gemacht hat, ist weg, an ihrer Stelle – der Freak.

»Was wollt ihr trinken?«, fragt der Glatzkopf.

Wenn wir noch lange hierbleiben müssen, dann könnt ihr mich gleich an den Tropf hängen.

Sie mustert ihn, er sieht beinahe aus wie ein Bulle.

»Ich nehme noch einen Cuba Libre«, sagt Stella.

»Noch einen? Wie viele hast du denn getrunken?«, fragt der Glatzkopf.

Gerade so viele, dass ich deine Trash-Visage ertragen kann.

»Viele«, lacht sie.

Alles scheint ihr leichter. Von dem leeren Gefühl im Magen abgesehen, geht es ihr so gut wie an dem Tag, an dem sie Marco kennengelernt hat, so gut, dass ihr egal ist, wo sie heute Nacht landen wird.

Marco und Tina schauen einander immer wieder an. Der Mann neben Marco fasst Stella an die Hüfte.

»Mein Sohn hat mir viel über dich erzählt, er meint, dass du etwas Besonderes bist ...«

Dass ich gut im Bett bin?

»Ich bin eine, die gerne Spaß hat«, sagt Stella und gibt sich Mühe, ihren Unterkiefer still zu halten.

Donato wirft dem Mann von der anderen Seite des Tresens her einen bösen Blick zu.

»Wir hätten gerne zwei Cuba Libre und zwei Pampero Shots«, sagt Marco.

»Dein Freund kann nicht bleiben«, sagt der Freak.

Marco rümpft die Nase und wird laut.

»Warum kann er hier nicht bleiben? Er ist mein Vater!«

Tina kippen die Augen nach innen. Stella bedeutet dem Freak, ruhig zu bleiben.

Donato, wenn du mir diesen Abend versaust, dann schwöre ich, ich komme nachts zu dir nach Hause und schneide dir alle Haare ab.

»Stella, in letzter Zeit bist du echt seltsam, ich weiß nicht, mit welchen Arschlöchern du verkehrst, doch kokainsüchtige Bullen sind hier nicht willkommen, und wenn du mit denen rumhängen willst, dann – das sage ich dir als guter Freund, Stella – dann ist es besser, wenn du genauso verschwindest!«

»Leck mich«, sagt sie.

Tina, die die Sache erschreckt hat, macht sich aus dem Staub. Stella, Marco und sein Vater ziehen entrüstet ab. *Wenigstens sind wir da jetzt endlich raus.*

»Das ist mir noch nie passiert, aus einem Lokal geworfen zu werden«, sagt der Glatzkopf.

»Alles Idioten«, sagt Stella.

Sie steigen ins Auto. Der Glatzkopf fährt, Marco sitzt auf dem Beifahrersitz, die linke Hand tastet nach hinten zu Stellas Beinen. Er holt ein Tütchen Koks heraus und bereitet drei Lines auf einer CD-Hülle vor.

Wie jetzt? Vor seinem Vater?

»Ich verlass mich drauf«, sagt Marco dem Glatzkopf, »kein Wort zu Mama.«

Ja, das sind echt Geheimnisse, die man mit seinem Vater teilen sollte.

Der Typ lacht. Marco reicht Stella die CD mit dem Koks darauf. Zögerlich steckt sie sich die Banknote in die Nase und zieht. Dann reicht sie alles wieder nach vorne. Der Glatzkopf lässt das Steuer kurz los, nimmt die CD und zieht sich eine schöne, dicke Line, ohne nur eine Sekunde anzuhalten.

Mister Proletendaddy gibt sich alle Mühe.

Marco zieht die dritte Line.

»Wo hast du diese Zuckerpuppe aufgegabelt?«, fragt der Glatzkopf.

»Wo man Sterne findet«, antwortet der Blonde und streichelt weiter ihren Oberschenkel.

Ja, mitten in der Ecstasygalaxie.

»Sehr gut, mein Sohn, da hast du etwas Gutes von mir gelernt!«, grinst der Mann. »Das sagen wir der Mama auch nicht.«

Er fasst ihr an das andere Bein.

Was will dieser Fettkloß?

Sie schluckt den bitteren Schleim in ihrem Rachen herunter, fühlt die Anspannung, die ihr langsam vom Magen bis in den Hals steigt.

»Bleib locker, Stellina«, sagt Marco, »Papa lässt uns zu Hause allein.«

Das ist ja wohl selbstverständlich.

Das Auto rast über eine dunkle Landstraße, keine Autos, keine Geräusche.

Ich krieg Gänsehaut, bestimmt wegen dem Koks.

»Wann sind wir da?«

»Wir sind schon fast da, meine Hübsche«, sagt der Mann. »Ich darf dich bitten, meinen Sohn auch wirklich angemessen zu unterhalten.«

Stella versteht es nicht – die Drogen müssen schuld sein –, doch sie versteht einfach nicht, was die beiden von ihr wollen.

Er sagt viel zu oft das Wort Sohn, um wirklich sein Vater zu sein.

Das Dunkel der Landschaft wird vom rötlichen Schimmer der ersten Häuser durchbrochen. Das Auto wird langsamer. Das Dorf ist zu dieser Nachtzeit menschenleer. Der Mann lässt die beiden vor der Wohnung raus, zwinkert Marco zu und fährt davon. Marco tritt durch das Tor. Stella ist schwindlig, die Stufen vor ihr sind heute doppelt so hoch. Er macht die Tür auf.

»Heute bin ich allein«, sagt er.

Schade, ich hätte mich echt gefreut, eine Horde Models anzutreffen, die hier auf dich wartet.

Sie kommt nur langsam voran, kann sich kaum auf den Beinen halten. Er wendet sich um und hilft ihr. Stella spürt Marcos Haut auf ihrer, den Minzgeruch, die Finger, die ihre streifen. Sie klammert sich an ihm fest und saugt den Geruch seines Nackens ein. Mit ihren Lippen streift sie über seinen Hals.

Und nun, Mister Casanova, was machst du mit mir?

Sobald sie in der Wohnung sind, schließt er die Tür. Der Knall dröhnt durch das Haus.

»Zieh dich aus«, befiehlt er ihr sofort.

Hast du es eilig?

Stella spürt etwas in sich auflodern. Sie spielt mit dem Reißverschluss ihres Sweatshirts, öffnet ihn, schließt ihn wieder.

»Ich habe gesagt, du sollst dich ausziehen!«, sagt er.

Ja, mein Gebieter, aber lass mir ein bisschen Zeit.

Stella spiegelt sich im Eisblau von Marcos Augen wider.

Vor deinen Augen bin ich schon nackt.

Sie zieht sich das Shirt aus, fährt mit den Händen in die Jeans und zieht sie langsam herunter, dass sie sanft über ihre Haut streifen. Sie öffnet den BH und streichelt ihre kleinen, warmen Brüste. Sie drückt sie zusammen, damit sie größer aussehen.

Du sollst platzen vor Lust.

Marco schiebt sich die Hände in die Unterhose.

»Zieh dich nackt aus«, befiehlt er ihr.

Sie spielt mit dem Slip, enthüllt hier und da etwas Haut, fährt mit den Fingern die Leiste hinab. Er bemerkt, dass etwas an ihr anders ist.

»Zieh deinen Slip aus«, flüstert er, »zeig dich.«

Gleich wirst du sehen. Gleich wirst du sehen, was für eine kleine Überraschung ich für dich hab'.

Stella setzt ein aufreizendes Lächeln auf, sie kommt sich vor, als wäre sie beim Casting für einen Pornofilm. Sie schiebt ihre Hüfte leicht vor und streift den Tanga ab.

»Du hast dich ganz rasiert«, ruft er und massiert weiter sein Glied.

Du kannst mir nicht widerstehen.

»Jetzt komm her«, befiehlt er, »zieh mich aus.«

Sie geht zu ihm, legt ihre Hände auf seinen Bauch, fühlt, wie die Härchen sich aufrichten.

»Ich mag deine Haut.«

»Halt den Mund«, zischt er, »zieh mich aus und basta.«

Du kannst mich später immer noch knebeln.

Stella gleitet mit den Fingerspitzen über Marcos Haut, bohrt sich mit den Fingernägeln hinein, zerkratzt seinen Rücken, sie schiebt ihm das Hemd über den Kopf und wirft es fort. Kniet sich vor ihm hin, die Hände auf dem Jeansstoff seiner Oberschenkel, sie zerrt an dem Knopf, der nicht aufgehen will.

Komm schon, bitte, geh auf.

»Mach langsam«, befiehlt er und kneift in ihre Wange. Sie fühlt die Hitze seiner Finger wie eine Verbrennung und konzentriert sich auf die verdammten Jeans, die nicht aufgehen wollen. Er stößt sie weg und knöpft sich die Hose selbst auf.

»Hast du gesehen, wie hart du ihn gemacht hast.«

Sie hebt den Blick. Er zieht den Schwanz ein Stück hervor und stößt damit fest gegen ihre Lippen.

»Leck ihn!«

Stella streckt die Zunge heraus und schaut hinauf zu Marco. Ihre Augen funkeln, wie die der Beute vor dem Jäger. Das stachelt ihn an, er wirft sie auf den Fußboden und drückt ihre Beine auseinander.

Heute Nacht will ich mehr, viel mehr als alles.

»Mach es dir selbst«, raunt er, »sorg dafür, dass er richtig hart wird.«

Sie senkt den Blick und bemerkt, dass er seine Erektion verloren hat.

Du hast da ein kleines Problem, nicht wahr?

Sie kriecht über den Boden zum Sofa, macht die Beine auseinander und reibt sich mit den Fingern über die Klitoris, ganz langsam, dann befeuchtet sie ihre Finger mit Speichel, lutscht an ihnen und reibt damit wieder über die Klitoris. Ein flauschiges, warmes Kribbeln strömt von dort durch ihren Körper.

Marco zündet sich eine Zigarette an. Er steht da, aufgerichtet, direkt über ihr, und blickt in ihre Vagina wie ein Gynäkologe. Ihre Finger tasten sich hinab, dringen tief in sie ein. Sie wird immer nasser. Er steht dort und raucht und beobachtet minutiös die Bewegung ihrer Finger zwischen der glattrasierten Scham und den prallen Schamlippen. Er lässt sich auf das Sofa fallen und streicht mit dem Schwanz über ihre Schenkel. Er ist warm, noch nicht hart, aber die Spitze geschwollen, sie nimmt ihn in die Hand. Er dringt mit den Fingern in sie ein.

»Nimm«, sagt er und gibt ihr die Zigarette, »zieh mal.«

Sie führt sie zu ihrem Mund, inhaliert und behält den Rauch drin. Marco zieht die Finger heraus, sie sind ganz feucht, und reibt mit schnellen Bewegungen über ihre Klitoris. Es ist ein fantastisches Gefühl. Süße Krämpfe zucken durch ihren Körper.

Hör nicht auf, Sexgott. Komm. Ja. Genau so.

Sie hält die Zigarette zwischen Mittel- und Zeigefinger, beide verschwitzt, mit der anderen umklammert sie Marcos Glied und drückt bei jedem Krampf etwas fester zu. Sie ist kurz davor, einen gewaltigen Orgasmus zu bekommen, als Marco mit vier Fingern tief in sie stößt. Sie spürt, wie sich das Fleisch dort drinnen bis zum Äußersten spannt.

»He. He, Marco. Bitte, so nicht.«

»Ich will deine Schmerzen sehen.«

Wenn du zuerst dafür sorgst, dass ich komme, mache ich, was du willst.

Und je mehr sie schreit, desto härter wird sein Schwanz.

Okay. Aber so reißt du mich in Stücke.

Stella stößt Marco mit den Füßen weg. Er holt sich die Zigarette zurück und drückt ihren Kopf in die Kissen.

»Hast du Angst?«, fragt er sie und hält ihr den Mund zu.

Sie verfolgt, wie der Rauch von der Kippe vor ihren Augen wabert. Sie bekommt Atemnot. Sie versucht zu schreien, würgt aber nur einen kehligen Laut hervor. Marco lässt sie los.

In Ordnung, du willst mir weh tun? Dann tu mir weh. Wollen wir doch mal sehen, wie weit du kommst. Lass mich die Grenze überschreiten.

Sie bietet ihm ihren Rücken. Marco reibt mit der Eichel zwischen ihren Pobacken. Sie sieht ihm dabei zu, er fasst ihren Kopf und dreht ihn weg.

»Ich will dich nicht sehen«, sagt er, »ich will nur deinen Hintern sehen.«

Sie gehorcht.

»Mach mit mir, was du willst«, sagt sie.

Zeig mir, wozu du fähig bist.

Er wichst immer stärker. Er weitet Stellas Schamlippen mit den Fingern und dringt in sie ein. Stella fühlt, wie Marcos Glied sich in ihr bewegt, aber es ist nicht so schön wie zuvor. Irgendwas stimmt nicht, sie spürt ihn, aber nicht genug, dass sie starke Lust empfände.

Was ist los mit dir, Mister Sexgott?

Marco presst die Hand auf ihren Rücken, stößt langsam, kreist in ihr. Er drückt ihr die Kippe genau in die Mitte ihres Rückens. Es brennt fürchterlich. Sie schreit. Sie spürt, wie Marcos Glied in ihr wieder ganz hart wird. Lust und Schmerz verschmelzen.

»Ja, tu mir weh,« ruft sie, »ich gehöre dir.«

Seine Bewegungen werden immer schneller. Er stößt fest mit dem Becken zu. Er drückt den glühenden Stummel noch einmal auf ihre Wirbelsäule, kurz unter der Stelle vom ersten Mal. Sie spürt das Brennen, unerträgliches Brennen. Wie eine Säure, die die Haut auflöst. Sie schreit. Beißt die Zähne zusammen. Schreit.

Du Hurensohn, ich wollte, dass du mich fesselst und knebelst, nicht dass du mich bei lebendigem Leib verbrennst.

Stellas Körper gehört jetzt ganz allein Marco. Er bewegt sein Becken schnell vor und zurück, sein Schwanz ist ganz prall. Er ist kurz vor dem Orgasmus. Er drückt die Kippe erneut auf ihren Rücken, in einer Linie mit den anderen, etwas tiefer, kurz über dem Steißbein. Er hört, wie sie schreit, wie noch keine Frau in seinen Händen geschrien hat.

Bin ich dabei zu sterben oder einen Orgasmus zu bekommen?
Der Stummel verglimmt, lässt drei kreisförmige Stellen zurück, an denen die Haut dunkler ist, genau auf der Wirbelsäule, eine unter der anderen, wie drei Ringe. Marco schließt die Augen und gibt sich seinem Ausbruch hin.

»Ich komme. Ich komme«, schreit er.

Er bleibt noch einen Moment in ihr. Dann zieht er ihn heraus und gibt ihr einen Klaps auf den Hintern. Als sie sich umdreht, bemerkt Stella, dass Marcos Zigarette verschwunden ist. Ihr Rücken brennt brennt brennt, und Tränen steigen ihr in die Augen.

Was hast du mit mir gemacht? Ich kann es nicht begreifen, ich krieg nicht zusammen, was in den letzten zehn Minuten passiert ist.

Er geht ins Bad, wäscht sich.

Sie kriecht auf den Sessel, merkt, dass sie den Rücken nicht an das Polster lehnen kann, es brennt höllisch. Sie umklammert ihre Beine und wiegt sich auf der Sesselkante hin und her.

Was tue ich mir an?

Marco kehrt ins Zimmer zurück und gibt ihr ein Bier. Die ersten Sonnenstrahlen dringen durch die Rollläden. Er hat leere Augen und einen abwesenden Blick.

»Bleibst du hier?«, fragt er, ohne ihr ins Gesicht zu sehen.

Nicht ums Verrecken.

»Nein, ich muss sofort zurück.«

»Ach, komm schon«, sagt er, noch immer ohne sie anzusehen, »bleib hier mit mir, morgen früh, also heute, wachen wir zusammen auf, schlafen miteinander ...«

Miteinander will ich gar nichts mehr.

»Ich muss los. Ich muss zu Hause sein, bevor meine Eltern wach sind. Wenn du mich nicht bringen willst, nehm ich den Zug.«

EIN SCHRITT ZURÜCK

Kronleuchter aus dem neunzehnten Jahrhundert, Stimmengewirr, Leute, die hin und her laufen, Geruch nach Tabak, Papier, verschwitzten Klamotten. Stella hastet durch den Flur der Universität. Als sie endlich in der Bibliothek ankommt, ist sie völlig durchgeschwitzt. Sie setzt sich, holt die Bücher hervor. Der Freak sitzt da, genau vor ihr, und wagt es nicht, sie zu begrüßen.

Komm schon, Donato, heute brauche ich dich.

Stella blättert nervös in »Das Sein und das Nichts«, Donato blättert nervös in einem Archäologiebuch. Sie hebt die Augen, er weicht ihr aus. Stella lässt den Kopf in die Hände sinken.

Ich krieg gleich 'nen Nervenzusammenbruch.

Donato beobachtet sie, der Rhythmus seines Atems wird schneller. Er schlägt das Buch zu. Das heftige Geräusch der aufeinanderschlagenden Seiten lässt Stella aufblicken. Der Freak streift das Gummiband von seinem Zopf und lässt die lockige Mähne auf die Schultern fallen. Er klemmt sich das Buch unter den Arm und verlässt die Bibliothek.

Jetzt machst du dich sogar vom Acker.

Stella lässt »Das Sein und das Nichts« liegen und folgt Donato nach draußen.

»Hey!«, ruft sie durch den Flur.

Er dreht sich um, antwortet nicht, zuckt mit den Schultern. Sie geht zu ihm hin, legt ihm eine Hand auf die Schulter.

Los, Donato, sei ein Mann, ich weiß, dass es schwierig ist.

»Ich muss dir sagen, wie die Sache aussieht«, sagt sie.

Er hält den Atem an, zieht die Stirn in Falten, macht einen Gesichtsausdruck, der ihn gleich ein paar Jahre älter aussehen lässt. Er versucht, sein buntes Kasackhemd zu ordnen, indem er es mit

Daumen und Zeigefinger nach unten zieht, er fährt sich mit der Hand über das Kinn, um den Bart zu glätten.

»Ich bin ganz Ohr«, antwortet er nach einer kurzen Pause.

»Nicht hier, lass uns in meine Bude gehen, ich muss dir zu viele Sachen erzählen.«

Es ist besser, wenn wir an einem abgeschiedenen Ort sind, es könnte dich umhauen.

Sie holt ihre Sachen aus der Bibliothek, hakt sich bei dem Freak unter, und sie verlassen zusammen das Gelände der Uni. Sie überqueren die Piazza Umberto, werden von einem Fixer angehalten, der um etwas Kleingeld bettelt, kommen zur Via Davanzati und schließlich zu Stellas Bude: Ein großer Raum, der nach Farbe und Gips riecht. In der Mitte steht ein weißer Tisch mit zwei Stühlen, und an der Wand ein unterdimensioniertes Klappbett.

»Setz dich«, bittet Stella den Freak.

Donato macht es sich auf der Liege bequem und fängt an, mit dem Feuerzeug ein Stück Haschisch zu erhitzen, bis es knetweich ist.

Klar, du musst dich psychologisch vorbereiten.

Sie setzt sich im Schneidersitz, die Hände auf den Knien wie bei einer Yogaübung, schließt die Augen, atmet tief ein und beginnt.

»Du hattest recht, es gibt eine andere Person in meinem Leben.«

»Was hab' ich gesagt!«, sagt er mit gequältem Lächeln.

»Ja, es gibt, besser gesagt, es gab.«

Donato runzelt die Stirn, zieht die Augenbrauen hoch, ein Gesicht Marke: Verarsch mich nicht.

»Ich hab' ihm gesagt, er kann sich verpissen.«

»Aber natürlich«, sagt er mit unüberhörbarer Ironie, während er das zerbröselte Hasch mit Tabak mischt.

»Der Typ ist total pervers und krank.«

»Kannst du mir ’nen Filter drehen?«, bittet er sie, mit dem gleichen ruhigen, unergründlichen Ton in der Stimme.

»Er hat seine Zigarette auf meinem Rücken ausgedrückt. Als Brandzeichen!«

Stella dreht sich um, zieht die Bluse hoch und zeigt Donato die drei übereinanderliegenden, kreisförmigen Brandwunden auf der Wirbelsäule. Er verzieht angewidert den Mund, beugt sich nach vorn und fingert ein Blättchen aus der Jeanstasche hervor. Er gewinnt seine Fassung zurück und tut so, als ob ihm die Sache überhaupt nichts ausgemacht habe.

»Stella, du hattest schon immer eine masochistische Ader.«

»Das ist nicht wahr, du hast mich nie …«

»Ich bin ein gewaltloser Mensch«, unterbricht er sie, während er den Joint rollt.

Ich aber nicht, und wenn du mich noch mal unterbrichst, um Schwachsinn von dir zu geben, kannst du was erleben.

»Donato, Moment, du hast mich nicht verstanden. Das war noch nicht alles, ich hab’ von seiner besten Freundin erfahren, dass er was mit einer anderen am Laufen hat, nichts Richtiges, aber jedenfalls steht er auf eine andere.«

»Und das wundert dich? Nicht alle sind so beknackt wie ich und haben ihre Freundin noch nie betrogen, nicht mal in Gedanken.«

»Hör zu.« Stella ist außer sich. »Kannst du das, was ich dir hier sage, verdammt noch mal ernst nehmen? Ich sage dir, dass der Typ die Leute manipuliert, das ist ein Betrüger, der alle nach seiner Pfeife tanzen lässt. Weißt du, weißt du, was er getan hat …«

»Bin ganz Ohr«, sagt der Freak und leckt mit der Zunge über die Klebefläche des Blättchens.

»Er hat auf Facebook geschrieben, dass er die Mädchen, die sich von Männern weh tun lassen, nicht versteht, dass er glaubt, die seien alle nur Opfer von sich selbst und ihren eigenen Ängsten.«

»Ich bin gegen Facebook.«

Natürlich, du Neandertaler! Leider geht es hier aber nicht darum, sondern um mich.

»Donato, es geht hier nicht um Facebook! Ich rede von einem sadistischen Menschen, der mir weh tun will! Wie gesagt, er hat das also gepostet, und dann meinte er noch, dass es ein Mädchen gibt, in das er verliebt ist, aber sie würdigt ihn keines Blickes, dabei himmelt er sie an, und sie ist die, die er wirklich will undsoweiter, verstehst du?«

»Stella, man kann nicht allen gefallen«, sagt der Freak und reicht ihr den Joint.

Sie nimmt einen langen Zug und bläst den Rauch in Ringen heraus, die das Zimmer vernebeln.

»Donato, an dem Abend hab' ich diesen, ach sagen wir Typ ohne Namen, zum Teufel gejagt.«

Donato schaut Stella forschend an. Er blickt ihr genau in die Augen.

Willst du mir unterstellen, dass ich lüge?

»Stella, du sagst viel, aber dann machst du immer das Gegenteil.«

Das Leben ist voller Widersprüche, Baby.

»Ich hab' ihm eine Mail geschrieben und gesagt, dass er sich verpissen soll, dass er mich nicht auf diese Weise ausnutzen kann. Und er hat mir geantwortet, er hätte ja von Anfang an gesagt, dass er keine Geschichten will, aber weißt du, was er dann gemacht hat?«

»Du fängst an, mich zu langweilen.«

»Okay, ich sag' dir ja nur, dass mir an dem Abend ein unbekanntes Mädchen auf Facebook geschrieben hat, mit dem Profilbild eines

Models, Diavolessa nennt sie sich, und die hat mir lauter Nacktfotos von mir geschickt.«

»Du hast Nacktfotos von dir?«, sagt er und schnappt ihr den Joint aus der Hand. Stella lacht, grinst.

Ich wusste, dass du bei »nackt« hellhörig werden würdest.

»Jedenfalls, Donato, ich glaube, dieses Mädchen ist er.«

»Du zermarterst dir andauernd das Gehirn wegen dieser Social Networks, ein Glück, dass ich diesen ganzen Dreck von mir fernhalte.«

Stella schlägt sich mit den Händen auf die Oberschenkel und springt von ihrem Klappbett auf.

Ich glaub es nicht! Mit was für einem Trottel ich zu tun hab', kaum zu glauben, dass so was bis vor kurzem mein Freund war.

»Stella, komm mal her«, sagt Donato und drückt den Joint im Aschenbecher aus.

»Was willst du?«

»Komm schon, komm her aufs Bett.«

Ich weiß, was du willst, du willst den Versöhnungsfick.

Der Freak streckt sich auf dem Bett aus und schaut sie mit gierigen Augen an.

Du musst dich drauf einlassen, Stella, du kannst nicht nur Affären mit Dreckskerlen haben, im Endeffekt liebt dich dein Ex. Bleib bei den Leuten, die dich lieben.

Stella geht auf Donato zu und lässt sich streicheln, aber diese Berührungen sind anders als die, die ihr gefallen, es sind andere Hände: rein, ohne Täuschungen. Stella lässt sich die Bluse öffnen, die Hose, den BH, den Slip ausziehen. Sie lässt es zu, dass seine Finger mit den abgekauten Nägeln über ihre Lippen fahren. Sie lässt zu, dass seine Lippen sich auf ihre drücken, lässt zu, dass sich sein Körper auf ihren presst, sie lässt ihn machen. Und sie spürt nichts.

Jetzt erinnere ich mich wieder, warum ich dich verlassen habe.

Sie weiß genau, was sie machen muss, damit er gleich kommt, es genügt schon, dass sie heftig stöhnt und sich ihre Eingeweide zwei- dreimal hintereinander zusammenziehen.

»O Gott, ich kann nicht mehr!«, schreit Donato.

Braver Junge, komm.

Stella legt ihre Hand auf Donatos Brust und stößt ihn weg.

Er hat seinen Schwanz in der Hand. Sie streift ihre Sachen über, zündet sich eine Zigarette an und geht ans Fenster.

»Kommst du her?«, fragt er sie.

Nein, mein Lieber, vergiss es, dass ich auch noch mit dir kuschle.

»Ich will hier stehen bleiben«, sagt sie und bläst den Rauch aus dem Fenster.

»Hat's dir denn gefallen?«

»Normal, Donato, normal …«

Donato schweigt. Er knöpft sich die Jeans zu.

»Ich hab' erfahren«, sagt Stella, »dass ihr morgen nach Pistoia fahrt, in ein Dorf.«

»Von wem hast du das denn?«

Von der Tratschtante.

»Tina.«

»Die kann auch ihr Maul nicht halten!«

»Ich komme mit.«

Ich hab' mit dir geschlafen, du kannst nicht nein sagen.

»Was soll das heißen, du kommst mit?«

»Ich fahre mit, ich brauche jetzt so etwas.«

»Nein, Stella.«

Vergiss es, du wirst es mir nicht verbieten.

»Warum nicht?«

»Erstens: weil ich mit meinen Freunden wegfahren will, auch um ein bisschen Abstand zu dir zu bekommen. Zweitens: Wenn du mitkommst und dann mit irgendeinem anderen rummachst, wird mich das zu sehr fertigmachen.«

»Ich fang' mit niemandem was an, versprochen, mit niemandem.«

»Ich weiß echt nicht, Stella ...«

»Eh, Donato, schau mich an, ich fang' mit niemandem was an, ich verspreche es dir.«

Donato bleibt regungslos sitzen und hat diesen Blick nach dem Motto: Das soll ich dir glauben?

»Glaub mir«, sagt sie, »ich vermisse dich, ich brauche dich.«

»Ich weiß wirklich nicht, was ich dir sagen soll. Also gut, aber du darfst nicht nörgeln: Wir schlafen auf dem Boden und kaufen für zwei immer nur ein Zugticket.«

Wie immer wie die Penner.

»Ja, klar, wie du willst.«

Hauptsache, ich fange mir keine Flöhe ein.

DIE GEPÄCKABLAGE

»Wo willst du denn mit diesem Rucksack hin?«

Entspann dich, Mama, ist nicht weit, ich mache einen Abstecher zum Mars, bin gleich zurück.

»Ich verreise übers Wochenende.«

»Was meinst du mit ›verreisen‹?«

»Mama, ich war die ganze Woche zu Hause, bin nicht ausgegangen, heute Morgen war ich an der Uni, habe gelernt, und dieses Wochenende will ich mit Donato wegfahren, nur drei Tage. Freitag,

Samstag, und Sonntag komme ich schon zurück, versprochen, drei Tage in Pistoia.«

»Mit Donato? Seid ihr denn wieder zusammen?«

»So was in der Art«, murmelt Stella.

»Und wo schlaft ihr?«

Unter der Brücke.

»Im Hotel.«

»Ich kann das nicht entscheiden, frag mal deinen Vater. Mal sehen, was der dazu sagt.«

Am Abend ist Stella unterwegs nach Pistoia. Sie machen es so: Für alle vier werden nur zwei Fahrscheine gekauft. Die Jungs sitzen, die Mädels verstecken sich auf der Gepäckablage hinter den Koffern. Wenn der Schaffner erscheint, zeigen die Jungs die Fahrscheine, und niemand bemerkt die Mädchen da oben. Dann von Rom nach Pistoia nehmen sie den Eilzug, zwängen sich zusammen in ein Klo.

Warum müssen wir immer noch diesen Bullshit machen.

Stella und Tina ziehen die Schuhe aus, schieben sie unter die Sitze, steigen mit den Füßen auf die Kopfstützen und klettern hoch zur Gepäckablage, breiten die Isomatten auf dem Gitter aus, legen sich darauf und decken sich mit Rucksäcken und Jacken zu.

»Die Gepäckablagen sind auch nicht das, was sie mal waren«, sagt Tina, während sie eine Position sucht, in der ihr der Rücken nicht so weh tut.

Donato und Ganzo, der Checker, verstauen ihre Rucksäcke auf der Gepäckablage vor den Mädchen und lassen sich dann auf die Sitze fallen. Der Checker ist ein Typ mit Elvistolle, Cowboygürtel und Texas-Stiefeln. Ein Mittelding zwischen Fonzie und Terence Hill. Ab und zu steht er auf, um nachzuschauen, ob der Schaffner schon im Anmarsch ist. Als er schließlich kommt, hat der Checker schon ein breites, zuvorkommendes Lächeln auf dem Gesicht.

»'N guten Abend«, sagt er und nimmt seinen Cowboyhut ab.

»Fahrscheine bitte«, sagt der Schaffner.

Stella duckt sich hinter den Koffern. Sie spürt, wie sich ihr die Querstreben in den Rücken bohren.

Zum Teufel mit mir, dass ich unbedingt mit solchen Bettlern mitfahren wollte.

Der Schaffner wirft einen kurzen Blick auf den Berg aus Gepäck und Decken auf der Ablage und zieht zum Ausdruck seiner Missbilligung die Augenbrauen zusammen.

Klar, dieses Mal ist es so weit, dieses Mal werden sie uns erwischen.

Der Checker reicht ihm sein Ticket. Der Schaffner fordert auch den Freak auf, seines vorzuzeigen.

»Ihr wisst, dass ihr Platz auf der Ablage machen müsst, falls jemand einsteigt, nicht wahr?«

»Klar«, antwortet der Checker, »vor allem, wenn so 'ne süße Puppe einsteigt.«

Der Schaffner mustert den Checker, versucht auszumachen, ob er wirklich so ist oder nur so tut. Stella spürt, wie das Metallgitter genau an der Stelle in ihren Rücken schneidet, wo die Narben der Brandzeichen sind. Sie beißt sich auf die Lippen und zwingt sich, keinen Mucks von sich zu geben.

Ich sterbe.

Der Schaffner zieht misstrauisch die Augen zusammen und beäugt jeden Winkel der Ablage, versucht herauszufinden, was dahinter versteckt ist.

Mann, ich bitte dich, verschwinde.

Er nähert sich Stellas Gepäckablage. Ihr Herz rast. Sie versucht, langsam zu atmen, sich nicht zu verraten.

Verdammt, er hat mich gesehen, er hat mich gesehen.

Der Schaffner hebt den Zipfel der Decke ein Stück an.

Hilfe.

Unter der Decke befindet sich ein grüner Rucksack, der aber so verdreckt ist, dass er eher braun aussieht. Der Schaffner macht ein angewidertes Gesicht und geht.

Stella seufzt vor Erleichterung.

Es reicht. Wenn diese Reise vorbei ist, werd' ich eine aufgetakelte Edel-Tussi.

Bei Foggia gesellen sich zwei unscheinbare Typen zu ihnen ins Abteil. Sie sehen sehr jung aus.

Wenn wir wegen dieser zwei Idioten ertappt werden, bring ich sie um.

Einer der beiden versucht, seinen Koffer auf Tinas Ablage zu verstauen. Der Freak, Stella und der Checker beobachten ihn nervös. Tina ist voll durch den Wind, ihre Augen wandern wie verrückt von links nach rechts, hin und her.

Als der Typ die Decke anheben will, hält der Checker ihn auf.

»Hey du, entschuldige, aber da oben drauf sind zwei Mädels.«

»Wo?«, fragt der Typ wie versteinert.

Der Checker zeigt mit dem Finger auf die beiden Ablageflächen.

»Schau mal: Da und dort.«

Stella kommt hinter dem Rucksack hervor, um Hallo zu sagen. Tina ebenfalls.

»Tut uns leid«, sagen die Neuankömmlinge. Es findet sich schnell eine Übereinkunft. »Kifft ihr?«, fragt der Checker. Und so rauchen sie die ganze Nacht.

Sie kiffen so viel, dass Stella einschläft, obwohl ihr Rücken höllisch brennt. Sie wird von ihrem Handy geweckt, das in der Jeanshose vibriert. Eine neue Nachricht. Sie nimmt das Telefon in die Hand und sieht Marcos Nummer, die sie gelöscht hat, aber auswendig kennt.

Verdammt!

In der Nachricht steht: »Würdest du mit mir durchbrennen? Ich meine es ernst.«

Er ist verrückt.

Die anderen da unten kiffen, trinken Lambrusco aus der Flasche, quatschen und lachen übermäßig. Auch die zwei Typen sind jetzt lockerer, biegen sich vor Lachen. Auch Tina, auf der anderen Ablage, ist von der allgemeinen Heiterkeit erfasst. Niemand nimmt von Stella Notiz oder davon, dass sie gerade eine Nachricht bekommen hat und ihr tausend Sachen im Kopf herumschwirren.

Ob ich mit dir durchbrennen würde? Sogar sofort. Schade, dass du so ein Wichser bist und ich zu schlau, um auf dich reinzufallen.

»Gib's zu, das ist ein Witz«, antwortet sie.

Nach zwei Sekunden vibriert das Handy erneut.

»Das war kein Witz, ich will mit dir durchbrennen. Hast du Lust, nach Berlin abzuhauen?«

Stella fühlt einen Kloß im Hals, wie wenn man in Tränen ausbricht, doch bei ihr ist es Lachen, ein leises Lachen, niemand kann es sehen, doch sie spürt es in ihrem Innern wie eine Explosion der Freude.

Ich? Mit dir? Niemals.

»Ja«, antwortet sie.

Stellas Handydisplay erhellt sich erneut, diesmal gefolgt vom Doors-Klingelton *People are strange*.

Das Raunen aus Stimmen und Gelächter bricht ab. Stella springt von der Gepäckablage und erwischt den Freak versehentlich mit dem Fuß. Er rückt zur Seite, um nicht noch einen Tritt abzukriegen, und sieht sie fassungslos an. Alle schauen sie an. Schweigen. Stella verlässt das Abteil und nimmt den Anruf entgegen. Kaum ist sie im Gang, lugt Tina hinter dem Gepäck hervor und sagt: »Ist die jetzt völlig bescheuert?«

Stella setzt sich auf den Teppichboden im Gang des Zuges und zieht die Knie an die Brust. Ihr Herz ist eine Trommel, ihre Augen leuchten.

»Marco?«

»Na, wo bist du?«

»Auf einem Ausflug. Ich fahre zum Elfendorf in Pistoia.«

»Ach echt? Ich wollte bei dir vorbeischauen und dich abholen.«

»Was soll das heißen, du wolltest bei mir vorbeischauen?«

Es ist drei Uhr nachts, du Schwachkopf.

»Also, wenn du da im Norden bist«, sagt er weiter, »dann hör mal: Ich muss nach Bologna, um Freunde einer Band zu besuchen, die Velena, ich hab' dir von denen erzählt. Lass es uns doch so machen: Ich rufe dich an, wir sehen uns, und dann hauen wir gemeinsam ab.«

Das heißt, er meint es ernst.

»Was redest du da? Willst du mich verarschen?«

»Nein, es ist die Wahrheit. Du bist die Einzige, mit der ich durchbrennen würde, das schwöre ich. Du bist die Einzige, mit der ich eine Reise unternehmen würde. Du bist der einzige Mensch, dem ich vertraue. Du bist die einzige Frau, mit der ich mir mehr vorstellen kann, als einfach nur zu ficken.«

Marco verabschiedet sich und versichert, er werde sich in den nächsten Tagen bei ihr melden. Stellas Augen sind geschwollen von all den Freudentränen. Es lodert in ihr, sie hat einen Knoten im Hals, es kitzelt auf ihrer Haut, an der die Tränen hinunterrinnen, sie hält die Luft an, kann nicht ausatmen. Dann kehrt sie ins Abteil zurück. Alle starren sie an.

Und?! Was wollt ihr? Darf man nicht mal mehr ans Telefon gehen?

Donato schaut aus dem Fenster und raucht einen Joint nach dem anderen. Er macht ein ernstes Gesicht, wie jemand, der sich gerade absolut nicht amüsiert.

Ihr habt gelauscht, ihr Dreckskerle.

Die anderen schweigen, ihre Blicke aber sagen alles.

Okay, ihr wollt die Wahrheit hören? Dann sollt ihr auch die Wahrheit bekommen.

»Wie es aussieht, werde ich morgen nach Bologna aufbrechen.«

Der Freak zieht weiter an seinem Joint und starrt auf die Finsternis hinter dem Fenster.

Bravo Donato, tu ruhig weiter so, als ob nichts wäre.

Tina schiebt die Rucksäcke und Decken zur Seite, setzt sich auf, schief zwischen den Rändern der Ablage eingeklemmt. Sie ist stinksauer. »Stella, hältst du das wirklich für richtig, was du gerade tust?«

Was willst du denn jetzt verdammt noch mal?

Tina greift sie an. »So geht das nicht, so kannst du mit den Leuten nicht umspringen!«

Der Checker springt auf, um Stella zu verteidigen. »Also ich verstehe sie, ich meine, ich mach' das normalerweise auch so mit den Mädels.«

»Hier geht's nicht um einen One-Night-Stand, Checker«, fährt Tina fort, »hier geht's um ein Mädchen, das zwei Jahre mit Donato zusammen war und ihn plötzlich betrügt und fertigmacht, bloß weil sie MDMA entdeckt hat.«

Da spricht die Heilige.

Die zwei neuen Typen sitzen stumm da und beobachten das Geschehen.

»Stella, lass dir eins sagen: Ich hab' den Eindruck, dass du vollkommen durchdrehst, seit du MDMA nimmst. Du läufst irgendwelchen Halluzinationen hinterher, das ist doch nicht Liebe, was du auf dem Zeug empfindest. Ich nehme auch Drogen, aber ich habe die Kontrolle über mein Leben, du nicht.«

Wenn du dich so gut unter Kontrolle hast, dann erklär mir doch bitte, wieso du zehn Kilo in einem Monat verloren hast?

Donato sagt keinen Ton. Stella klettert wieder auf die Gepäckablage und fällt in ein Koma, das die restliche Fahrt über anhält. Die anderen widmen sich wieder den Joints und dem Trinken im Dunkeln.

Am Morgen ist Pistoia gespenstisch. Die vier wandern wie Zombies durch die Stadt. Sie nehmen einen Bus. Etwas ist zwischen ihnen wie ein Schleier. Sie sitzen alle nebeneinander in der letzten Reihe, auf den Sitzen mit Wollpolster. Niemand redet. Unvermittelt bricht der Checker das Schweigen.

»Alter, was soll das Geschmolle? Ich bin hierhergekommen, um mich zu amüsieren, nicht um mich zu langweilen.«

»Hey Ganzo, wir sind auf dem Weg zum Elfendorf, einer autonomen ländlichen Gemeinde«, sagt der Freak gereizt. »Das ist keine Raveparty.«

Tina und Stella meiden den Blickkontakt und reden nicht miteinander, Stella und Donato gucken sich nicht einmal aus den Augenwinkeln an.

Ich hätte einfach zu Hause bleiben und Marco treffen können.

Kornfelder, Hügel, Bäche. All diese rustikalen Landschaften ziehen vor ihren Augen vorbei, ohne dass dem einer der vier besondere Aufmerksamkeit schenken würde. Stella schaut auf die Straße, die am Fenster vorbeirast, sieht sie aber nicht.

Sie ballt die Fäuste und spürt das Blut in den Fingerknöcheln pulsieren.

Ich will raus aus diesem Scheißbus, weg von diesem Geruch nach menschenverseuchten Polstern.

Der Bus hält auf einer verlassenen Freifläche, die in gelbes Licht getaucht ist, am Fuße eines Berges. Die vier steigen aus und folgen einem schmalen Wanderweg, der durch die typische Gebirgsvegetation führt. Es duftet nach Pinien und Tau. Es ist kalt, und der Anstieg ist noch lang.

Nein, ich lauf bestimmt nicht den ganzen Weg da hoch.

Stella drückt auf dem Handy herum, um Marco eine Nachricht zu senden, muss aber feststellen, dass sie im absoluten Niemandsland gelandet ist und es kein Netz gibt.

Scheiße.

»Hört mal«, ruft sie den anderen hinterher, »ich muss eine Stelle finden, wo ich Empfang habe.«

»Die ist echt dreist«, nuschelt der Freak.

Der Checker ist schon weiter vorne, und von Tina sieht man bloß noch die Silhouette. Der Freak hat einen schnellen Gang, Stella hingegen ist außer Atem und kann nicht mehr. Sie krümmt sich vor Schmerzen, giert nach Luft, ihr Herz rast vor Anstrengung, alles nur wegen dieses steilen Anstiegs.

Können diese gottverdammten Elfen keine Seilbahn bauen?

Auch die Silhouette von Donato ist kaum noch zu erkennen.

Nein, alleine schaffe ich es nicht.

»Donato. Hey! Bitte, warte auf mich.«

Der Freak geht unbeirrt weiter.

»Bitte, ich kann nicht mehr. Was ist, wenn ich einen Herzinfarkt bekomme?«

Er verlangsamt den Schritt.

»Komm zurück!«, schreit sie. »Ich schaffe es nicht, dich einzuholen.«

Donato stöhnt, schlägt resignierend die Hände auf die Schenkel und geht zurück zu Stella.

»Du hast nicht mal zehn Meter geschafft, du bist eine Niete, ich hab' dir ja gesagt, dass du nicht mitkommen sollst!« Stella versucht, erst mal Luft zu holen.

Ja, aber woher sollte ich wissen, dass wir den Mount Everest besteigen würden?

»Vielleicht«, sagt sie keuchend und stützt sich an einem Baum ab, »vielleicht hast du recht, und ich hätte nicht mitkommen sollen.«

»Du«, sagt der Freak und wird lauter, »bist einer dieser Menschen, die alles auf einem Silbertablett serviert bekommen wollen. Du könntest nie einen Berg besteigen, ohne Strom und warmes Wasser leben, andere Lebensweisen ausprobieren.«

Vielleicht interessiert mich das einfach nicht, oder was glaubst du?

»Du«, fährt er fort, während Stella, die sich noch immer an dem Baum festhält, allmählich wieder zu Atem kommt, »du bist das Endprodukt unserer Gesellschaft: ein gleichgeschalteter Mensch, ein bürgerliches Mädchen, eine Internetsüchtige.«

Und du bist der freakige Aufguss eines Siebzigerjahre-Hippies.

»Du hast keine Gefühle.« Sein Gesicht läuft rot an. »Keine Empfindungen, keine Ideale.«

Ihr gelingt es, das Hecheln zu unterdrücken und sich aufzurichten. »Donato, jetzt hör auf damit.«

»Wie kannst du dir erlauben, mich so zu behandeln?«, sagt er. »Also, du kommst zu mir, vögelst mit mir, schließt dich meinem Ausflug an, und dann willst du mit dem Typen da durchbrennen! Hör zu, wenn er dich hier besuchen kommt, bringe ich ihn um!«

Stella hat ihn noch nie so wütend gesehen.

Donato führt sich auf wie ein Verrückter.

»Also Schluss mit Peace and Love, ja?«

»Nein, einen Dreck hast du verstanden. Wenn der Typ kommt, mache ich erst dich kalt und dann ihn.«

»Was zum Teufel willst du von mir?«, schreit sie. »Ich entscheide doch nicht selber, wen ich mag und wen nicht!«

Treffer, versenkt. Wenigstens hältst du jetzt die Klappe.

Der Freak schaut Stella mit weit aufgerissenen Augen an wie ein Killer. Er macht einen Schritt zurück. Atmet die Bergluft, die Stille. Atmet das absolute Nichts, das sie umgibt. Er fixiert Stella mit blutunterlaufenen Augen und schlägt ihr plötzlich mit der Faust in die Rippen.

Scheiße … Donato, es wäre besser gewesen, wenn du weitergeredet hättest.

Sie krümmt sich vor Schmerzen, fühlt das Herz bis zum Hals schlagen, die Rippenknochen knirschen, die Organe im Brustkorb dröhnen. Sie atmet tief aus. Er stolpert rückwärts, seine Augen sind wässrig, fast so, als bereue er seinen Wutausbruch.

Dann kommt er wieder näher, um zu sehen, ob er ihr nicht zu sehr weh getan hat. Sie richtet sich auf, will ihm die Nägel durchs Gesicht ziehen, doch er hält ihre Handgelenke fest. Sie tritt wie wild nach ihm. Donato ist kurz davor, ihr richtig weh zu tun, da beginnt sie, die Augenlider in schnellem Rhythmus zu öffnen und zu schließen, ein Trick, den sie als Kind immer angewendet hat, wenn sie irgendetwas angestellt hatte und von ihrer Mutter keine Schläge bekommen wollte: mit den Augen zwinkern und die Luft anhalten, bis sie das Bewusstsein verliert und auf den Boden fällt.

Jetzt kannst du Blut und Wasser schwitzen.

Ihr Kopf knallt gegen eine feste, ebene Oberfläche. Die Kühle der

Wiese, im Hintergrund Gestammel, Lichtreflexe durch die Baumkronen, alles ist unwirklich. Wie eine außerirdische, fremde Welt, in der sie in diesem Moment versinkt.

Der Freak kommt dem besinnungslosen Körper des Mädchens näher, hebt ihren Kopf hoch, umarmt sie. Weint.

»Entschuldige, Stella, entschuldige, ich wollte dir nicht weh tun!«

Sehr gut, Donato, weine. Weine.

Sie lässt ihn noch eine Weile an seinen Schuldgefühlen verzweifeln, dann öffnet sie zögernd die Augen. Sie fasst die Hände des Freaks, spürt den Griff seiner verschwitzten Handflächen, erhebt sich vorsichtig und schüttelt die Erde aus den Haaren, von der Kleidung. Sie machen sich langsam an den Aufstieg: Donato mit Tränen in den Augen und Stella, die keucht.

»Wir sind an einem Punkt angekommen, wo es kein Zurück mehr gibt«, sagt der Freak, während er die Bäume und die Pflanzen vor ihm betrachtet.

»Donato, du bedeutest mir sehr viel, aber auf eine andere Weise. Wenn du nur imstande wärst, uns als Freunde zu sehen …«

»Stella, du bist für mich keine platonische Freundin, du wirst es niemals sein.«

Als sie den Gipfel erreichen, sind sie voller Schrammen. Donato hat Stella das letzte Stück auf dem Rücken getragen. Das Elfendorf liegt in einer Art Senke, aber nicht weit vom Gipfel. Eine Ziege blökt, ein paar Hütten aus Holz und Stroh, ein nacktes blondes Kind, das einer Kuh über das Maul streichelt, ein paar Frauen mit nackten Brüsten, die Holz von einem Teil der Senke zum anderen tragen, ein bärtiger, sonnengebräunter Typ voller Fantasy-Tattoos. Von Natur umringt, sitzen Tina und der Checker um einen Steintisch und reden mit zwei Frauen aus der Siedlung.

Ganzo macht einen auf Checker vor einer deutschen Hippiefrau, Tina redet mit der hässlichen Fünfzigjährigen daneben.

Stella und Donato tauchen am Horizont auf. Der Checker und Tina unterbrechen abrupt die Gespräche mit ihren Partnern und starren ihre Freunde mit weit aufgerissenen Augen an. Niemand sagt etwas.

Einer dieser sonnengebräunten und tätowierten, langmähnigen Typen zeigt den Neuankömmlingen, wo man schläft und welche Aufgaben anliegen, die für die Kommune zu erledigen sind. Stella ist mit Holzsammeln dran, Donato muss Dung schaufeln.

Was für ein absurder Scheißort. Waren Hippies nicht eigentlich faule Säcke?

Die Hütten sind zweistöckig. Es gibt allerdings keine Gastzimmer, sondern bloß Heuspeicher mit auf dem Boden ausgebreiteten Matratzen und schmutzigen, abgenutzten Decken.

Siehst du, Mama, ich hab' dir doch gesagt, ich würde in einem Fünfsternehotel übernachten.

Den ganzen Tag lang wird gearbeitet, und abends wird am Steintisch vegetarisch gegessen, danach wird im Kreis gesessen und Gitarre gespielt, wie es der Hippie-Mythos verlangt.

Nach dem Krach mit Donato, der Besteigung des Everest und einem ganzen Tag Holz hin und her tragen mit angebrochenen Rippen bewirkt dieses bisschen Kräuter und Tomaten auf dem Tisch nichts, als einem den Magen zu öffnen und einen Riesenhunger auf Sachen zu machen, die es hier nicht gibt.

Donato sitzt neben Stella, neben ihm eine barbusige Frau, so dünn und ausgezehrt, dass sie echt wie eine Elfe aussieht. Ihnen gegenüber sitzen zwei langbärtige Typen und daneben Tina. Der Checker hat sich mit der Deutschen zurückgezogen. Ein Langhaariger spielt auf der Gitarre ein Pink-Floyd-Riff. Die einzige Beleuchtung kommt von den Kerzen und dem Mond. Stella sinkt mit dem Kopf in den Gemüseteller.

»Eh«, sagt Tina zu Donato, »was ist denn mit der los?«

Die Elfen sind etwas besorgt. Die barbusige Elfe stürzt los, um Stella einen Kräutertee zuzubereiten. Jemand hebt Stellas Kopf hoch, und sie öffnet die Augen.

»Jungs, bin todmüde, ich esse gerade noch auf und gehe dann schlafen.«

»Ja, ich auch«, sagt Donato.

Ja, aber ich will wirklich schlafen.

Stella verschlingt alles, trinkt einen Schluck von dem widerlichen Gebräu, das bitterer ist als jede Arznei, wünscht allen eine gute Nacht, steht auf und geht ins Haus.

Es riecht nach Heu und Kuhdung. Es ist so kalt, dass die zerschlissene Decke nicht mal ausreicht, den kleinen Finger zu wärmen. Überall ist es staubig, und ein allergischer Ausschlag beginnt, ihre Arme zu überziehen. Sie muss niesen.

Leckt mich am Arsch, Scheißhippies, ich will nach Hause.

Sie legt sich auf die Matratze, die hart ist wie Stein. Zu allem Überfluss schmerzen ihre Rippen von Donatos Schlag, spürt sie den kaputten Knochen, der sich ungesund feucht anfühlt und permanent pocht.

Ich will in mein verficktes Bett.

Als die Müdigkeit endlich die Oberhand gewinnt und ihr die Augenlider zufallen, spürt sie plötzlich, wie sie etwas berührt.

Verdammt, eine Schlange.

Sie schreit. Reißt die Augen auf und erkennt den Freak, der gerade dabei ist, zu ihr ins Bett zu schlüpfen.

»Donato!«, brüllt sie ihn an. »Lass mich in Ruhe.«

Sie stößt ihn weg, stemmt sich von der Matratze hoch und läuft in den oberen Stock. Dort schläft sie im Sitzen ein, an eine Wand gelehnt, und am Morgen wacht sie um sechs Uhr auf, beim Morgengrauen und dem Krähen des Hahns.

Verfickter Scheißhahn.

Sie geht nach unten und stellt fest, dass die andern alle noch schlafen. Sie hört sie auf den Matratzen schnarchen und fasst einen Entschluss, atmet einmal tief ein und macht sich aus dem Staub, auf den Nachhauseweg.

Als sie den nächstgelegenen Bahnhof erreicht, überprüft sie zuerst die Anrufe auf ihrem Handy.

Nichts, er hat sich nicht gemeldet.

Sie setzt sich im Schneidersitz auf eine Bank, um auf den Zug zu warten, und wählt jene Nummer.

Ob er es sich anders überlegt hat?

Nach endlosem Klingeln antwortet eine breiige Stimme.

»Marco, ich bin's, Stella. Du hast mir doch gesagt, du willst nach Bologna fahren.«

»Wie spät ist es denn?«

»Es ist acht Uhr und ich sitze im Hauptbahnhof von Bologna.«

»Also, eigentlich ...«

»Du kommst nicht mehr, oder? Hast du es dir anders überlegt?«, sagt sie und versucht, den Zorn und das Schluchzen zu unterdrücken.

»Nein, die Sache ist so, mir sind ein paar Kleinigkeiten dazwischengekommen.«

Klar: Sie haben dich ans Bett gefesselt, das Auto gestohlen und den Hausschlüssel in den Müll geworfen.

»Was für Kleinigkeiten?«

»Ich konnte nicht losfahren ...«

»Hör mal zu.« Sie ist stinksauer. »Ich bin abgehauen, hab' meine

Freunde im Stich gelassen, bin völlig am Arsch, weil ich seit zwei Tagen nichts esse, hab' Schmerzen am ganzen Körper, ich bin hier im Bahnhof, hab' keine Ahnung, wo ich hin soll, ich kann in diesem Zustand nicht nach Hause kommen, Marco, ich …«

»Immer mit der Ruhe. Immer mit der Ruhe. Was ist denn das Problem? Komm einfach her.«

»Zu dir?«

»Nein, ich bin bei Carla. Nimm den Zug, steig in Sarignano aus und komm zu Carla.«

»Der Zug fährt nicht über Sarignano, er hält nur in Bari, kannst du mich nicht abholen?«

»Ich habe gerade kein Auto.«

Die Autoausrede habe ich also erraten. Gib dir die Kugel.

»Hör zu, ich nehme den Zug nach Bari, und wenn ich dort bin, versuche ich, dich anzurufen«, sagt sie.

Warum ist er denn bitte bei Carla? Warum nicht bei sich zu Hause? Und warum hat er kein Auto?

Stella steigt ohne Fahrkarte in den Zug, schmeißt sich auf die erste freie Gepäckablage. Der Zug fährt ab, und sie schließt endlich die Augen.

Weckt mich, wenn wir angekommen sind.

»Kommen Sie sofort da runter!«, brüllt ihr eine Stimme ins Ohr. Stella fährt zusammen und reißt die Augen weit auf.

»Wer sind Sie?«

»Wenn hier einer Fragen stellt, dann ich«, antwortet der Schaffner.

Scheiße.

»Wo sind wir?«

»Bei Foggia.«

Sie klettert herunter. Alle Sitze unten sind von alten Leuten besetzt.

»Eine Frau wollte ihr Gepäck verstauen und hat mir Bescheid gegeben, dass die Ablage von jemandem blockiert würde.«

Diese verflixten alten Säcke.

»Haben Sie ein Ticket, Fräulein?«, fragt der Schaffner mit einem Schuss Sadismus in seiner Stimme.

Stella kriegt eine Zweihundert-Euro-Strafe und setzt sich zum gemeinen Volk. Sie hat fürchterlichen Hunger, ein Loch im Magen, und die Rippen brennen in ihrem Brustkorb. Sie zieht ihr Shirt hoch und sieht das grüne Hämatom auf der rechten Rippe.

Alle versuchen, mich fertigzumachen. An dem Tag, an dem ich mich rächen werden, könnt ihr euch auf was gefasst machen.

Als sie in Bari aussteigt, ist es schon dunkel. Sie ruft Marco an. Sie nimmt noch einen Zug. Fannizardo. Rotullo. Sarignano delle Murge. Sie steigt aus und kann sich kaum erinnern, wo sie ist. Sie verlässt den Bahnhof von Sarignano delle Murge. Die Wüste.

Er hat gesagt, er würde mich nicht warten lassen. Wunderbar.

Sie setzt sich auf ihren Rucksack und rauft sich die Haare. Sie würde weinen, doch ihr fehlt auch dazu die Kraft. Ihr Haar ist verfilzt und staubig. Die Arme voller blauer Flecke. Das Gesicht erschöpft.

Ich fühle mich wie eine Zigeunerin.

Sie wartet mehr als eine halbe Stunde, in der sie Marco und Carla unaufhörlich anklingelt. Als sie schon die Hoffnung aufgegeben hat, sieht sie ein Auto auftauchen, nicht das von Marco, aber Carla und Marco sitzen drin.

Na endlich, ich wollte schon »Bitte melde dich« anrufen.

»Steig ein«, sagt er.

Stella nimmt ihre Sachen und steigt ein.

Sie schauen sie an wie eine Außerirdische.

»Was ist denn mit dir passiert?«, fragt Carla.

»Du bist so abgemagert!«, sagt Marco.

»Nicht nur das …« Stella zieht das Shirt hoch und zeigt den blaugrünen Fleck auf den Rippen. Sie sind wie versteinert.

»Was hast du denn angestellt?«

Stella starrt Marco mit hasserfüllten Augen an.

»Wenn du mir sagst, dass du zu mir nach Bologna kommst, und ich vorhabe, mit dir abzuhauen, dann gehört es sich so, dass ich den anderen Bescheid sage, dass ich abhauen werde. Die Worte, die man spricht, haben Konsequenzen. Worte haben ein Gewicht. Und das hier sind die Folgen.«

EINEN KÖRPER TEILEN

Das Bett, in dem sich Marco und Stella kurz darauf wiederfinden, ist weder das von Carla noch das von Marco. Ihre Körper verknoten sich ineinander, stoßen gegeneinander, krümmen sich. Die nackten Muskeln strecken sich, ihre Haare wogen über sein Gesicht. Er hält sie fest an den Hüften und stößt sein Becken gegen ihres. Sie lässt sich packen, wie etwas, das mit Gewalt genommen werden muss. Sie legt ihm eine Hand auf die Brust, schließt die Augen, inhaliert seinen Geruch.

Jener Geruch von dreckigem Schweiß, erregend und deprimierend zugleich.

Die Zimmertür öffnet sich. Der Glatzkopf legt die Schlüssel auf das Fensterbrett in der Küche, reibt sich ausgiebig die Hände, die vor öligem Schweiß glänzen. Stella und Marco machen weiter, auch wenn es ihr nicht mehr gelingt, die Augen geschlossen zu halten.

Der Glatzkopf geht an ihren nass geschwitzten, sich bewegenden Körpern vorbei. Marco tut so, als bemerke er nichts. Stella hingegen beginnt, sich unwohl zu fühlen.

Warum soll uns dein Vater beim Ficken zugucken?

Der Glatzkopf legt Stella eine Hand auf den Rücken. Sie spürt die Berührung wie einen Tropfen, der die Wirbelsäule hinabrinnt. Sie spürt diese rauen, öligen, verschwitzten Finger auf ihrem Körper, und dennoch schafft sie es nicht, ihn aufzuhalten, sich aufzuhalten. Marco nimmt sie von hinten und stößt in sie wie in eine leere Hülle zum Abspritzen.

Ich will nicht.

Stella kneift in Marcos Wangen, drückt die Finger zusammen, gräbt sie in seine Haut, als wolle sie sein Gesicht platzen lassen. Sie spürt etwas Seltsames, Geschwollenes, ölig und rau. Der Glatzkopf packt ihre Hüfte wie kurz zuvor sein Sohn. Und sie spürt den dunklen und fetten Körper dieses Mannes, der sich in ihr bewegt.

Eine schwitzende Wildsau.

Geräusche von Geschirr und Besteck. Vom Kochherd. Von Tellern.

Stella versucht, sich von diesem Körper zu lösen, der nicht Marcos ist, aber genauso zupackt wie er.

Du kotzt mich an.

Marco isst eine Art Fleischgratin, stopft sich richtig voll. Stella sieht ihm zu, wie er neben ihr isst, während sie sich von seinem Vater ficken lässt. Dann krallt sie sich in die klobigen Hände des Glatzkopfes, bis er seine Finger von ihren Hüften nimmt und sie ihren Körper von diesem qualligen, wankenden Wesen, das über und über nach Alkohol und Schweiß stinkt, lösen kann.

Marco und sein Vater sitzen sich gegenüber, Stella dazwischen.

Scheiße, was wollt ihr von mir?

Marco lächelt, Essensreste hängen ihm zwischen den Zähnen. Der Glatzkopf lacht und lässt seinen dicken, öligen Bauch wackeln.

Ich will hier raus.

Stella öffnet die Augen. Ihr Herz klopft wie wahnsinnig. Sie schaut sich um und erkennt die Räume nicht.

Wo bin ich?

Das weiße Betttuch ist schweißdurchnässt. Aus dem Nebenzimmer kommt Geschirrgeklapper.

Sie fährt sich mit der Hand übers Haar: Es ist struppig, schmutzig, verfilzt. Sie setzt einen Fuß aus dem Bett, die Kälte des Bodens steigt ihr in die Zehen. Sie betastet ihre Hüfte, das Gesicht, die Arme. Sie ist nackt, und eine Rippe tut höllisch weh. Sie beschaut die Stelle unter ihrer Brust – das Hämatom ist noch da.

Das Geschenk eines pazifistischen Hippiefreaks.

Auf dem Boden liegt ihr Kleid mit dem Zebramuster. Sie nimmt es, streift es sich über. Das Kleid wirft Falten unter den Brüsten und Schultern.

Was ist bloß gestern passiert? Wie viele Drogen habe ich geschluckt?

Sie macht die Schiebetür auf, schleppt sich durch den Flur, geht in die Küche.

»Na, Mädchen! Gut geschlafen?«

Carla? Ist zwischen uns gestern Nacht etwas gelaufen? Schade, dass ich es verpasst habe.

Carla trägt eine Militärhose und ein rotes T-Shirt, die kurzen Haare sind zerzaust und die Augen voller Müdigkeit.

»Wo ist Marco?«

»Marco musste was erledigen, Schätzchen, er ist weggegangen.«

Stella betrachtet die bunten Fliesen, die punkigen Aufkleber auf dem Kühlschrank, die schmutzigen Tassen und Carla, die sich gerade mit der Küchenrolle die Hände über dem Waschbecken abtrocknet.

»Und ich, was mach' ich?«

»Keine Ahnung, wenn du willst, kannst du dir einen Kaffee machen, auf dem Herd steht die Espressokanne, du brauchst sie nur zu füllen.«

Ja, klar, aber wie fahre ich nach Hause, mit der Modelleisenbahn?

DAS KONZERT

»Kommst du zum Konzert der Misfits?«

»Ich weiß nicht, vielleicht, welche Bands spielen denn da noch?«

»Die Velena, glaube ich. Ach komm, Blondie, wir haben uns schon ewig nicht mehr gesehen.«

Die Velena. Also wird Marco auch da sein.

»Wann geht's los?«

»Gegen zehn, aber ich werde schon um neun mit den anderen aus Rotullo nach Bari kommen, Giulia wird auch dabei sein.«

»Hört sich nicht schlecht an«, sagt Stella grinsend.

»Stella, hör mal …«

»Was ist los?«

»Hast du 'n bisschen was?«

Sag doch gleich, dass du Opium willst.

»Ja, verdammt.«

»Na dann, Blondie, wird es ein fetter Abend.«

»Aber sicher. Wann werdet ihr noch mal in Bari sein?«

»Ich weiß nicht genau, ich muss erst noch ein paar Leute abholen.«

»Ja, Hauptsache, ihr versetzt mich nicht wie die letzten Male.«

»Hör zu, Blondie, wenn wir in Bari sind, rufen wir dich an und machen was aus, ok?«

»Ok. Tschüss.«

»Tschüss.«

Stella legt das Handy auf das noch nicht gemachte Bett, dann schaut sie auf die Dalí-Uhr auf der weißen Kommode: Sie zeigt acht Uhr zehn.

Drei klare Bilder schießen ihr durch den Kopf: der Rave vom letzten Abend, wo sie Giulia kennengelernt, angemacht und geküsst hat; das galaktische Im-Stich-gelassen-werden am Morgen danach, weil der Checker mit einem Mädchen abgehauen ist und Stella dort gelassen hat, weshalb sie gezwungen war, mit dem Zug nach Bari zurückzufahren; der wilde Streit mit ihrer Mutter.

Dann hält sie inne. Läuft barfuß durch das Zimmer und denkt an Marco. *Ich habe ihn seit zwei Monaten nicht gesehen.*

Sie knabbert an den Fingernägeln.

Das letzte Mal war bei Carla.

Sie reißt mit den Zähnen ein Stück Haut von der Fingerkuppe. *Nach jener Nachricht: Würdest du mit mir durchbrennen?* Sie reibt sich die Augen und umarmt sich selbst.

Danach war er wie vom Erdboden verschluckt, wie immer.

Sie schlägt mit der Faust gegen die Wand, dass die Uhr umfällt.

Hör auf, daran zu denken, du dämliche Kuh.

Stella wiederholt sich in Gedanken, dass sie nicht auf das Konzert geht, um Marco zu treffen. Nein. Sie geht dort mit ihren Freunden hin: dem Checker, Giulia und den anderen. Ihr gefallen die Misfits, sie geht ihretwegen dahin und nicht seinetwegen. Stella spürt, wie die Aufregung sie erfasst, ihren Magen rumoren lässt. Dann starrt sie auf die Kommode mit den Tagebüchern. Sie lächelt und macht einen Schritt darauf zu. Es ist ein antikes Möbelstück aus Holz, das nicht zu der übrigen Einrichtung passt, es sollte nach Holz riechen, aber in Wirklichkeit riecht es nach Erbochenem. Dort drinnen hat sie alles versteckt, was niemand sehen darf. Nachdem die Kommode mehrmals von ihrer Mutter aufgebrochen wurde, hat Stella kurz nachgedacht und dann beschlossen, einen alten Lappen dort zu verstauen, mit dem sie nach einer hart durchzechten Nacht ihr eigene Kotze aufgewischt hat.

Ich denke nicht, dass meine Nervensäge von Mutter jemals Fächer durchstöbern würde, die nach Kotze stinken.

Und deshalb versteckt sie jetzt dort auch die Drogen: Sie sind dort absolut sicher. Stella öffnet die Schublade und nimmt das Opiumkügelchen in die Hand, das sie bei Sabino, dem Fixer, gekauft hat. Sie prüft mit den Fingern die Konsistenz, versichert sich, dass es getrocknet ist. Weiches Opium hat die Festigkeit von brauner Knetmasse. Getrocknet ist es härter und kleiner, dafür ist der Wirkstoff auch höher konzentriert, und man vermeidet auf diese Weise unangenehme Folgen, wie zum Beispiel eine Stunde nach Einnahme alles wieder zu erbrechen. Deshalb ist das Opium jetzt getrocknet, strömt jenen dünnen Duft von Weihrauch und Zichorie aus. Nun gibt es nur noch eins zu tun: das Kügelchen wieder in die Aluminiumfolie einwickeln und es zum Konzert mitnehmen.

Opium ist ein gutes Mittel gegen Schmerzen. Es führt zu genau dem seelischen Zustand, in dem sich Stella am liebsten immer befände:

Unverletzlichkeit.

Aus dem Klamottenhaufen auf dem Stuhl fischt Stella die breite olivbraune Techno-Raver-Hose mit den riesigen seitlichen Taschen auf Kniehöhe. Dazu das schwarzweiß gestreifte Oberteil und das graue Sweatshirt mit der spitzen Kapuze. Sie zieht halterlose Strumpfhosen an, drunter trägt sie einen schwarzen Spitzentanga und einen Doppel-Gel-Push-up-BH. Sie weiß nicht genau, ob diese Bekleidung zu ihr passt, aber seitdem sie auf Technopartys geht und ein paar hippe Mädchen mit solchen Klamotten gesehen hat, kann sie nichts anderes mehr tragen. Allerdings hatten die hippen Mädchen auch entsprechende Frisuren: bunte Dreadlocks und Undercuts, Piercings über das ganze Gesicht verteilt und biomechanische Tätowierungen auf den Armen. Sie dagegen hat kein einziges Piercing, und ihre Haut ist so empfindlich, dass sie bei ihrer ersten und einzigen Tätowierung auf der linken Hüfte, tagelang nicht aufgehört hat zu bluten. Und sie hängt zu sehr an ihren blonden Haaren, um sich einen Irokesenschnitt oder Dreadlocks machen zu lassen. Stella schaut in den Spiegel und fühlt sich gespalten: eine Hälfte Techno-Raver, die andere anständiges Mädchen. Eine Hälfte verführerisch und die andere Mamas und Papas Nesthäkchen. Eine Hälfte mutig und die andere extrem phobisch. Äußerlich alternativ, drunter Pin-up. Innerlich voller Panik.

Sie schaut auf das Poster der Velena an der Wand. Bei dem zweiten Treffen mit Marco hat er ihr von ihnen erzählt. Sie kannte sie nicht, doch im Verlauf eines Monats wurden sie eine ihrer Lieblingsbands. Jedes Mal, wenn sie die Velena hörte, musste sie an ihn denken.

Sie starrt das Poster an und denkt an Marco, der sogar bei ihnen mitgespielt hat.

Die Sängerin und er – ein Herz und eine Seele. Mit der Gitarristin hatte ich was. Ich war ihr einziger Mann.

Die Tür des Zimmers geht auf. Sie zuckt zusammen.

»Mama! Seit wann bist du zurück? Ich hab' dich nicht gehört.«

Die Schublade der Kommode.

»Ich sage dir immer, du sollst die Tür nicht zumachen, wenn ich nicht da bin, sonst hörst du nichts.«

Sie ist auf.

»Ich war dabei, mich umzuziehen.«

Das Opium.

»Du hättest dich auch mit offener Tür umziehen können, es war sowieso keiner zu Hause.«

Sie geht raus. Gut, sie haut ab.

Ihre Mutter hängt die Jacke auf den Kleiderständer draußen vor Stellas Zimmer, Stella nutzt die Gelegenheit, um die Schublade zu schließen. »Was ist?«, fragt sie, als sie sieht, in welcher Aufregung sich ihre Tochter befindet.

»Nichts, Mama, was soll sein?«

»Hör mal, warum trägst du diese scheußliche Hose?«

»Dir passt aber auch nie irgendwas! Wenn ich Absätze trage, passt dir das nicht, wenn ich alternative Sachen anziehe, passt dir das nicht, aber du, nicht wahr? Kümmer dich doch mal um deine eigenen Probleme.«

»Du bist wirklich dämlich! Ich sage das nur dir zuliebe. Wenn du wie ein Penner herumlaufen willst, also ich weiß nicht.«

»Ja, ich will wie ein Penner herumlaufen.«

»Mach, wie du willst, ich gehe das Abendessen vorbereiten, dein Vater wird gleich zurück sein.«

»Ich hab' eigentlich schon gegessen.«

»Stella, was soll das! Wir sehen uns nie mehr alle gemeinsam!«

»Ja eben, wir sehen uns nie alle gemeinsam, warum sollen wir ausgerechnet jetzt damit anfangen, ich habe schon gegessen, und außerdem gehe ich gleich aus.«

»Was?«

»Du hast richtig verstanden, ich gehe zu einem Konzert.«

»Heute schon wieder? Nachdem ich deinetwegen die ganze Nacht wach gelegen habe?«

»Morgen habe ich keine Uni.«

»Ich frage mich nur, wie weit es mit meiner Tochter gekommen ist!«

»Nur wegen eines Konzerts? Du übertreibst echt!«

»Hör mal, warum lädst du dir nicht eine Freundin nach Hause ein, und ihr guckt euch einen schönen Film an? Man kann nicht immer dieses Vagabundenleben führen! Heute die Reise, morgen das Konzert, dann die Party, dann übernachtest du bei jemand anderem, was denkst du, wo du hier lebst?«

»Hör zu: Bei all meinen Freundinnen, die ich dir vorgestellt habe, hast du dafür gesorgt, dass sie Hals über Kopf davongelaufen sind. Erinnerst du dich, wie es mit Tina war? Du hast sie aus dem Haus gejagt. Wegen dir habe ich gar keine Freundinnen mehr.«

»Was hat das damit zu tun? Sie war ein Junkie. Ich frage mich nur, was du mit deinem Leben machen willst. Warum bist du so unersättlich, so maßlos? Wer zwingt dich dazu? Was glaubst du, wo das hinführt?«

»Bisher habe ich immer meine Eins-null bekommen, ich tue, was ich tun soll, ich halte mich an unsere Abmachung: Du bezahlst die Universität, und ich bekomme Bestnoten.«

»Du musst uns als Eltern respektieren, wir können es nicht mehr ertragen, dich nicht zu sehen, wenn du nach diesen höllischen Nächten morgens zurückkommst, immer mit entstelltem, erschöpftem Gesicht. Wir können nicht mehr so tun, als würden wir das alles nicht sehen.«

Stella schiebt ihre Mutter aus dem Zimmer und schließt sich ein.

Ich muss auf dieses Konzert.

Stellas Mutter schlägt mit den Fäusten gegen die Tür und schreit ihre Tochter an, sie solle die Tür aufmachen, dass ihr Vater bald zurück sein werde, und dann müsse sie die Sache mit ihm ausmachen. Sie sagt ihr, dass sie respektlos und gemein sei.

Es geht um Leben und Tod.

Sie hält sich die Ohren zu und dreht die Stereoanlage auf volle Lautstärke.

»Du bist undankbar«, schreit ihre Mutter.

Sie nimmt das Opium und steckt es in die Seitentasche der Hose, öffnet die Zimmertür einen Spaltbreit, so dass sie erkennen kann, was ihre Mutter gerade macht. Sie hört keine Geräusche, also geht sie hinaus. Ihre Mutter erwartet sie wie ein Soldat vor der Haustür.

Los, Stella, jetzt hilft nur Geschmeichel und Gestreichel.

»Mutti.« Sie umarmt sie. »Komm, stell dich nicht so an, ich will doch nur einen entspannten Abend mit Freunden verbringen.« Mit einem Auge schielt sie auf die Reaktion ihrer Mutter. Monica entspannt sich etwas. Stella bemerkt es.

Hast du dich so schnell überreden lassen? Hat das ausgereicht?

»Ich habe Angst«, jammert Monica, während sie mit einer Hand über das Haar ihrer Tochter fährt, »es passieren so viele schlechte Sachen auf der Welt.«

Mach dir keine Sorgen, ich werde nur ein halbes Gramm Opium schlucken und morgen früh nach Hause zurückkommen.

Stella küsst sie auf die Wange und entzieht sich ihr unauffällig.

Sie wartet auf den Bus. Unruhe. Sie kann es kaum erwarten, endlich das Opium zu nehmen und diesen inneren Aufruhr nicht mehr zu spüren. Sie raucht drei Zigaretten, eine nach der anderen. Sie ruft den Checker an und wünscht ihn zum Teufel, weil er sich nicht mehr bei ihr gemeldet hat.

»Wir sind gerade in Rotullo losgefahren«, sagt er.

»Ok, Ganzo, lass uns dort treffen, ja?«, antwortet sie wütend und legt auf.

Schön, Freunde zu haben, die nur zwei miteinander verbundene Neuronen besitzen.

Nach einer Dreiviertelstunde kommt der Bus. Stella steigt ein. Er ist leer.

Sie kommt beim Hafen an, geht durch das Tor. Es gibt eine Menge Leute. Sie kreuzt die Hafenmole, folgt dem Schild mit der Aufschrift: *Festival. Wasser in den Ohren*. Darunter stehen die Namen der Bands, die spielen werden.

Sie mischt sich unter die Menge, kommt auf einem Freigelände an, auf dem eine große Bühne aufgebaut ist, darum herum Verkaufsstände und rechts neben der Bühne – die Bar. Stella sucht mit den Augen nach Marco und schaut sich dabei die Leute an.

Bari ist eine Stadt von Skiläufern und Fechtern.

Sie schickt eine Nachricht an die Clique aus Rotullo, um Bescheid zu geben, dass sie angekommen ist. Sie sucht Marco in der Menge. Sie hört Hundegebell, dreht sich um, ein Punkabbestia begrüßt sie, während sein Hund sich an ihren Schuhen reibt. Sie erkennt ihn zuerst nicht, dann fällt es ihr doch noch ein: Das ist ein Typ, den sie auf ein paar Ravepartys gesehen und von dem sie Stoff gekauft hat. Er ist in Begleitung weiterer Punkabbestia, ein Grüppchen, das von Party zu Party zieht: bunte Haare, Dreadlocks und hängende Irokesenfrisuren, Piercings, biomechanische Tätowierungen, breite, dreckige Hosen und natürlich Hunde.

Fixer.

Hinter ihnen steht eine Gruppe Indie-Rocker: schmale Krawatten, schwarze Hosen, gestreifte Shirts.

Drogenabhängige.

Vor der Bühne entdeckt sie noch einen Bekannten unter ihren Heavy-Metal-Freunden: Ketten und T-Shirts von Korn, Metallica oder Iron Maiden.

Alkoholiker.

In einer Ecke auf dem Boden sitzend, im Gesicht klebende Haarsträhnen, geschminkte Augen, die Arme von Schnittwunden vernarbt und T-Shirts mit Sternchen drauf – die Emos, normalerweise minderjährig und totale Versager.

Wo ist Marco?

An der Absperrung lehnen die drei einzigen echten Punks von Bari: akkurate, hochgestylte bunte Irokesen, Schottenhosen. Die Achtziger-Punks tragen schwarze Nietenhalsbänder, die neumodischen Punkabbestia Halsbänder mit Leuchtröhren aus transparentem Kunststoff darin. Die Punks tragen Schnürstiefel mit Plateausohlen, die Punkabbestia Skaterschuhe. Die Punks haben zwei oder drei Piercings und einen wachen Amphetamin-Blick, die Punkabbestia sind so mit Piercings übersät, dass man sie nicht voneinander unterscheiden kann, ihr Gesichtsausdruck gleicht demjenigen von Krebskranken im Endstadium, typisch für Heroinsüchtige.

Es riecht nach Haschisch, und aus den Boxen rieselt ein Hip-Hop-Sample. Ein Mädchen, das Stella ab und zu in ihrer Wohngegend sieht, hat ihren Hut in der Hand und bewegt ihre Hüfte im Rhythmus, hinter ihr steht ein Typ, der völlig überdreht vor sich hin plappert, mit einer Frequenz von zweitausend Wörtern pro Sekunde zwischen Schimpfwörtern, Reimen und Banalitäten hin und her wechselt. Die Hip-Hopper nicken mit den Köpfen zum Beat, sie tragen Basecaps mit dem Schirm nach hinten, ihre Köpfe sind rasiert und ihre Jeanshosen breit und mit knietiefem Schritt wie die der Punkabbestia, nur nicht so zerrissen, nicht so farblos und nicht so abgenutzt.

Die Halluzinogenen.

Dann gibt es die Rastafaris: Dreadlocks, Jamaica-T-Shirt, Glubschaugen und Joints.

Kiffer.

Sie sind alle da. Wegen der Misfits. Nur sie ist wegen Marco gekommen. In Bari gibt es so wenig zu tun, dass, wenn so eine Veranstaltung stattfindet, sich alle menschlichen Wesen dort versammeln. Selbst ein paar grobe Prolls mit dicken goldenen Halsketten und pomadigen Bürstenfrisuren sind da. Sie spucken permanent auf den Boden und krakeelen in ihrem Dialekt. Einer von ihnen kommt auf Stella zu und fragt sie, ob sie Italienerin sei.

Kokser.

Und dann gibt es noch ein paar normale Leute, die nur wegen der Musik gekommen sind. Alle sind da. Es fehlen nur die Nerds, die natürlich das Konzert von zu Hause aus im Livestream verfolgen.

Loser.

Sie spürt das Handy in der Hose vibrieren. Ihr Unterleib zieht sich zusammen.

Marco?

Ganz und gar nicht, es ist der Checker. Sie stehen rechts neben der Bühne, in der Nähe der Bar. Stella seufzt erleichtert, aber die Krämpfe in ihrem Unterleib sind noch nicht vorüber.

Komm, lass uns das Opium nehmen, dann löst sich endlich diese Anspannung.

Der Checker kommt auf Stella zu, mit einem Lächeln aus zweiunddreißig leuchtenden Zähnen, einer Zigarette zwischen den Lippen und seinem üblichen Cowboyschritt. Er richtet seinen Texasgürtel und nimmt den Hut ab.

»Hi, Blondie.«

»Na endlich! Weshalb die Riesenverspätung? Musstest du den ganzen Tag Autogramme geben?«

Der Checker ist auf allen Partys berühmt für die Sache mit den Autogrammen: Seitdem ein Mädchen das Gerücht in Umlauf gebracht hat, er sei der König der Partys, lauern ihm überall Horden hysterischer Mädchen auf, um ein Autogramm von ihm zu ergattern. Einmal haben Engelchen und er sich ein idiotisches Youtube-Video reingezogen, und zwar: Wie man sich zu Techno bewegt. Danach sind sie total überdreht auf die Party gegangen und haben angefangen, mitten auf einem Rave im Elvis-Stil zu tanzen. Ein paar böse Geister haben angefangen, ihre Schritte nachzuäffen – die Hände zum Himmel, die Hände zu den Knien, den Fuß nach vorn, den Fuß nach hinten –, und seitdem gelten die beiden in der Partyszene als legendär. Engelchens Ruhm hat allerdings nicht lange angehalten, während der Checker der einzige und unangefochtene König der Technopartys geblieben ist. An einem Abend kam ein Mädchen, ganz Zebralook und Titten, auf ihn zu und fragte:

»Gibst du mir ein Autogramm?«

Als wäre es die natürlichste Sache der Welt, hat er geantwortet: »Ich hab' keinen Stift dabei.«

Als das Mädchen dann einen schwarzen Kuli aus der Jackentasche holte, schob er seine Sonnenbrille etwas herab und fragte: »Wo möchtest du es hinhaben?«

Das Mädchen knöpfte sich die Jacke auf und zog ihr Shirt hoch, und so kam es, dass er ihr seinen Namen auf eine Brust schrieb.

Der Checker umarmt Stella und macht ein süßes Gesicht, nach dem Motto: Entschuldige, wenn ich dich vergessen habe.

Kein Problem, ich verzeihe dir sofort, schenke dir mein Opium und werde sogar nachts vorbeikommen, um dich zuzudecken.

Giulia taucht auf, eine kleine Metallerin mit kurzen braunen Haaren, einer Intellektuellenbrille, schmalen Lippen und feinen Gesichtszügen. Sie bricht in hysterisches Gelächter aus. Stella geht auf sie zu, unsicher, ob sie sie auf die Lippen oder die Wange küssen soll. Seit dem Fest ihres ersten Kusses haben sie sich die ganze

Woche lang Nachrichten geschickt, aber nicht noch einmal getroffen. Stella lächelt, sie wartet, dass die andere entscheidet. Giulia sieht sie an, mustert sie. »Du bist so schön«, sagt sie.

Ja, du auch, wunderschön. Wo ist Marco?

Stella kommt ihr so nah, dass sie die Wärme von Giulias Wangen fühlt. Giulia gibt ihr einen Kuss irgendwo zwischen Mund und Wange. Der Freund vom Checker, der wegen seiner blonden Locken und weiblichen Züge Engelchen heißt, begrüßt sie flüchtig. Er ist wegen einer alten Geschichte noch sauer auf sie. Er hat ihr den Hof gemacht, und ihr gefiel es ganz gut, doch eines Abends hat Stella dann seinen besten Freund und schlimmsten Feind geküsst: den Checker. Genau vor seinen Augen. Zwischen ihr und dem Checker läuft nichts, sie sind sich zu ähnlich, beide zu sehr Primadonna. Sie sind gut befreundet und machen ab und zu miteinander rum, um bei Festen für etwas Aufsehen zu sorgen.

Die einzige der Rotulloclique, mit der sie nicht irgendein Techtelmechtel hatte, ist Tina. Und deshalb gibt es mit ihr auch kein Problem, kein unangenehmes Gefühl bei der Begrüßung: Sie tauschen zwei ganz normale Wangenküsse aus.

»Habt ihr gesehen, wie viele Leute hier sind?«, sagt Stella und schaut sich weiter nach Marco um. »Verdammt viele.«

»Ja und? Was willst du dagegen tun? Zu viele Menschen, alle durchmischt«, sagt Tina und spielt mit dem Lippenpiercing, »die Punkkonzerte sind nicht mehr wie früher, als auf Punkkonzerte auch nur Punks gingen, als es noch Punks gab, echte Punks.«

»Du blöde Tussi, wenn du etwas nachdenken würdest, müsstest du feststellen, dass du gerade mal fünf warst, als es die ›echten Punks‹ gab«, sagt der Checker.

Dann tritt er näher zu Stella und flüstert: »Hast du nun das Opium?«

»Fünfundzwanzig Euro.«

»Was?«

»Hey Checker, ich kann es dir nicht einfach so schenken, ich hab' fünfzig Euro dafür gezahlt, gib mir fünfundzwanzig, und wir teilen das Gramm.«

Der Checker schleimt und schmeichelt noch eine Weile, doch schließlich gibt er nach, drückt ihr zwanzig Euro in die Hand und zahlt ihr zwei Bier. Sie entfernen sich von den anderen.

Die Velena betreten die Bühne. Die Stimme der Sängerin schreit: Ich will euch tanzen, schreien, springen sehen!

Stella holt das Opium raus, und ehe sie sich fragen kann, wie sie es teilen sollen, hält ihr der Checker schon eine Nagelschere hin.

»Du bist gut ausgerüstet.«

»Ich hab' immer eine Schere und ein Messer dabei.«

»Ja, aber was für ein Freund bist du, verdammt. Du hättest mich wenigstens abholen können.«

»Komm schon, Blondie, reg dich nicht auf, ich habe mich verspätet, weil ich von einem Mädel überfallen worden bin.«

Der Checker hat eine ganz einfache Theorie über Frauen: Während eine gleichaltrige oder ältere Frau faszinierend ist, da man sie erobern muss und man nie weiß, ob und wann sie dich ranlässt, stürzen sich die jungen Dinger auf dich, vielleicht verliebst du dich nicht, aber dafür fickst du ordentlich.

»Die jungen Dinger sind hungrig auf Schwänze«, behauptet der Checker. Stella findet, dass er mit den jungen Dingern genauso umspringt wie Marco mit ihr.

Ich bin also ein junges Ding?

»Sollen wir es rauchen oder essen?«

»Wir essen es.«

Ich bitte dich, ich verschwende doch keine fünfzig Euro, um es zu rauchen und dann höchstens fünf Minuten high zu sein! Natürlich esse ich es.

In der Zwischenzeit schneidet sie das Opiumkügelchen, zerreißt ein Stück Papier und wickelt die zwei Hälften ein. Die eine gibt sie dem Checker, die andere steckt sie sich in den Mund und würgt sie mit einem Schluck Bier hinunter.

»Ist der Namenlose da?«

Stella fährt zusammen.

»Wo?«

»Nee, ich wollte nur fragen.«

»Er ist bestimmt hier, aber ich hab' ihn nicht gesehen.«

»Trefft ihr euch noch?«

»Nein«, lügt sie.

»Ich hab' ihn vor einem Monat mit einem Mädel gesehen.«

Fick dich, du Arschloch. Und das sagst du mir einfach so?

»Ist mir scheißegal.«

Stella bemüht sich zu lächeln. Auf der Bühne singt Xena von den Velena das Lied *Annarella* der CCCP: *Lass mich hier, lass mich so, wie ich bin … sag kein Wort, das nicht von Liebe spricht …*

Sie gehen zu den anderen vor der Bühne. »Du bist schön«, sagt Giulia, die kleine Metallerin. Stella deutet ein Lächeln an und streicht ihr über das Gesicht, aus den Augenwinkeln sucht sie die Menge ab. Heavy-Metal-Rocker, Techno-Raver, Rastafaris, Hip-Hopper, Prolls, Schickimicki-Leute, Punks.

Wo steckt Marco?

Die Musik wird lauter. Sie und Giulia drängeln sich vor zu den Absperrungen.

»Ich hab' viel an uns gedacht«, schreit Giulia.

Stella lächelt, blickt umher, steigt auf die Absperrung.

»Ich habe mich noch nie so von einer Frau angezogen gefühlt«, sagt Giulia.

Stella dreht sich um. Eine Gruppe von Techno-Ravern tanzt neben ihnen. Sie glaubt, ein paar Leute aus Sarignano zu erkennen. Da ist ein Blondschopf.

Marco?

Sie wendet sich Giulia zu, packt ihre Wangen, schließt die Augen und küsst sie. Der Checker, Tina und Engelchen machen die vielfältigsten Kommentare über die beiden Lesbierinnen. Beim Küssen öffnet Stella das linke Auge und schaut sich um. Es war nicht Marco.

Sarignano delle Murge. Alle sind hier. Er muss auch hier sein.

Giulia öffnet die Augen, Stella schließt ihre und steckt ihr wieder die Zunge in den Mund.

Wo ist Marco?

Sie spürt, wie ihre Eingeweide sich beruhigen, die Gliedmaßen kribbeln, wie der Kuss sanft und angenehm wird. Sie sieht, wie die Sachen langsamer werden: die Musik, der Lärm, die tanzenden Leute. Sie nimmt ihre Umgebung wie hinter einem Schleier wahr. Entfernt. Jede Bewegung erzeugt dieses angenehme Kribbeln an Armen und Beinen. Die Anspannung ist verschwunden.

»Alles in Ordnung?«, fragt Giulia.

Stellas Blick verliert sich im Nichts, und ihr Gesicht überzieht ein Lächeln.

»Nie besser gefühlt.«

»Du siehst etwas verloren aus.«

Sie beobachtet den Checker und bemerkt, dass er denselben verlorenen Blick hat und ebenfalls lächelt.

»Dann musst du es sein, die mich verloren aussehen lässt«, sagt sie.

Marco. Dort ist er. Unter seinen Freunden. Die Welt steht still. Für einen Moment ist Stellas Kopf wieder ganz klar. Eine Besessene schreit ihr ins Ohr:

Ist er es wirklich? Oder habe ich es mir nur eingebildet?

Zweifelnd zieht sie Giulia an der Hand hinter sich her, auf die rechte Seite der Bühne, die Rotulloclique folgt ihnen.

Sie küssen sich noch einmal. Und Marco starrt sie an.

Ja, sehr gut, sieh mich an.

Marco wirft Stella flüchtige Blicke zu, betrachtet ihre Hüfthose, aus der ihr Hintern zur Hälfte hervorguckt, und verfolgt, wie ein Mädchen, das Stella umschlungen hat, ihr über den Hals leckt, eine Hand auf Stellas Brust. Marco sieht, wie sie die Augen schließt, sich vor Genuss ihr Rücken biegt. Er sieht ihre halboffenen Lippen, während sie sich im Takt der Musik bewegt und ihr Becken sich an das des anderen Mädchens schmiegt. Marco ist da, beobachtet, aber kommt nicht näher.

Sie öffnet die Augen wieder, löst sich von Giulia, und Marco ist verschwunden.

»Lass uns ein Bier holen!«, schreit sie ihr ins Ohr.

Sie entfernen sich von dem Lärm, lassen die Rotulloclique zurück. Die Velena gehen von der Bühne. Davor drängen sich tonnenweise Menschen im Vollrausch und rufen: »Misfits! Misfits!«

Stella und Giulia zwängen sich zwischen den Ständen rechts von der Bühne durch. Marco sieht sie. Stella schaut ihn an. Er kommt ihr entgegen. Sie ist durcheinander, das Opium steigt ihr zu Kopf. Einen Meter entfernt geht er an ihr vorbei, überholt sie, steuert auf eine Frau zu: die Gitarristin der Velena. Er hält sie fest, umarmt sie, hebt sie hoch. Sie würde alles geben, um mit ihr zu tauschen.

Was hat sie, was ich nicht habe?

Sie würde lieber tausendmal so eine Freundschaft mit Marco

haben, wie die sie hat, statt von ihm gevögelt zu werden und das war's.

Sie mustert die Gitarristin der Velena. Sie sieht Giulia ähnlich, ist aber viel männlicher. Sie hat kurzes Haar und jede Menge Tätowierungen. Sie versteht nicht, warum Marco so sehr auf lesbische Frauen steht. Stella würde gerne ganz lesbisch sein und ihn vergessen.

»Zwei große Bier«, bittet sie den Typ hinter dem Tresen.

»Ich gebe dir einen aus«, sagt Giulia.

Stella will erst ablehnen, lässt sich aber schließlich doch einladen.

»Worauf stoßen wir an?«

Auf den Orgasmus, den ich heute Nacht dank des Opiums haben werde.

»Auf unsere sapphische Freundschaft.«

Zum Wohl.

Marco kommt an die Bar, als Stella gerade weggeht. Sie berühren sich leicht, schauen sich an, begrüßen sich nicht.

Sie und Giulia kehren ins Gewühl zurück. Sie werden von den Pogo-Tänzern mitgerissen. Stella fühlt ihren Kopf sich drehen wie ein Karussell, und das Kribbeln wandert ihren Körper auf und ab. Sie sichtet den Checker in der Menge, geht zu ihm hin, fasst ihn an den Armen.

»Ich hau ab«, schreit sie.

»Wohin denn?«

»Raus aus dem Durcheinander. Ich werde verrückt hier. Wir sehen uns vielleicht später.«

Er nickt etwas irritiert mit dem Kopf. Sie lässt das Gedränge hinter sich, Giulia folgt ihr, verliert sie dann aber aus den Augen.

Marco ist noch in der Nähe der Bar. Dort, wo der Stand mit den Halsketten ist.

Kopf hoch, Stella, sprich ihn an. In diesem Rauschzustand wirst du dich morgen früh sowieso an nichts erinnern.

Stella geht auf Marco zu. Sie steht hinter ihm. Sie ist ihm so nah, dass sie seinen Geruch erkennen kann. Sie packt ihn am Arm.

»Hallo erst mal.«

»Oh, hallo, du bist auch hier?«, antwortet er und gibt sich überrascht.

»Ja, ich bin schon eine Weile hier. Hast du das Konzert der Velena gesehen? Geil.«

»Ich bin leider gerade erst gekommen.«

Was für ein dreister Kerl.

»Na? Und wie geht's? Wir haben uns eine Weile nicht mehr gesehen.«

»Ich hatte eine Menge zu tun.«

»Und bist du dann eigentlich nach Berlin gefahren?«

»Noch nicht, aber bald. Jedenfalls habe ich meine Absicht, dich mitzunehmen, aufgegeben.«

Du hast wohl eine andere gefunden, mit der du nach Berlin abhauen kannst, oder?

»Ah, wirklich? Wieso?«

»Na ja, weißt du, ich versuche grade, mein Karma zu reinigen. Ich will, dass die Wunden, die ich aufgerissen habe, heilen. Weißt du, ich will kein Egoist sein und dein Leben mit ruinieren.«

»Wer weiß, wie viele Mädchen du gefragt hast, ob sie mit dir nach Berlin gehen.«

»Nein, ich schwöre dir, du bist die Einzige, mit der ich von hier abhauen würde.«

Das stimmt doch nicht.

Stella fühlt ihr Herz pochen, das Blut erstarren, trotz des Opiums.

»Und warum ausgerechnet ich?«

»Weil du echt bist, ein freier Mensch, und ich weiß, dass du kein Problem damit haben wirst, einen Dreier oder Vierer zu machen, oder mit Frauen zu schlafen.«

Sie fühlt einen Kloß im Hals, senkt den Blick.

Du bist ein Stück Scheiße.

»Ah, ja, natürlich«, antwortet sie.

»Bleib immer, wie du bist, denn du bist ehrlich, und das ist ein rares Gut. Glaub nicht an die bösen Gerüchte über mich. Die Menschen sind so grausam. Die Menschen sind falsch. Eifersüchtig. Die Menschen verleumden einen.« Er lässt eine Pause. »Auf jeden Fall wollte ich dir Bescheid sagen, dass ich drauf und dran bin wegzugehen, denn ich kann einfach nicht länger hier sein, ohne mit dir zu schlafen.«

Stella erbleicht. Marco schaut sie an.

»Gehen wir Liebe machen?«

Sie hat wahnsinnig Lust, sich in seinen Händen zu verlieren, aber sie darf nicht einwilligen. Sie weiß es und wiederholt es wie ein Mantra: *Sag nicht ja sag nicht ja sag nicht ja.*

»Wenn du mich vor allen hier küsst, komm' ich mit.«

»Also, ich hab' überhaupt kein Problem, dich vor allen zu küssen.«

»Dann tu's.«

Stella schließt ihre Augen, spürt ihre Lippen mit seinen verschmelzen. Wie süß ist dieser Kuss. Langsam. Sich berühren und wieder flüchten. Ein Öffnen der Lippen und Tanz der Zungen. Sie legt ihre Hand um seinen Nacken. Marco hält Stellas Gesicht. Sie fühlt sich so, dass sie jetzt auch sterben könnte. Die Freude löst den Kloß in ihrem Hals. Das Prickeln des Opiums wandert die Haut auf und ab und lockt eine Woge der Erleichterung aus den Muskeln. Er entfernt sich allmählich.

»Also? Gehen wir und schlafen miteinander?«

Sag nicht ja sag nicht ja sag nicht ja.

»Hm, ich weiß nicht … könnten wir nicht auch ein bisschen spazieren, du und ich, uns unterhalten …«

»Okay. Wenn das ein Nein ist, hau ich jetzt ab.«

»Nein, warte, ich komm' mit.«

Dummes Mädchen.

Sie gehen an der Bar vorbei, biegen um die Ecke, erreichen den Pier. Es gibt ein paar Boote.

»Wie schön wäre es, mit so einem Boot wegzufahren«, sagt Marco und zeigt auf einen Fischkutter.

Stella schweigt, nickt.

Siehst du, dass du mir dauernd falsche Hoffnungen machst? Du Bastard!

»Stell dir vor: du und ich, vielleicht in Barcelona. Sex, Drogen und Partys«, er unterbricht sich. »Apropos: hast du Drogen dabei?«

»Ich hab' Opium, aber schon im Blut.«

Er nickt. Lacht. Ihm ist etwas eingefallen.

»Traust du dich, dort hinaufzusteigen?«

Man braucht nicht besonders viel Mut, um auf einen ankernden Fischkutter zu steigen.

»Warum?«

»Wir machen es dort.«

»Wer hat dir gesagt, dass ich darauf Lust habe?«

Marco tut so, als ob er sie nicht gehört hätte, und steigt auf den Kutter. Stella folgt ihm.

Sie fangen an herumzumachen, im Stehen auf dem Boot, das im Wasser schaukelt. Er schiebt eine Hand in Stellas Hose. Sie macht die Augen zu und lässt sich gehen. Sie spürt die Hitze zwischen die

Beine strömen. Sie fährt mit den Fingern in Marcos Hose, streichelt ihm über die Haut in der Leiste. Sie umschließt sein Glied und bewegt die Hand auf und ab, aber keine Reaktion. Stella schaut Marco besorgt an, sucht ein Zeichen der Ermutigung.

»Weißt du, ich bin besoffen, und wenn ich besoffen bin, kommt das eben manchmal vor.«

Klar. Ich wusste es. Ich hätte nicht hierherkommen sollen. Ich hätte mich teurer verkaufen müssen. Ich hätte darauf warten müssen, dass er mich vor Lust an die Wand drückt. Diese verdammte Ungeduld. Diese verdammte Lust, mit ihm zu schlafen. Mein verdammter Charakter. Ich gefalle ihm nicht mehr. Ich fühle es. Mir gelingt es nicht mal, ihn geil zu machen.

»Aber mach weiter, mach weiter, mir gefällt es«, sagt er.

Stella fährt fort, sein Glied zu umschließen, zu streicheln, zu reiben – aber keine Reaktion. Sie bückt sich und steckt es in den Mund. Ihr kommt es vor, als habe sie Brotteig im Mund. Marco packt sie am Haar und zieht ihren Kopf über seinen Schwanz. Er bekommt allmählich einen Ständer. In dem Moment klingelt ihr Telefon.

»Gefällt es dir, Befehlen zu gehorchen?«, fragt er sie, und steckt seine Hand in ihre Hose.

»J-ja.«

»Geh ran!«

»Komm schon!«

Die Finger von Marco bewegen sich rasch unter Stellas Tanga. In ihrer Hosentasche vibriert und klingelt es.

»Geh ran!«, sagt er, diesmal starrt er sie mit blitzenden Augen an. »Ich befehle es dir!«

Stella verliert das Gleichgewicht, erlangt es zurück. Mit unbeholfenen Bewegungen öffnet sie den Reißverschluss ihrer Tasche und holt das Telefon hervor. Mama. Ihr wird schwindlig.

»H-hallo?«, stöhnt sie, während Marco mit zwei Fingern in sie eindringt.

Sie fühlt sich beschissen. Das Schwindelgefühl von dem Opium malt ihr Regenbogenstreifen vors Gesicht. Er steckt drei Finger in sie hinein. Sie reißt den Mund auf.

»Ich w-weiß n-nicht u-m wie v-viel Uhr ich z-zurückko-o-omme.«

Marco schiebt die ganze Hand in Stella. Sein Glied schwillt an, und seine Augen sind blutunterlaufen.

»Du bleibst bei mir, oder?«, flüstert er.

Sie presst die Augenlider zusammen. Ihre Mutter sagt, dass sie sich merkwürdig anhöre. Marco steckt die Hand noch tiefer in sie hinein. Sie möchte schreien. Ihre Mutter fragt, wo sie sei und sagt, dass sie sie abholen wolle.

Scheiße, was soll ich jetzt sagen?

»Nein … ich …«

Marco führt die Hand so tief ein, dass Stella zu bluten beginnt.

»Au!«

Vom Schmerz überwältigt, sagt sie etwas Wirres zu ihrer Mutter, legt auf und lässt das Telefon auf die Holzplanken fallen.

Das war nicht der richtige Zeitpunkt.

Marco schiebt seine Hand kräftig vor und zurück, Stella ergreift seinen steifen Schwanz und drückt ihn so fest wie sie kann zusammen. Marco sieht ihre Augen weiß werden.

»Das gefällt dir, was?«

Sie presst die Lider fest zusammen.

Es reicht. Du tust mir weh.

Er zieht die Hand heraus, legt ihr seine Finger auf die Lippen, sie leckt sie ab.

Ich könnte sie dir abbeißen.

Sie lutscht an seiner Hand und schiebt sich auf ihn. Sie beginnen in Reiterstellung auf den Stufen des Fischkutters, als er sich plötzlich herauswindet.

»Hast du es je vor anderen Leuten gemacht?«

Brauchst du andere Leute, um einen hochzukriegen?

»Marco!«

Er fängt an, Stella zwischen den Beinen zu streicheln, sanft. »Würdest du es vor anderen machen?«

Nein.

»Vor wem?« Sie stöhnt.

»Vor Leuten, die du nicht kennst.«

Du hast einen Knall.

Er reibt schnell mit Zeigefinger und Daumen über Stellas Klitoris.

»Wenn ich sie nicht kenne, dann nicht.«

Marco bewegt die Finger immer schneller werdend. Sie weiß nicht mehr, ob die Lustwogen von dem Opium oder Marcos Finger erzeugt werden. Sie fühlt, dass sie gleich einen Orgasmus bekommt, schließt die Augen, da hört er auf, sie zu befriedigen.

Nein, bitte, hör nicht auf damit.

»Wenn ich dich bitte, würdest du es dann machen?«

Marcos Blick bohrt sich in Stellas Augen. Sie hält ihren Kopf zwischen den Händen, um das ganze Gekreisel von Sternen und Spasmen anzuhalten.

»Guck mich an«, sagt er.

Sie schaut ihn an.

»Ja.«

Er knöpft sich die Hose zu, und sie zieht sich wieder an, versucht, einen Punkt in der Ferne zu fixieren, um nicht ins Meer zu fallen. Als sie aus dem Boot aussteigen, packt sie ihn am Arm.

»Marco, bedeute ich dir etwas?«

»Darüber reden wir später«, antwortet er.

Sie gehen zurück in die Menge, aber das Konzert der Misfits ist längst vorbei. Carla kommt auf Stella zu, sie strahlt über das ganze Gesicht und umarmt sie: »Schätzchen, lang, lang ist's her.«

»Zwei Monate.«

»Wie geht's dir? Ich hab' von deinem Freund gehört und der Sache mit der Faust …«

Warum kümmern sich die Leute in dieser Gegend nicht um ihren eigenen Scheiß?

»Ich bin wieder voll auf dem Damm, danke der Nachfrage.«

Marco wühlt Carla kurz durch die Haare, übergibt ihr Stella und erklärt, dass sie mitkomme. Carla zuckt mit den Achseln und spricht weiter mit ihr. Er umarmt einen Kumpel und flüstert ihm etwas ins Ohr. Dann verschwinden sie zusammen im Gedränge.

»Wohin gehen sie?«, fragt Stella.

»Wo Marco hingeht, weiß nie jemand. Ein Kumpel gibt einen Junggesellenabschied, wahrscheinlich fahren wir alle dorthin.«

O nein, ich möchte nicht das Geschenk sein.

»Ich bin eigentlich ziemlich müde«, behauptet sie.

»Sag mal, Stella, bist du dabei, dich in Marco zu verknallen?«, sagt Carla.

Was meinst du damit, blöde Ziege?

»Ich? Spinnst du?«

»Gut. Denn er behandelt alle Mädchen so.«

»Ich weiß.«

»Amüsier dich, sieh es als Abwechslung, aber binde dich nicht an ihn.«

»Ich weiß.«

»Sonst, meine Süße, kriegst du ein fettes Problem.«

Warum erzählst du mir so einen Scheiß? Ich weiß ganz genau, wie Marco ist.

Stella beobachtet in der Ferne, wie Marco einem braunhaarigen Mädchen, das ganz normal angezogen ist, normale Jeans und ein blaues T-Shirt trägt, die Hand gibt. Dabei sieht ihr Gesicht aus wie das einer blutjungen Nonne.

Marco gefallen aber die Versauten. So wie ich.

Sie lächelt.

»Was ist?«, fragt Carla.

»Nichts, bin total hinüber.«

»Wovon?«

»Opium.«

»Was für ein Dreck.«

»Wieso?«

»Ich mag Stoff, der mich richtig hochpusht, nicht solche Schlappmacher.«

Was ist mit dir los? Warum behandelst du mich auf einmal so?

Carla ist hart im Nehmen, sie war es schließlich, die, als sie sich kennengelernt haben, vor allen anderen den ersten Schritt gemacht hat.

»Da sind wir: Das ist Stella«, sagt Marco überfallartig und stellt ihr seinen Freund Flavio vor. »Und er ist mein bester Kumpel beziehungsweise der einzige Mann, von dem ich mich ficken lassen würde.«

Er ist vollkommen verrückt.

Sie lassen die Bühne hinter sich und gehen zum Ausgang des Hafens. Die Leute strömen durch die Tore. Stella nimmt Carla bei der Hand.

»Weißt du, was ich denke?«, sagt sie. »Dass ich mich nur mit einer Frau wohl fühlen kann.«

»Oder du musst einen Mann finden, der ein Weib ist.«

Die anderen reden unter sich: »Man muss echt viel Mut haben, um zu heiraten, oder?«, sagt Marco.

»Also wenn du verliebt bist …«, erwidert Flavio.

»Nur eine Verrückte würde mich heiraten«, sagt er.

Carla lächelt, Stella macht die Bemerkung, dass es keinen Mann gibt, der eine Frau versteht.

Sie biegen rechts ab, steigen alle ins Auto. Ein grauer Citroën. Flavio sitzt hinter dem Steuer, Carla neben ihm, Marco und Stella sitzen auf der Rückbank. Flavio schaltet die Stereoanlage an.

»Spiel mal unser Stück«, fordert Marco und legt seinen Arm um Stellas Schultern. Sie versucht, das Lächeln zu verbergen, das sich auf ihrem Gesicht ausbreitet.

Bist du nur so süß, weil du es heute Abend noch nicht geschafft hast, mich zu ficken?

Marco fängt an, das Lied, das aus der Anlage dröhnt, auswendig mitzusingen. Dann erklärt er Stella, dass er mit den Leuten der Band befreundet ist.

Was du hier für eine Show abziehst.

Sie fühlt die Opiumengel in ihrem Schädel und die Finger von Marco auf ihren Schenkeln, ihre Sicht verschwimmt. Sie schließt halb die Augen. Sie stellt sich vor, statt der Sängerin der Velena auf der Bühne zu stehen, und Marco himmelt sie an von dort unter der Bühne, wie ein ganz normaler Fan.

»Was ist mit deiner Kleinen los?«, fragt Flavio.

»Was hast du?«, fragt Marco Stella, die eine Hand auf ihrer Brust, die andere zwischen ihren Schenkeln.

Hmmm ja, streichel mich noch einmal so.

»Ich bin total auf Opium«, kichert sie.

Flavio und Carla lachen grinsend und wiederholen:

»Sie ist total auf Opium.«

Die Straße fliegt rasch an ihnen vorbei. Sie kommen in Sarignano an, als Stella schon fast eingeschlafen ist. Flavio parkt vor Marcos Haus. Carla teilt ihnen mit, dass sie heimwolle. Marco besteht darauf, dass sie noch in die Wohnung mitkommen, alle beide. Flavio wäre dabei, aber Carla wiederholt, dass sie müde sei. Stella reibt sich die Augen. Marco fordert sie auf auszusteigen. Sie setzt einen Fuß aus dem Auto und friert. Der Citroën entfernt sich, und sie seufzt erleichtert.

Dieses Mal heißt es, nur du und ich.

Er steckt den Schlüssel in das quietschende Torschloss, tritt ein, sie folgt ihm. Sie steigt die Treppen im Zickzack hinauf, immer wieder bleibt sie stehen, weil ihr so schwindlig ist. Ihr kommt es so vor, als wären da riesige Nebelwolken vor den Wänden. Er steht schon in der Tür, während sie immer noch die Stufen hinauftaumelt.

»Kriegst du es hin?«, spottet er.

Sie erwidert nichts, beschleunigt stattdessen ihren Schritt. Sie hat Angst, hinzufallen und sich bis auf die Knochen zu blamieren, hält sich am Geländer fest und atmet mehrmals tief durch. Er verschränkt so lange die Arme. Die Stufen verdoppeln sich, erscheinen endlos.

Er benimmt sich mit allen so, glaubt sie zu hören.

Sie blickt zurück, doch da ist niemand. Dann stellt sie sich Marco vor, wie er auf den Stufen steht, und Carla, die nackt die Treppe zu ihm hinabsteigt.

»Willst du mich?«, fragt sie.

Er bückt sich.

»Stella, stimmt etwas nicht?«, die Stimme von Marco wirft sie zurück in die Realität. Stella schüttelt den Kopf. Sie nimmt die letzten zwei Stufen und betritt endlich die Wohnung.

Marco befiehlt ihr, still zu sein, um den Mitbewohner nicht zu wecken, also gehen sie durch das Wohnzimmer mit dem Sofa, den Fotos an den Wänden, dem Schlagzeug und der elektrischen Gitarre und schließen sich in Marcos Zimmer ein.

Die orangefarbenen Wände funkeln. Das Bett ist ungemacht, der Computer eingeschaltet, und auf dem Boden liegen T-Shirts, Hemden und Boxershorts. Unter dem Schreibtisch liegt ein gebrauchtes Kondom, ein paar Zentimeter vom Mülleimer entfernt.

Hast du es mit ihr benutzt?

»Setz dich.«

Marco rückt ein paar Stühle an den Computertisch heran. Stella nähert sich ihm und spürt trotz des Opiums ihr Herz rasen.

»Wie schön sie ist«, flüstert sie.

»Wer?«

»Carla.«

»Willst du sie vernaschen?«

Immer das Gleiche.

»Ja.«

Marco loggt sich im Messenger ein und kontaktiert Carla, fragt sie, was sie mache. Sie schreibt, sie schlafe gleich ein. Er fragt sie, wie sie angezogen sei. Stella fährt zusammen. Carla antwortet, dass sie einen Pyjama anhabe. Marco schreibt eine lange Reihe von Mmmmmm.

Du Arschloch Hurenbock Bastard.

»Zurück zu uns«, sagt er zu Stella, als er versteht, dass das mit Carla nichts wird, »hast du Lust, dich ein bisschen zu zeigen?«

»Mich wem zu zeigen?«

Da hat Marco schon das Fenster von einem erotischen Chat geöffnet und fängt an, mit einem Typ zu chatten.

»Mach die Webcam an«, schreibt er.

»Ihr zuerst«, antwortet der Mann.

Stella steht dreißig Sekunden mit offenem Mund da.

Hey, was ist los, stehst du auf Männer?

»Was ist das für eine Geschichte?«, fragt sie.

»Komm! Das ist ein Erlebnis!«

»Was für ein Scheiß.«

Er schaut sie mit verführerischem Gesicht an, gibt ihr einen Kuss auf die Wange, sie schlingt sich um ihn und drückt ihre Lippen auf seine. Sie nimmt seinen Hals und kratzt mit den Fingernägeln darüber. Sie möchte ihm die Haut abreißen.

Warum reiche ich dir nicht?

Marco zieht Stellas T-Shirt hoch, öffnet das Fenster mit der Webcam. Der Mann fängt an zu masturbieren. Marco schiebt Stella vor die Webcam, dass der Mann auf der anderen Seite ihren ganzen Hintern sehen kann, geteilt von der Spitze ihres Tangas.

Marco öffnet seine Hose, führt Stellas Hand zu seinem Glied. Sie packt es und schließt die Augen. Und würde am liebsten weinen. Sie massiert. Und drückt. Dann öffnet sie die Augen und schielt zu dem Mann in der Webcam. Und sieht einen sabbernden Alten mit einem faltigen Bohnenstengel in der Hand.

Such dir wenigstens einen aus, der einigermaßen was taugt, und nicht so einen Kadaver.

»Nein, genug! Ich will nicht!« Stella rennt zum Bett und versteckt sich unter den Slips und Hemden, die überall verstreut sind. Marco schließt zum großen Bedauern des sabbernden Alten die Webcam.

»Ach, komm schon, wenn wir ein Pärchen fänden, wärst du dann dabei?«

Stella schüttelt den Kopf.

»Eine Frau? Komm, eine schöne Frau, die uns beiden gefällt, na?«

Wer hätte prophezeit, dass ich bei einem so falsch Gepolten wie dir landen würde.

Stella hebt den Kopf von den Kissen, schaut Marco an, genauso wie sie als Kind ihre Mutter angeschaut hat, wenn sie eine Sechs in Mathematik hatte. Sie schnaubt.

»Vielleicht, wenn sie mir auch gefällt, vielleicht dann.«

Er zieht sich die Hose aus, macht sich sofort auf die Suche nach den geeigneten Partnern, und sie geht wieder zu ihm, zieht sich auch die Hose aus und setzt sich auf seinen Schoß, reibt mit der Spitze ihrer halterlosen Strumpfhosen über seine Schenkel. Stella bewegt die Hüfte und spürt einen Druck zwischen den Beinen. Und es gefällt ihr. Und sie lächelt. Und sie spürt das Kribbeln des Opiums. Und sie ist wieder im Universum. Marco fordert sie auf, sich vor ihm hinzuhocken, und so macht sie den Mund auf und bläst ihm einen, während er auf den Tasten des Computers herumtippt. Sie ist ganz stolz auf diese Erregung, die nur ihnen beiden gehört. Dass die Orgien, die Greise, die Schweinereien und die anderen Frauen diesmal außen vor bleiben, aber dann verliert er seine Erektion. Sie sieht auf und stellt fest, dass er in einen Chat vertieft ist. Also spuckt sie den Anker aus und geht sich auf dem Bett ausstrecken. Sie schließt die Augen und tut so, als ob sie schliefe.

Wenn du nur vor zehntausend Zuschauern eine Latte bekommst, sehe ich nicht ein, warum ich dein Versuchskaninchen sein soll.

»In Ordnung, in Ordnung, lass es uns so machen: Ich bleib hier noch fünf Minuten. Falls ich niemanden überrede, die Webcam anzumachen, komme ich zu dir.«

»Ich bin müde«, antwortet sie.

»Wenn du einschläfst, vergewaltige ich dich«, sagt er.

Das will ich sehen!

Stella gibt sich ganz dem Kribbeln des Opiums hin, das ihren Körper auf und ab kriecht, es fängt langsam an zu jucken, doch sie rührt sich nicht, ist zu müde, um sich zu kratzen.

Sie spürt die Wärme zuerst an den Knien, und ohne die Augen zu öffnen, rekelt sie sich und stöhnt. Er hält ihre Handgelenke fest. Und sie lächelt. Er reißt ihr den Slip vom Körper und dringt in sie ein, und sie keucht und stöhnt, die Augen geschlossen, zwischen Wucht und Sex, zwischen Traum und Realität. Bis er plötzlich innehält. Sie öffnet die Augen und fragt:

»Was ist los?«

Sie sieht, dass er den Schwanz in der Hand hält, um nicht in ihr zu kommen, und beißt sich auf die Lippen, gibt vor, zu müde zu sein. Sie schließt wieder die Augen, aber er rutscht zwischen ihre Beine, streckt seine Zunge heraus, nur dass sie jetzt nichts mehr spürt. Sie denkt, es ist wegen der Wirkung des Opiums, die sinkt, und der Lust in Tränen auszubrechen, aus welchem Grund auch immer.

Sie schlafen ein. Sie umarmt ihn. Er dreht sich auf die andere Seite.

Entschuldige, du Ungeheuer, wenn ich dich um eine Geste der Zuneigung bitte.

Sie wachen auf. Stella tut so, als ob sie noch schliefe, und breitet sich über ihm aus. Sonnenstrahlen brechen durch die Jalousien herein und legen sich über ihre Beine, die Marcos Beine umklammern. Das Licht dringt durch ihre Augenlider.

Vielleicht funktionieren wir morgens alle beide besser.

Marco schaut in Stellas Richtung, doch es ist, als sähe er sie nicht richtig an. Er übergeht sie mit den Augen. Jammert etwas: »Scheiße, wie spät ist es?«

Ihr Magen ist voller Kummer, und es juckt überall. Er steht auf, geht ins Bad. Als er wieder herauskommt, zieht er ein rosa Hemd und eine elegante schwarze Hose an und ruft:

»Zieh dich an!«

Dabei sieht er sie nicht an. Stella steht auf, zieht einen der halterlosen Strümpfe hoch, der zum Knöchel hinabgerutscht ist, sucht nach ihren Kleidungsstücken, durchstöbert die Decken und Marcos Kleider.

»Beeil dich!«, sagt er.

Welche Freundlichkeit.

Unter dem Bett findet sie schließlich ihre Hose. Sie zieht sie schnell an, das T-Shirt falsch herum, sie streicht sich die Haare mit den Händen zurecht. Sie folgt Marco, der inzwischen, den Schlüssel in der Hand, im Vorzimmer wartet. Sie gehen hinaus.

Treppe. Tor. Auto.

»Hör mal, ich bin zu müde, dich nach Bari zu fahren, und außerdem bin ich spät dran. Wenn du willst, fahre ich dich bis zum Bahnhof, und du nimmst den ersten Zug.«

Kein Problem, du kannst mich auch in die erste Mülltonne werfen.

»Wie du willst.«

Stella zündet eine Zigarette an, kurbelt das Fenster herunter, atmet den Rauch ein und unterdrückt einen Schrei. Sie bläst eine graue Wolke aus und zwingt sich, sich nicht die Arme aufzukratzen.

Der Ford Fiesta schlängelt sich durch die Sträßchen, vorbei an den Kirchen, hält vor dem Bahnhof von Sarignano delle Murge. Er parkt. Die beiden steigen aus.

Der Fahrkartenschalter ist zu, und Marco beschwichtigt Stella, das wäre kein Problem, der Schaffner käme ja nie.

»Hör mal«, sagt sie, »wenn du schon fahren willst, ist das in Ordnung.«

Dann verpisst du dich ein für alle Mal.

»Sicher? Dann gehe ich. Wir hören uns, ok?«

Marco dreht sich um und verschwindet hinter den heruntergelassenen Rollläden des Schalters.

Ich kann's kaum glauben, er ist wirklich weg.

Stella schlägt sich mit der Faust auf das rechte Knie. Sie ruft den Checker an, sagt ihm, dass sie traurig sei. Sie sei voll down. Er hingegen ist froh, hat sich wahnsinnig amüsiert und sagt, dass Giulia sie sehr lieb grüße. Stella hält die Tränen zurück und entgegnet, er sei der Beste, und es sei verständlich, dass die Frauen ihm alle hinterherrennen. Er sei ein vernünftiger Kerl. Sie sagt das alles, während sie sich auf die Lippen beißt und über die Steine stolpert und der Wind ihre Haare zerzaust. Das Make-up hat zwei dicke schwarze Ringe um ihre Augen geschmiert.

Sie überschreitet die Gleise, in der Hoffnung, dass ein Hochgeschwindigkeitszug durchfährt und sie erfasst, aber um sieben Uhr morgens auf dem Bahnhof von Sarignano delle Murge gibt es nichts außer Gleis eins, Gleis zwei und den Wipfeln von Olivenbäumen jenseits einer Steinmauer.

DAS BOOT

»Hast du Lust, etwas zu unternehmen?«

Er wagt es tatsächlich, sich noch mal bei mir zu melden? Jetzt werde ich ihm mal richtig die Meinung sagen, dass ihm der Arsch auf Grundeis geht.

»Ich weiß nicht … Warum?«

»Ich habe ein Pärchen kennengelernt.«

Na super, jetzt, da du ein Pärchen gefunden hast, lass dich doch von denen ficken.

»Hör zu, ich darf heute nicht so spät heimkommen.«

»Wann musst du zu Hause sein?«

»Halb eins … spätestens um eins.«

»Um 12 wirst du zu Hause sein.«

Nicht mal, wenn du mir 'ne Knarre in den Mund steckst, würde ich heute Abend mit dir weggehen.

»Ok.«

»Ich klingele dich an, und du kommst runter.«

»Ok.«

Ich bin ein Genie.

»Eine Sache noch.«

»?«

»Ich hab' ihnen deine Nummer gegeben … sie rufen dich bald an.«

Scheiße.

– Marco hat den Chat verlassen –

Stella schluckt einen bitteren Speichelklumpen herunter, verflucht den Tag, an dem sie Marco kennengelernt hat, und die unbändige Lust, ihn zu sehen. Sie erhebt sich aus dem Sessel des Computerzimmers und stiehlt sich in ihr Zimmer, geht durch die Glastür der Küche, wo ihre Eltern aufgeregt diskutieren, ohne dass man sie hört. Vor dem Schrankspiegel öffnet sie ihr Haar, lässt es nach vorne fallen, dann nach hinten. Sie zieht sich nackt aus, lächelt ihrem Spiegelbild zu. Dann sucht sie das kürzeste Kleid, das sie hat, zieht es an, rollt sich die schwarzen halterlosen Strumpfhosen bis zu den Schenkeln hoch, schminkt sich die Augen mit einem schwarzen Stift, malt sich die Lippen rot an und schlüpft in ihre Sommerschuhe, die mit den hohen Absätzen.

Ihr Handy vibriert und spielt die Melodie von *People are strange.*

Scheiße. Sie sind es.

»Hallo!«

»Bist du Stella?«

»Ja.«

»Ich bin Anna.«

»Hi.«

»Also? Treffen wir uns?«

»Klar.«

»Ich lasse dich jetzt mit meinem Mann reden, weißt du, ich bin etwas verlegen.«

»Ok.«

»Hallo Stella, hier ist Vito. Wir haben mit Marco gesprochen …«

»Ja.«

»Entschuldige, ich hab' nach deiner Nummer gefragt, weil ich sicher sein wollte, dass auch wirklich eine Frau dabei ist, du weißt ja, wie es ist … man weiß nie, was für Leute man erwischt. Ein paar lassen sich sogar bezahlen.«

»Es war richtig anzurufen.«

»Na dann. Beim Stadion?«

»Beim Stadion. Bis gleich.«

»Küsse.«

Stella verharrt gut fünf Minuten, das Handy in der Hand, mit einem völlig verdatterten Gesichtsausdruck vor dem Spiegel.

Beim Stadion? Da, wo die Swinger sich treffen? Na wunderbar.

Würde Marco in diesem Moment vor ihr stehen, würde sie ihn als Boxsack verwenden. Das Display ihres Handys leuchtet erneut auf. Marco. Stella geht auf Zehenspitzen durch den Flur, drückt die Türklinke herunter.

»Wo willst du so aufgetakelt hin?«, schreit ihre Mutter.

»Nirgendwohin, ich bleibe gleich vor dem Haus.«

»Stella, du bist schon gestern Nacht so spät zurückgekommen, oder soll ich eher heute Morgen sagen? Du hast versprochen, dass du am Sonntag nicht ausgehst!«

»Ich komme früh nach Hause.«

»Dann hören wir doch mal, mit wem du diesmal verabredet bist?«

»Mit Kommilitonen.«

Sie schluckt noch mehr Speichel herunter und versucht, das Sodbrennen und den rasenden Pulsschlag zu ignorieren.

»Triffst du dich mit einem Mann?«, fragt ihre Mutter, mit der Stimme einer Opernsängerin.

»Nein.«

Stella geht aus dem Haus, schlägt die Tür zu und läuft die Treppe hinunter. Marco klingelt schon wieder an.

Sie geht um den Block. Ein weißer Ford Fiesta verfolgt sie, aber sie bemerkt es zuerst nicht, dann dreht sie sich ruckartig um und sieht ihn.

»Steig ein«, sagt er.

Stella öffnet die Autotür, steigt ins Auto, hat sich kaum hingesetzt, da ist Marco schon losgefahren. Sie hat sich immer gefragt, warum Marco die Sonnenbrille sogar im Dunkeln trägt. Vielleicht einfach, weil es cool ist.

Schweigen. Anspannung. Blicke. Schweigen.

Marco kaut einen Kaugummi. Stella zündet eine Zigarette an.

»In was für Situationen du mich bringst«, sagt sie und bemüht sich zu lächeln.

»Bleib locker. Wir trinken ein Bierchen wie mit zwei Freunden, und falls sie uns nicht gefallen, machen wir uns davon.«

»War es wirklich nötig, ihnen meine Nummer zu geben?«

»Also … weißt du … sonst hätten sie mir nicht getraut …«

Großartig.

»Marco, hör mir gut zu, damit eines klar ist: Ich werde mit ihm nichts anfangen.«

»Klar!«

Marco legt eine Hand auf Stellas Schenkel, das Blau seiner Augen scheint durch die Ray-Ban. Sie beißt sich auf die Lippen.

»Also«, sagt er, »ich hab' ihnen gesagt, dass wir ein Paar sind.«

Stella atmet den Geruch seiner Haut, einen Geruch nach Rasur und Deodorant, Schweiß und Minze.

Einen Moment lang stellt sie sich vor, seine Frau zu sein. Dann kommt sie auf die Erde zurück und betrachtet den schwarzen Flesh-Tunnel in seinem Ohr.

»Klar«, antwortet sie.

Das Auto schießt durch die Via Bruno Buozzi, das Stadion San Nicola sieht aus wie eine riesige, fliegende Untertasse. Ein hochtoupiertes, aufgepumptes Fräulein in pinkfarbenen Klamotten kommt auf den Ford Fiesta zu und sagt mit männlicher Stimme: »Hallo, ihr Süßen.«

Marco lässt die Fenster hochfahren, tritt aufs Gaspedal. Ein grauer Mercedes macht Lichthupe. Das sind sie. Die Wagen halten Seite an Seite. Stella schaut aus dem Fenster und sieht zwei Fünfzigjährige. Sie: glattes, braunes Haar und olivenfarbene Haut. Er: graumelierte Haare, Brille und großer Kiefer.

Mein Vater sieht besser aus.

Stella starrt Marco an.

»Ich weiß nicht, ob ich Lust darauf habe …«

Er berührt ihre Hüfte.

»Komm schon! Wir lernen sie erst mal kennen … du musst nichts machen, was du nicht willst.«

Er küsst sie auf die Lippen, betrachtet sich im Rückspiegel und fährt sich mit der Hand über die gegelten Haare.

Stella lässt sich darauf ein, öffnet die Autotür und steigt aus.

Anna ist sehr einfach gekleidet: Bluejeans und weißer Pulli, leicht geschminkt, Mokassins. Vito trägt einen Kaschmirpullover und ebenfalls Jeans. Sie reichen einander die Hände und tauschen Komplimente aus. Dann steigen sie alle in deren Auto.

»Wie gut du aussiehst«, sagt Anna.

Stella lächelt.

Marco trägt wie üblich sein schwarzes Hemd, eine graue Jacke und schicke Jeans.

»Was macht ihr so im Leben?«, fragt der Mann hinter dem Steuer. Marco sagt, dass er eine Firma besitze, dass er Musik mache, schreibe, Kurzfilme drehe, dass er gerne lese, Leute kennenlerne, was unternehme, Sex habe.

»Und was treibst du?«, fragt Vito Stella.
Seine Frau klammert sich am Sitz fest, dreht sich um und starrt sie an. Stella versucht zu begreifen, ob sie neidisch oder geil auf sie ist.

»Ich studiere Philosophie.«

»Was für ein anständiges Mädchen«, sagt der Mann.

»Ich habe überall Einsen, lese viel, mag Dostojewski, Kundera, Hermann Hesse, Nietzsche, Sartre, die Filme von David Lynch und Kubrick.«

Schweigen. Schweigen.

»Sehr gut, sehr gut. Also? Wo geht's hin?«, fragt Vito in die Runde.

»Gehen wir was trinken?«, sagt Marco.

Anna ist unschlüssig.

»Weißt du, wir wollen nicht von den Leuten gesehen werden, wir haben Kinder.«

In meinem Alter wahrscheinlich.

»Wenn es nur einen Ort gäbe, wo wir ganz in Ruhe und unter uns wären«, wagt sich Vito vor.

»Sie hat eine Studentenbude im Zentrum«, sagt Marco.

Stella erschrickt und macht diesen Vorschlag sofort zunichte. In ihre Bude könne man nicht gehen, weil sie erstens nicht von ihr, sondern von ihren Eltern sei, und zweitens die Leute aus dieser Gegend sie kennen, dort können sie nicht hingehen. Auf keinen Fall.

Was fällt ihm ein, diesem Schwachkopf.

Und es ist dieser Moment, in dem Vito erklärt, dass er im Prinzip einen Ort wüsste. Nur, dass es etwas kühl und ungemütlich sein könnte. Die Neugier überwiegt. Ein Boot. Ein Boot im Jachtclub.

»Was macht ihr denn beruflich?«, fragt Stella.

»Wir arbeiten im Handel und haben eine kleine Firma.«

Marco findet die Idee mit dem Boot hervorragend, auch Stella stimmt zu, und er nimmt sie in den Arm.

Wie verlogen er ist.

Der Mercedes steuert auf die Strandpromenade zu, durchquert Bari Vecchia, erreicht die Hafenmole und hält dort.

Der Nachtwächter sieht den Herrn Vito mit seiner Frau hineinfahren, begleitet von zwei jungen Leuten, die nicht wirklich wie ihre Kinder aussehen. Der Nachtwächter fragt ihn, ob er etwas brauche, und er antwortet, er wolle auf das Boot. Der Wächter lächelt. Anna und Vito sind ganz blass, aber dann haben sie das Kontrollhäuschen auch schon passiert.

Die Luft ist mild, der Himmel voller Sterne. Das Boot ist eine kleine Motoryacht mit Kajüte. Vito tritt als Erster ein, gefolgt von seiner Frau. Stella und Marco bleiben noch einen Augenblick draußen. Sie zieht ihre Stöckelschuhe aus, der Saum des Kleides kräuselt sich etwas, und man kann den Rand der halterlosen Strümpfe sehen. Marco bemerkt es.

»Hast du gesehen? So eine schöne, sternklare Nacht«, sagt er.

Macht er jetzt einen auf Romantiker?

»Ja, eine Nacht wie viele andere«, antwortet sie.

»Stell dir mal vor: ich, du, ein Boot, der Himmel, die Nacht …«, fährt er fort.

Und ein paar notgeile Fünfzigjährige, die mich vernaschen wollen.

Stella gibt sich kalt und distanziert. Aber eigentlich schaudert es ihr innerlich. Denn wenn du Marco nicht schlecht behandelst, frisst er dich auf.

Sie besteigen das Boot. Vito sagt, dass sie fantastisch aussehe. Anna sagt ihr, sie sei sexy und dass sie sich ihr nicht gewachsen fühle. Sie weiß, dass sie der Joker des Abends sein wird. Im Mittelpunkt der allgemeinen Aufmerksamkeit. Sie spielt ein wenig, zeigt ihre Oberschenkel, indem sie die Beine übereinanderschlägt, den Mund halbgeöffnet.

Es ist kalt.

Das Boot ist innen mit Holz verkleidet: fünf Bänke mit weißen Kissen sind kreisförmig angeordnet. In der Mitte steht ein Tisch. Es gibt ein kleines Bad und einen Kühlschrank. Vito fragt Stella und Marco, was sie trinken möchten. Stella erklärt, dass sie Baileys liebe. Und deshalb wird so entschieden: Likör für die Frauen und Jägermeister für die Männer.

Die Stimmung wird lebendiger. Es wird über Reisen und Entdeckungen geredet. Vito und Anna prahlen mit all den Dörfern und Städten am Meer, die sie besucht haben: die Türkei, Kroatien, Tunesien.

»Ich würde gern nach Barcelona«, sagt Marco.

Sie erinnert sich an die Nachricht:

Würdest du mit mir durchbrennen? Hast du Lust nach Berlin abzuhauen? Bastard! Lügner!

Stella erzählt von Griechenland, ihrem Interesse für die griechische Tragödie und die Mythologie, von ihrem Studium, ihren Europareisen und den Museen, die sie besucht hat.

»Was für ein kluges Mädchen!«, sagt Vito.

Nach dem fünften Glas gibt Vito Marco zu verstehen, er solle hinausgehen, und er selbst folgt ihm, indem er vorgibt, etwas überprüfen zu müssen. Marco behauptet, er müsse auf die Toilette.

Die zwei Frauen bemerken es nicht. Beim Aufstehen berührt Marco Stellas Hüfte, sie spürt seine Hand wie einen Saugnapf auf der Haut. Anna betrachtet Stella unverwandt, beschaut ihr Kleid, ihren Körper. Ihr Kleid ist enganliegend und gibt ihre Körperform getreu wieder, der Ausschnitt gibt den Blick auf die Rundungen ihrer Brüste frei. Ein paar lose blonde Strähnen fallen ihr ins Gesicht und werfen bewegliche Schatten, verleihen ihr etwas Geheimnisvolles. Sie hat die glatte weiße Haut eines Kindes, aber die Augen eines Tigers.

Sie sitzen sich gegenüber. Stella bemerkt ein paar Falten um Annas Augen, genau drei ziehen sich um jedes Auge. Anna entkleidet Stella mit ihren Blicken, ohne jedoch etwas anderes hervorzubringen, als wie schön sie sei. Stella findet das ziemlich unterhaltsam, obwohl ihr diese Frau überhaupt nicht gefällt, im Gegenteil, die Idee, mit ihr Sex zu haben, ekelt sie fast ein bisschen. Aber sie amüsiert die Art, wie Anna sie ansieht, wie ihre Stimme zittert, wenn sie wiederholt, wie schön Stella sei, sie genießt es, ihre Verlorenheit zu spüren. Stella empfindet gleichzeitig so etwas wie Mitgefühl und Überlegenheit.

Sie erwartet nichts anderes als: »Hast du es schon mal mit einer Frau gemacht?«

»Mit sehr vielen, du?«, antwortet Stella.

»Nein, nie.« Sie senkt die Augen.

Marco tritt in das kleine Bad, lässt die Tür einen Spaltbreit offen. Er sieht die beiden Frauen nah beieinander sitzen und sich unterhalten, hört jedoch nichts. Worauf es für ihn ankommt, ist, dass sie abgelenkt sind. Im richtigen Moment geht er aus dem Bad und stiehlt sich, ohne Aufmerksamkeit zu erregen, in den hinteren Teil der Kajüte. Es ist dunkel und riecht nach Holz. Durch einen Schlitz in der Verkleidung zeigt sich ein leuchtender Sternenhimmel. Marco ertastet die Beschaffenheit der Dinge, die ihn umgeben. Regale, Gummischläuche, Ringe, eine Treppe. Eine Holztreppe. Drei Stufen, und er ist draußen. Es ist nicht kalt, aber eine leichte Brise streift über seine Haut.

Stella fährt mit der Hand über Annas rauen Hals, streicht den Nacken entlang. Sie spürt den reifen Frauenkörper vor Lust beben wie ein kleines Mädchen beim ersten Kuss.

Ich kann es besser als Marco.

Annas Unsicherheit erregt sie. Stella drückt ihre Lippen auf die der Frau, und schiebt ihr die Zunge in den Mund. Der Geschmack ist ein ganz anderer als der von Marcos Küssen. Jetzt, da sie daran denkt, stellt sie fest, dass sie nie auf den Geschmack von Küssen geachtet hat, vor allem mit Marco nicht, sie ist immer zu sehr in den Kuss vertieft gewesen, um davon Notiz zu nehmen. Dieser jetzt schmeckt jedenfalls nach Tabak und Süßspeisen, in Teilen süßlich und in Teilen abscheulich. Doch sie überwindet ihr sinnliches Empfinden und konzentriert sich ganz auf die Bewegungen ihrer eigenen Zunge in Annas Mund, die den Kontakt erwidert und Stellas Zunge streift.

»Da bist du ja«, sagt Vito.

»Na, was hältst du von ihr?«

»Sie sieht wirklich heiß aus, sehen wir mal, wozu sie imstande ist.«

»Du wirst schon sehen ... sie ist eine Bombe.«

Vito holt zwei Fünfziger aus der Hosentasche. Marco schaut prüfend nach links und rechts, schluckt, fährt sich mit der Hand über das blonde, winddurchwehte Haar, greift sich mit einer raschen Geste die Scheine und steckt sie ein.

»Wir hatten dreihundert vereinbart«, sagt er zu Vito, ohne ihm in die Augen zu schauen. Der klopft ihm auf die Schulter. »Erst mal hundert, wenn dein Mädchen mir Vergnügen bereitet, bekommst du hinterher doppelt so viel wie vereinbart.«

Marco stellt den Hemdkragen auf. Er ist kurz davor, sich über Vitos Vorschlag zu beschweren, doch der ist schon auf dem Weg zurück in die Kajüte.

Er schnippt mit den Fingern zum Ausdruck seines Ärgers, während ihm die Meeresbrise in die Nase fährt. Er hält den Hemdkragen fest und geht wieder hinunter. Als er unten ist, bewegt er die Badtür, so dass sie quietscht, hebt den Blick und sieht die zwei dicht aneinandergedrängten Frauen sich küssen.

Stella bemerkt seine Anwesenheit, unterbricht den Kuss und starrt Marco mit katzenartigen Augen an.

Überrascht?

Marco heuchelt Gleichgültigkeit. Dann lächelt er und wirft Vito einen Blick zu. Ein Blick, der besagt: Hast du gesehen, wie versaut mein Baby ist?

Der andere nickt. Stella schaut ihn an, wie man kriechende Würmer im Schlamm anschaut. Dann führt sie den Kuss mit seiner Frau fort. Anna lässt sich packen, küssen, berühren. Dieses blonde Mädchen erzeugt in ihr seltsame Begierden, die sie nie zuvor gespürt hat.

Vito verfolgt das Schauspiel mit offenem Mund, dann dreht er sich zu Marco: »Wetten, dass die beiden sich verbünden und uns leer ausgehen lassen!«

Marco grinst. Stella hört auf, Anna zu küssen, sieht Vito an und sagt: »Mag sein.«

Anna schweigt.

Vito holt ein Kartenspiel.

»Könnt ihr spielen?«

»Ich nicht«, antwortet Stella.

»Welches Spiel kannst du denn nicht spielen?«, fragt Marco, legt die Ray-Ban auf den Tisch und schaut Stella fest in die Augen.

»Karten spielen kann ich nicht ... aber sonst kenne ich viele Spiele, und zwar sehr gut.«

»Kannst du Arschloch spielen?«, fragt Vito.

Stella blitzt ihn an.

Marco lächelt. Vito bekommt einen hochroten Kopf. Anna taut langsam auf. Der Blonde setzt sich neben Stella hin und legt seine Arme um ihre Hüften. Sie verschlingt ihn mit den Augen. Seine Finger bewegen sich unter ihrem Kleid, umspielen ihre Schenkel.

Sie ist voller Lust, aber zugleich stinksauer.

»Machen wir es doch so«, sagt Vito, »wir drehen der Reihe nach die Karten um, und wer das Ass zieht, bekommt die Augen verbunden und die anderen machen Sachen mit ihm, machen ihn verrückt, seid ihr dabei?«

»Ich auf jeden Fall«, sagt Marco.

Stella und Anna schauen sich kurz an, dann ergreift Anna Stellas Hand und das Spiel beginnt. Die Erste, die eine Karte umdrehen muss, ist Stella: Herzneun. Dann Marco: Piekzwei. Vito ist an der Reihe: Kreuzkönig. Anna dreht ihre Karte um: Karoass.

Vito und Marco wechseln einen Blick, signalisieren Einverständnis, Vito nimmt ein schwarzes Tuch und verbindet die Augen seiner Frau. Sie bebt vor Begierde. Vito fängt an, seine Frau zu streicheln, Marco legt ihr die Hände auf den Hals. Sie stöhnt, aber es ist nicht echt, in Wirklichkeit empfindet sie keine Lust, weshalb Stella entscheidet, diesen ungeschickten Männern zu zeigen, wie man eine Frau berührt. Die Männer streicheln zaghaft den Bauch und die Brust der Frau, während Stella die Hände zwischen ihre Beine legt. Sie spürt die Wärme auf den Fingerkuppen, dann schiebt sie die Finger unter den Rand des feuchten Slips. Sie zieht ihn herunter. Langsam. Sie lässt sie jede Berührung ihrer Finger auskosten, auf dem Hintern, auf den Schenkeln, auf den Beinen. Die Fingerkuppen streichen über die warme und stoppelige Haut der Frau. Anna ist der Körper zwischen Marco und Stella. Er macht ihr ein Zeichen der Anerkennung. Vito fühlt, wie sich seine Hose langsam füllt. Stella kniet sich hin, schließt die Augen und schiebt ihre Zunge zwischen dem Schamhaar der Frau hindurch, während die Männer jeweils eine Brust massieren. Das Mädchen stößt durch die krausen Haare und schließt ihre Lippen um die Klitoris. Die Körpersäfte befeuchten ihre Lippen. Anna beginnt zu fantasieren.

»Wer berührt mich. O Gott. Nicht …«

»Das ist doch das Schöne daran.«

Stella richtet sich auf. Sie stehen sich direkt gegenüber: eine mit verbundenen Augen, die andere frei. Sie berührt ihre Lippen, küsst sie und lässt Anna ihre eigenen Körpersäfte schmecken. Vito öffnet seine Hose, Marco lässt sie sich von Stella aufknöpfen.

»Gutes Mädchen«, haucht er.

Danke, Darling, schau hin, wie gut ich einen Mann spiele.

Stella packt Anna an der Hüfte, öffnet ihre Bluse, den BH und streicht ihr mit den Fingern über die Brüste. Sie spürt, wie die Brustwarzen fester werden. Sie schlägt ihr auf den Bauch und setzt sich rittlings auf sie drauf. Stellas Finger kreuzen sich mit Vitos, ihr Blick mit Marcos Blick.

Was denkst du Marco, bin ich männlicher als du?

»Stopp. Das ist zu viel«, keucht Anna und reißt sich die Augenbinde herunter. Marco greift Stellas Hand und führt sie in seine Unterhose. »Mach, dass er hart wird«, flüstert er. Sie berührt ihn, umschließt ihn fest und spürt, wie er beim Kontakt mit ihrer Hand anschwillt. Sie bekommt Lust.

Fick mich, Marco, bitte.

Anna und ihr Mann küssen sich. Stella leckt über die glatte Spitze von Marcos Schwanz, fühlt, wie die Vorhaut sich dehnt und zusammenzieht, die Eichel unter ihren Lippen pulsiert. Stella hat Marcos Schwanz im Mund und Vitos in der Hand.

Das war nicht Teil des Plans.

Sie spürt Haare, die in ihrem Hals stecken geblieben sind, und Spermatropfen auf den Lippen. Sie kommt sich vor wie eine abscheuliche Sexgöttin und liebt sich dafür, dann ekelt sie sich. Dann liebt sie sich wieder.

Marco stößt mit seinem Schwanz gegen Annas Lippen, die weiter behauptet, sich nicht danach zu fühlen.

Stella, sorg dafür, dass ich eine Latte bekomme, damit ich eine andere ficken kann, richtig?

Vito stachelt seine Frau an, Marcos Schwanz zu lutschen, Marco flüstert Stella etwas ins Ohr, wovon sie nur den letzten Satz versteht: Törn sie an.

Selbstverständlich Marco, auf alle Fälle bin ich dazu eher in der Lage als du.

Sie kniet sich vor Anna und steckt ihr zwei Finger in die Möse, drei, vier. Anna schüttelt sich vor Lust. Das Mädchen fährt mit den Fingern durch die Schamhaare, die dabei verkleben, als wären sie mit einer Creme beschmiert, dann beugt sie sich vor und lutscht an ihrer Klitoris.

Marco, schau mich an, siehst du, wie gut ich lecke.

Vito punktiert Stellas Rücken mit seinem Schwanz. Das Mädchen spürt das feuchte, schlaffe Ding auf der Haut. Anna verliert die Kontrolle, ihr Rücken krümmt sich. Stella spürt die warme Flüssigkeit auf den Lippen und schiebt die Finger tiefer hinein. Anna schreit vor Lust. Annas Möse gleicht einem Fluss, der kurz davor steht überzutreten. Sie hört nicht auf, sie zu befriedigen, bis sie bemerkt, dass Vito mit seinem Schwanz auf ihren Rücken klopft. Sie dreht sich ruckartig um. Er hält ihre Wangen fest und küsst sie.

Die Knutscherei mit dem Großvater hatte gerade noch gefehlt.

Stella sitzt in der Falle. Der Kuss schmeckt hölzern, fast nach Klebstoff, und sie hat den Impuls, ihm in den Mund zu kotzen. Inzwischen hat Marco seine Erektion verloren und masturbiert, um sein Schwanz wieder zum Stehen zu bekommen.

Er hatte mir versprochen, dass ich mit dem Mann nichts anfangen müsste.

Stella reißt sich Vitos behaarte Hände vom Leib und geht mit dem Mund ganz nah an sein Ohrläppchen: »Ich will sehen, wie du deine Frau fickst«, sagt sie, »ich will, dass du sie richtig hart durchnimmst, hier vor meinen Augen.«

Vito lässt sie los und stürzt sich auf seine Frau, so wie sie es angeordnet hat: im Stehen, eine Hand gegen den Rücken gestemmt.

Stella atmet durch. Marco rutscht zwischen ihre Beine und leckt sie, bis sie kurz vorm Explodieren ist. Sie streicht ihm mit den Händen über den Kopf, packt ihn an den Haaren, greift fest zu. Sie spürt, wie die Feuchtigkeit sich zwischen ihren Beinen ausbreitet und eine Gänsehaut ihren Körper erfasst. Sie hat die Augen geschlossen, stöhnt, vergisst die Zeit und den Ort, an dem sie sich aufhält, sie verliert sich unter den Berührungen von Marcos Zunge und Lippen, und erst als der Orgasmus abschwillt, bemerkt sie, dass sie von allen angegafft wird.

»Sehr gut. Du bist zu uns zurückgekehrt«, sagt Vito.

Stella zieht sich den Slip hoch und schweigt. Sie schaut zu Marco, der seine Ray-Ban vom Tisch nimmt und feststellt, dass er der Einzige ist, der keinen Orgasmus hatte.

Dann kapierst du endlich, dass du mich nicht zu Sachen zwingen sollst, die ich nicht machen will.

Sie steigen von der kleinen Yacht, ohne viel zu sprechen. Anna sucht Stellas Hand, die dabei ist, sich wieder ihre Schuhe anzuziehen. Sie weist sie von sich. Marco und Vito machen nichts anderes, als sich vielsagende Blicke zuzuwerfen.

»Das sind zwei schöne Körper, nicht wahr?«, sagt Vito zu Marco, um diese Stille zu brechen.

Mit dem Unterschied, dass meiner glatt und fest ist und der deiner Frau auseinanderfällt.

»Wunderschön«, antwortet der andere nach ein paar Sekunden. Die vier steigen in den Mercedes, durchqueren das Tor und fahren Richtung Stadion. Im Auto sagt Anna, dass sie Stella wiedersehen möchte. Stella verspricht es ihr, am besten vielleicht nur zu zweit. Marco schneidet eine Grimasse, Vito schweigt. Es ist tiefe Nacht. Das Auto biegt von der Hauptstraße und kommt nach ein paar Minuten beim Stadion an. Sie verabschieden sich mit Küsschen auf die Wange, steigen aus dem Mercedes aus und in den Ford Fiesta. Als sich ihre Blicke treffen, überkommt sie ein Lachanfall. Stella würde ihn am liebsten abstechen, aber sie schafft es nicht, sein Spiel nicht mitzuspielen, er ist stärker als sie. Marco hat das bekommen, was er wollte, mehr oder weniger.

»Wann sehen wir uns wieder?«, fragt sie ihn.

»Wann immer du willst«, lügt er.

»Sag mal, können wir uns vielleicht das nächste Mal ganz in Ruhe einen Film ansehen, oder muss ich mich dann von acht Negern ficken lassen?«

ANNA

»Hast du Lust, mit runter zum Meer zu fahren?«

»Wir allein?«

»Ja.«

»Wohin?«

»Zur Mola di Granniano. Heute Nachmittag. Kommst du mit?«

»Ich überleg's mir.«

Ein grauer Mercedes hält vor der Bar Centrale. Stella drückt ihren Rücken von der Plakatwand ab, kneift die Augen zusammen, versucht zu erkennen, ob sie es ist. Das Autofenster fährt herunter. Sie erinnert sich nicht mehr genau an Annas Gesichtszüge, aber die Frau im Auto scheint sie zu sein. Stella geht näher heran. Die Frau setzt ihre Sonnenbrille ab, schaut sie an und bittet sie einzusteigen.

Im Auto riecht es nach einem starken exotischen Duft, der beim letzten Mal noch nicht da war. Sie spürt Annas Küsse auf der Wange, sieht, wie Anna ihren Kragen aufstellt und sich kokett mit der Hand über das gewellte Haar fährt.

Da kommt deine unterdrückte lesbische Seite zum Vorschein.

»Du siehst gut aus«, kommentiert Stella Annas betont jugendlichen Look.

»Danke sehr. Und du strahlst wie die Sonne.«

Stella trägt enganliegende Jeans, schwarze Sandalen mit Stockabsätzen und ein schwarzes Netztop mit tiefem Ausschnitt.

»Wohin gehen wir?«, fragt Anna, »Lust auf ein Eis?«

»Gern. In Mola?«

»Ja, ich kenne dort ein tolles Eiscafé.«

Anna lässt den Motor an. Stella fragt, ob sie im Auto rauchen dürfe. Die andere bejaht, drückt auf einen Knopf, und das Fenster fährt herab.

»Weißt du, ich bin eigentlich ein bisschen schüchtern«, sagt die Frau.

Stella nickt. Schweigt. Hört zu.

»Alles, was ich im Leben erreicht habe«, fährt sie fort, »habe ich meinem Mann zu verdanken.«

Was du nicht sagst!

»Auch gelernt zu haben, eine Jacht zu steuern – ich allein hätte nie den Mut gehabt. Es ist schön, er bringt mich dazu, Dinge zu machen, die mir gefallen, die ich mich ohne ihn aber nie trauen würde.«

Besser gesagt: Er bringt dich dazu, das zu tun, von dem er will, dass du es tust.

»Auf einer Jacht zu fahren, ist unbeschreiblich. Man fühlt sich so frei und ist so sehr bei sich. Als stünden einem alle Wege offen.«

»Glaube ich gern, warum bringst du es mir nicht bei?«, fragt Stella.

»Klar, mit Vergnügen. Wenn du mich noch mal wiedersehen willst …«

Stella wirft den Zigarettenstummel aus dem Fenster. Der Wind verwirbelt ihr Haar. Sie fährt die Scheibe hoch, betrachtet sich im Seitenspiegel, richtet sich die Frisur und korrigiert das Make-up.

»Auch die Sache mit euch«, fährt Anna fort, »war eine Erfahrung, vor der ich mich erst gescheut habe, aber dann …«

Um deinen Mann zufriedenzustellen, hast du dir von einem jungen Mädchen die Zunge zwischen die Beine stecken lassen.

»Dabei hab' ich verstanden«, sagt Anna »dass es so vieles in mir gibt, das ich noch nicht kenne, so viele unentdeckte Seiten …«

Du hast gespürt, was ein Orgasmus unter Frauen ist.

Sie fahren die Promenade von Bari entlang, vorbei am Strand »Pane e Pomodoro«, sie passieren die Absperrungen bei Torre Quetta und biegen rechts in die Ausfahrt nach Mola di Granniano.

Ich werde für eine ordentliche Krise mit deinem geliebten Mann sorgen. Leute wie du schreien nach einer harten Landung. Ich bring dich zu Marco.

»Weißt du, Stella, ich brauche eine Freundin, also … Es würde mich freuen, wenn du und ich Freundinnen werden könnten.«

Weil du so einsam und abhängig bist, Schatz.

Stella lächelt, zwinkert Anna zu. Diese zwängt den Mercedes zwischen zwei Häuserreihen in eine enge Gasse, die zum Meer führt und in einer Ausbuchtung mündet: ein mit Bambus überdachter Parkplatz, eine Bar und eine kleine Anlegestelle mit ein paar Booten. Die Frau parkt, sie steigen aus. Anna trägt ebenfalls Sandalen mit Absätzen, aber niedrigere als Stellas. Anna setzt ihre Sonnenbrille wieder auf, schüttelt ihr Haar und lässt den Wind hindurchwehen. Die beiden steuern auf die Mole mit den Booten zu. Es weht eine steife Brise, aber die Luft ist lau. Geruch nach frischem Fisch. Die Frauen klettern über die Klippen, blicken immer wieder über die gezackten Klippenvorsprünge. Unter ihnen ein kleiner Fischerstrand. Boote mit blauen und roten Rudern. Zwei Männer entwirren ein Netz. Noch mehr Fischgeruch.

Die Frauen gehen vor zum Leuchtturm.

»Und du?«, fragt Anna. »Wie geht's dir? Wie läuft es mit Marco? Seht ihr euch oft?«

»Nein, in letzter Zeit nicht. Ehrlich gesagt habe ich ihn seit dem Treffen auf dem Boot nicht mehr gesehen.«

»Was soll das heißen? Seid ihr nicht zusammen?«

Warum kümmerst du dich nicht um deinen eigenen Scheiß?

»Doch, wir sind zusammen, aber wir sind zwei freie Menschen. Jeder macht, was er will. Keine Pflichten, kein Theater«, lächelt Stella.

»Und du kannst damit leben?«

»Hör mal, Anna, Marco und ich haben ein seltsames Verhältnis, wirklich schwer zu erklären. Auch dein Mann, als er diese Sachen am Telefon gefragt hat ... warum habt ihr gedacht, dass Marco mich ausnutzt?«

»Ich weiß nicht, er hat eben so geklungen, als wärst du für ihn nur ein Mittel zum Zweck.«

»Sag mir die Wahrheit«, sagt Stella, während sie eine Landzunge überqueren. »Hat Marco seit der Sache mit dem Boot noch mal mit euch über mich geredet?«

»Was meinst du?«

»Habt ihr noch mal mit ihm telefoniert? Hat er mit mir angegeben oder Ähnliches?«

»Nein, er hat sich nicht mehr gemeldet.«

»Na also. Wie nutzt er mich dann bitte aus?«

»Die Sache ist so: Er wirkt einfach nicht wie ein vertrauenswürdiger Mann ...«

Stella hält sich die Hand vor den Mund, um nichts Falsches zu sagen, und erwidert dann trotzdem, sie solle sich ihre dämliche Paranoia verkneifen. Und mit Marco nie ein Wort darüber verlieren.

»Stella, wir haben mit Marco keinen Kontakt mehr.«

Von wegen: ›Ich habe einmal mit ihnen gechattet, und sie haben mich zu einer Orgie eingeladen‹.

Stella macht ein gutgläubiges Gesicht, Anna nimmt ihre Hand, drückt, reibt, wärmt sie.

»Ich glaube, du brauchst auch eine Freundin.«

Da liegst du falsch, ich hab' nämlich schon welche.

»Du solltest dich mit Menschen umgeben, die dich verstehen«, fährt Anna fort.

Redest du von dir und deinem Mann?

»Wir verstehen dich.«

Stella bleibt stehen, Anna ebenfalls.

»Wie alt ist deine Tochter?«, fragt Stella.

Anna fährt zusammen, ihre Stimme wird brüchig: »Sechzehn.«

Stella strengt sich an, um ein Lachen zurückzuhalten. Sie geht weiter und beißt sich auf die Lippen.

»Ich bin neunzehn«, sagt sie schließlich. Anna nickt.

»Wollen wir umkehren? Zur Bar?«, schlägt sie vor.

»Klar.«

Damit Anna nicht über die Felskanten stolpert, nimmt Stella ihre Hand. Sie fixiert einen weit entfernten Punkt zwischen Meer und Horizont, bemerkt aber, wie die Fischer sich nach ihr umdrehen. Sie lässt Annas Hand los und steigt über die Felsen wie ein Akrobat bei einer Gleichgewichtsübung.

»Und was für ein Verhältnis habt ihr zueinander?«

»Ein tolles Verhältnis.« Die Stimme von Anna wird immer dünner. »Ein tolles Verhältnis. Toll. Wirklich. Sie ist ein vernünftiges Mädchen, wir vertrauen ihr blind.«

»Und vertraut sie euch auch?« Stella zieht die Augenbrauen hoch und grinst.

»Aber natürlich. Was denkst du denn?«

»Erzählt ihr euch alles?«

»Sie erzählt uns alles.«

»Und wenn sie etwas von euch herausfindet?«

Anna erblasst, nickt, schüttelt den Kopf, als wollte sie sagen:

Daran will ich gar nicht denken. Sie schweigt, klettert, stolpert, lässt sich von Stella stützen.

»Es wäre furchtbar«, sagt sie kurz darauf, »sie darf nichts davon erfahren.«

Beide schweigen.

Sie erreichen die Bar, setzen sich an einen weißen Tisch mit Gartenschirm. Stella schlägt die Beine übereinander, blättert das Menü durch und schielt zu Anna hinüber, die sich nervös nach links und rechts umschaut.

Der Kellner nimmt die Bestellungen auf: für Anna Fruchteis, für Stella ein Eisbecher mit Schokolade und Sahne.

»Du bist also neunzehn?«, fragt Anna.

Stella mustert sie lange und tief, streicht sich mit dem Finger über die Lippen, deutet abwesend ein Nicken an.

Der Kellner bringt zwei große Becher. Stella gräbt ihren Löffel in das Eis. »Und was hast du vor?«, fragt Anna in mütterlichem Ton.

Stella schiebt sich das dunkle Eis in den Mund, leckt den Löffel ab. Sie spürt, wie die kalte Schokolade ihren Hals hinabgleitet.

»Ich will reisen, tanzen, lesen, Erfahrungen sammeln … und viel Sex haben«, sagt sie.

Anna errötet, blickt sich um, versucht ein aufgesetztes Lächeln. Stella streift die Sandaletten ab und legt ihre Füße auf den Stuhl. Anna kaut auf ihrer Unterlippe, ihr Atem beschleunigt sich, sie streckt ihre Hand nach der von Stella aus.

»Weißt du, ich …«, raunt sie, »als ich dich gesehen habe, hätte ich dich am liebsten sofort geküsst, hätte ich dich am liebsten sofort …«

»Was hättest du am liebsten?«, fragt Stella und grinst.

»Aber ich kann mich nicht überwinden, es ist so verwirrend, weißt du, ich weiß nicht, ob das, was ich fühle, das, was ich gerade tue, richtig ist.«

Jammertante.

Stella gönnt sich noch einen Löffel Eis.

»Man muss das tun, worauf man Bock hat.«

O Gott, ich klinge wie Marco.

Stella steht auf und geht zur Toilette. Anna zahlt die Rechnung. Als Stella zurückkommt, verlassen sie die Bar, gehen zum Auto und steigen ein.

Die Frau lässt den Motor an. Das Mädchen raucht eine Zigarette, Sonnenstrahlen auf ihrer rechten Gesichtshälfte, die Nase und die Wangen von der Sonne gerötet. Anna fährt. Sie reden kaum, ein paar Worte über die Sonne, das Meer, das schöne Wetter und dass der Frühling jetzt komme. Stella legt Anna eine Hand auf den Schenkel, streichelt sie, dreht sich zu ihr um, Anna rührt sich nicht, starrt geradeaus auf den Weg.

Als sie die Bar Centrale erreichen, hält Anna an und gibt Stella zu verstehen, dass sie sie gerne geküsst und berührt hätte.

»Über manche Sachen redet man nicht, die tut man.«

Stella legt ihr eine Hand um den Hals und küsst sie. Sie sucht Annas Zunge, schmeckt ihren Speichel – Erdbeerzitrone. Sie fährt ihr mit den Fingern zwischen die Brüste, dann wendet sie sich ab, öffnet die Tür und verschwindet.

»Tschüss, wir sehen uns. Am besten wieder zu zweit.«

Anna bewegt sich nicht, hält das Lenkrad fest, starrt Löcher in die Luft. Als Stella um die Ecke geht, sieht sie, dass der Mercedes immer noch dasteht.

Der Fiat Seicento kommt auf den Steinen ins Schleudern. Der Checker versucht gegenzulenken. Das Quietschen der Reifen sorgt einen Moment für Anspannung.

»Alter, fahr langsam, das ist doch kein Jeep«, ruft Tina und legt eine Hand auf den Vordersitz. Stella starrt nach draußen auf den Weg im Dunkeln. Gebüsch. Bäume. Steine. Sie spürt ein Stechen in der Magengegend, tief unten rechts.

Wann sind wir endlich auf dieser Scheißparty?!

Auf einem Schild auf der rechten Seite steht: Il Lamione.

»Hier ist es«, sagt Stella.

»Ich weiß, dass es hier ist, ist ja nicht mein erstes Mal«, antwortet der Checker.

Das Auto ist im Schlamm stecken geblieben. Tina reißt die Arme hoch, stöhnt verärgert.

»Als ich in den Neunzigern auf die Raves bin, konnten die Leute noch fahren.«

Stella und der Checker werfen sich einen vielsagenden Blick zu, irgendwo zwischen genervt und amüsiert.

Durchs Fenster dringen der Geruch von Kuhmist und die pulsierenden Bässe der House-Musik. Die Räder des Seicento drehen durch, rotieren im Schlamm. Schließlich schaffen sie es wieder auf die Schotterpiste. Zwischen den Bäumen stehen etwa hundert Autos.

»Echt was los hier«, bemerkt der Checker.

Stella schluckt.

Marco wird auch hier sein.

Sie parken, steigen aus. Vor ihnen baut sich ein verwahrlostes Landhaus auf. Und dahinter: Land, Land, Land. Steine, Olivenbäume und Kornfelder. Aber im Dunkeln erkennt man davon nichts. Nur der Mond ist zu sehen und ein Sternenteppich.

Drinnen stinkt es nach Schweiß und Speed, nach Kunststoff und nach Fisch und Zitrone. Von den Steinwänden hallen die Bässe wider. Die Gewölbe scheinen höher als gewöhnlich. Eine Menschenmenge bewegt sich stoßweise: Geschlossene Augen. Bunte Dreadlocks. Breite Hosen. Schwarze Kapuzen.

»Also?«, schreit Ganzo den anderen zwei entgegen. »Wer hat Kohle? Was nehmen wir?«

»Du solltest mal lernen, nicht dauernd zu schnorren«, sagt Stella. »Verdammt, das geht so nicht, was bildest du dir ein, ab und zu musst du auch mal was in den Topf werfen!«

Genau in diesem Moment gesellt sich ein Mädchen dazu und flüstert dem Checker etwas ins Ohr. Sie hat grün und rosa gefärbtes Haar, Piercings unter den Lippen und das Gesicht einer Sechzehnjährigen. Aber sie ist so geschminkt, dass sie als zwanzigjährige Cyborg durchgehen könnte. Der Checker zieht die Augenbrauen hoch und lässt sich, die Finger in seinen Texaner-Gürtel eingehakt, von dem Mädchen zum Auto mitnehmen. Nach dem Fick käme er sofort zurück, sagt er.

Stella und Tina werfen sich argwöhnische Blicke zu.

Na los, zieh du die Kohle aus der Tasche, du zuerst.

Aber keine von beiden will den Anfang machen. Inmitten von Dreadlocks und Kapuzen, von vor Gel glänzenden Irokesen, Sicherheitsnadeln und Piercings erkennt Stella einen Blondschopf.

Ich wusste, ich würde dich hier treffen.

Tina sagt etwas. Sie tut so, als ob sie ihr zuhöre, und verfolgt die Bewegungen des Blonden in der Menge. Marco dreht sich um. Seine Augen sind wässrig, der Blick scheint abwesend, aber er fixiert genau einen bestimmten Punkt: Stella.

Sie halten den Blickkontakt, der die Menschen und die Vibrationen der Musik durchquert, für einige Sekunden. Aus den Boxen hämmern zweihundert Beats pro Minute. Er kommt auf Stella zu. Ihr wird heiß, sehr heiß. Sie zieht sich das Sweatshirt aus, drunter hat sie nur das tief ausgeschnittene, schwarzweiß gestreifte Top. Marco geht nah an Stella vorbei, schaut sie an, blickt in ihren Ausschnitt; kein Hallo. Sie riecht seinen Schweiß, schließt die Augen, beißt sich auf die Lippen.

Tina schüttelt sie.

»Hörst du mir zu?«

Stella kommt wieder zu sich, nickt. Marco schaut sie immer noch an. Die andere sagt ihr, Techno sei nicht mehr so wie früher. Stella nickt erneut.

Unter den Dreadlockköpfen entdeckt sie auch den mit den wirklich langen Dreads, der mit der dunklen Gesichtsfarbe, ausgemergelt, wulstige Lippen, runde Augen, Piratenohrringe: Alberto, Marcos Kumpel. Sein Blick trifft auf Stella, die Marco anschaut, der Alberto bemerkt und ihn begrüßt. Sie nickt mit dem Kopf, und der Dreadlocktyp kommt auf sie zu. Marco und Stella beobachten sich gegenseitig, jeder spioniert dem anderen heimlich nach.

Sie fällt Alberto um den Hals.

»Wie geht's dir, mein Lieber?«

Marco fährt zusammen.

Also bist du doch eifersüchtig.

Stella umarmt den Dreadlocktypen und sieht, wie Marco sich abwendet. Sie lassen die anderen stehen und steuern auf ein Auto zu. Tina ruft so etwas wie: »Krieg ich auch 'ne Line?«

Natürlich Tina, verlass dich drauf.

Stella antwortet nicht, geht weiter. Albertos Arm legt sich um ihre Hüfte, sie spürt Marcos Augen auf ihrem Körper.

Wenn du mich noch fester umarmst, kriegt dein Freund einen Schlaganfall.

Stella steigt in Albertos Auto, er holt eine kleine Pappschachtel aus der Jeanstasche und entleert sie auf einer CD-Hülle.

»Wie läuft's mit Marco?«, fragt er sie.

Er lässt mich frühmorgens allein am Bahnhof stehen, er schleppt mich zu Swingerpartys, er dreht Webcam-Pornos mit mir, aber ansonsten läuft alles super.

»So lala«, antwortet Stella und starrt auf das Pulver.

Ketamin, was für ein Dreck.

»Es ist lange her, nicht wahr?«, sagt er, während er zwei Lines legt.

»Lass stecken«, sagt Stella, »ich hab' keinen Bock, mich einzuschläfern.«

Alberto legt das Ketamintütchen weg und holt ein anderes hervor, das nach Fisch, Kunststoff und Zitrone riecht, streut das Pulver über die zwei Ketaminlines.

»Lass uns zweigleisig fahren.«

Du meinst: Lass uns die restlichen Neuronen auch noch wegpusten.

»Ok, aber nicht so viel bitte, ich will nicht durchdrehen.«

Alberto fragt sie noch mal nach Marco. Stella weicht aus. Sie zieht ihre Line, bedankt sich und steigt aus.

Sie mischt sich unter die Kapuzen und Dreadlocks, unter den Geruch von Schweiß, Haschisch und Speed, bahnt sich mit Händen und Hüften einen Weg hindurch, geht an den Mädels vorbei, die in der ersten Reihe ihre Ärsche schwingen, bis vor die Boxen und legt ihre Hände darauf. Die Boxen sind staubig, auf ihren Fingerspitzen spürt sie die Vibrationen. Sie schließt die Augen, drückt sich an die Box, und die Musik durchdringt sie, saugt sie auf. Sie schluckt den süßen Geschmack des Speeds und den bitteren des Ketamin, herunter, unterdrückt den Brechreiz, hält die Augenlider fest geschlossen. Eine Leere breitet sich in ihrem Gehirn aus wie ein Schneegestöber. Sie reibt ihren Oberkörper und die Hüften an der Box, hält die Augen geschlossen und tanzt. Alberto kommt dazu, tanzt neben ihr. Stella öffnet die Augen, sieht ihn, lächelt ihm zu und tanzt weiter. Sie spürt ihren Körper als etwas Flüssiges, Unbeständiges.

Wie sagt man noch: völlig losgelöst.

Das Dunkel ist noch dunkler, die Wahrnehmungen gedämpft und entfernt, sie muss das Ohr an die Boxen halten, damit die Musik zu ihr durchdringt.

Verdammtes Ketamin.

Der Checker gesellt sich zu den beiden vor den Boxen. Er klatscht mit Alberto ab und klopft sich dann mit der Faust gegen die Brust. Er postiert sich vor die andere Box neben Stella und führt seinen Checkertanz auf. Sein Kiefer zittert heftig, und seine Augen sind nach innen gewendet. Er nähert sich Stellas Ohren mit den Lippen.

»Ich hab' Lust.«

Stella wird durch die Stimme von hinter dem Uranus zurück auf die Erde geschleudert, schaut Ganzo an wie einen Außerirdischen, als sie versteht, was er gesagt hat, schubst sie ihn weg.

»Was willst du von mir? Fick doch das Mädchen, das dir das MDMA spendiert hat.«

»Es würde auch reichen, wenn du mir einen bläst«, sagt Ganzo.

Stella gibt ihm einen Stoß mit der Hüfte und lacht.

»Aus Freundschaft jemandem einen zu blasen, gehört nicht zu meinem Repertoire.«

»Jetzt komm, so war das nicht gemeint, du bist natürlich keine von denen«, schreit er in Stellas Ohr. »Wir sind ja hier nicht in einer dieser Nobeldiskos, wo du gut dreißig Euro Eintritt zahlst und dich dann auf die Erstbeste stürzt, bloß weil du glaubst, dass ein Fick im Preis inklusive ist. Nein, hier ist es anders: Die Leute, die man auf Ravepartys trifft, sind wie Aminosäuren, die sich verbinden, um einen Einzeller zu bilden.«

Stella drückt dem Checker den Zeigerfinger in die Wange, um ihn auf Abstand zu halten.

Ich hab' verstanden, du hängst in der Luft, aber such dir gefälligst eine andere Aminosäure, weil bei uns beiden verbindet sich leider gar nichts.

Der Checker lässt ein Mädchen vorbei, das hinter ihm getanzt hat, so dass sie direkt vor ihm steht. Er fasst ihr an die Hüften und tanzt ihren Hintern an. Sie reibt über seinen Schritt. Er zieht Stella an den Haaren zu sich heran, führt die Lippen ganz nah an ihr Ohrläppchen und sagt:

»Siehst du, ich hab' eine andere gefunden.«

Mein Glück.

Stella lacht, nimmt die Hände von der Box. In weniger als fünf Sekunden ist sie schon einige Meter zurückgedrängt worden. Marco steht ihr gegenüber. Marco, mit aufgerissenen Augen, ein winziges Teil in der Hand.

Bin gespannt, was er vorhat, um sich mir zu nähern.

Marco stellt sich neben sie und legt seine Hand auf ihre Hüfte. Stella wird warm, kalt, dann überkommen sie Schauder und Magenschmerzen.

Wenn er mich, hier, vor allen vögeln wollte, ich würde es machen.

Sie spürt, wie ihr Herz im Takt der Technobeats schlägt, wie die Bässe in ihr Gehirn eindringen. Der Minzgeruch von Marco, sie spürt die Wärme seiner Haut. Sie weiß nicht wie, aber er hat ihr etwas auf die Zunge gelegt, ein buntes kartonähnliches Ding von der Größe eines Fingernagels. Stella streckt ihre Zunge ganz raus, dann schließt sie den Mund. Sie spielt mit dem Karton, wie man es mit Kaugummis macht. Marco grinst zufrieden und flüstert:

»Gute Reise.«

Dann haut er ab.

Warum hat er mir einen Trip gegeben?

Stella drängt sich wieder nach vorn zu den Boxen, findet aber keinen ihrer Leute mehr. Ein Heer von Weltraumkriegern aus Stahl und mit Dreadlocks tanzt hinter ihr. Irgendeiner versucht, sie zu packen. Ein anderer reibt sein Becken an ihrem Hintern.

Was mache ich hier unter all den Ausgestoßenen?

Stella windet sich heraus. In dem Spalt zwischen zwei Boxen sieht sie Marco und Alberto. Sie grinsen. Alberto klopft dem Blonden auf die Schulter. Er dreht sich zu ihm um, schaut ihn an und nickt, eine Grimasse schneidend. Marco hat einen pfeilköpfigen roten Schwanz zwischen den Beinen und zwei flammend rote Hörner ragen aus seinen blonden Haaren hervor. Er hat schiefe, faule Zähne, das Grinsen eines Dämons.

Hier stinkt es nach Schwefel.

Stella hört, wie die Musik sich krümmt und die Boxen rülpsen. Sie hat den Eindruck, dass die Box, an der sie lehnt, lebendig ist, sich bewegt. Sie wird von ihr und dem Strudel der Klänge aufgesaugt. Sie endet in den Untiefen des Klangs und tanzt inmitten von Gummipuppen. Die Gummipuppen haben die Gesichter ihrer Freunde. Sie wendet sich um. Hinter ihr steht der Checker, die Augen komplett weiß.

Ich fand ihn nie besonders attraktiv.

»Wo ist Tina hin?«, fragt er Stella.

Sie blickt sich kurz um und sieht Tina in Marcos Armen.

So eine Schlampe.

Er steckt seine rote, lange Zunge, die dünn ist wie die einer

Schlange, in Tinas Mund und schaut Stella an. Auch Tina schaut Stella an und lacht vergnügt. Sie kann Marcos Gedanken lesen:

Stirb, Stella, stirb meinetwegen.

Sie wendet sich ab, den Rücken zur Box, und sieht, dass alle sich küssen. Gummipuppen und Dreadlock-Weltraumkrieger, die einander die Zungen in die Münder stecken, sich aneinander reiben. Der ganze Saal ist von grauenvollen, gierigen Liebhabern bevölkert. Überall Zungen, die in Münder stoßen. Und alle sehen sie an. Und lachen. Stella zwängt sich zwischen den Dreadlock-Kriegern und Gummipuppen hindurch, schiebt sie zur Seite, setzt sie mit den Händen um, trampelt auf ihre Füße. Sie hält sich an den Wandziegeln fest, sie geht drei Stufen hinauf und zwängt sich durch einen Spalt, der wahrscheinlich einmal eine Tür war. Das erste Morgenlicht scheint auf die Wände. Phosphoreszierende Wandgemälde leuchten abwechselnd auf. Pissegeruch. Stella durchquert auch den zweiten Saal des Landhauses. Draußen scheint die Sonne, ein blendend weißes Licht. Sie atmet erleichtert auf, so weit das Auge reicht nur Felsen und Kornfelder und Olivenhaine. Land und Land und noch mal Land. Leuchtendes Grün. Rosa Wolkentupfer. Der Himmel bitterorange.

So, jetzt kann man wieder klar denken.

Stella sieht Ganzo mit einem Mädchen sprechen, das an seinem Auto lehnt. Ein paar Meter weiter, auf einer kleinen Mauer, entdeckt sie bekannte Gesichter. Ein Gefühl der Geborgenheit kehrt zurück. Sie schaut zu Boden und sieht, dass die Kornfelder atmen. Die Erde dehnt sich aus, zieht sich zusammen wie eine riesige Lunge. Die Felder ziehen bizarre runde Kurven, der Horizont erscheint wie ein Gemälde von Van Gogh.

Die Ruhe nach dem Sturm.

Sie beobachtet die Blätter der Bäume – Milliarden lächelnder

Gesichter. Sie kann sie fast hören, ihre kindlichen Stimmen. Wenn sie aber versucht, den Blick auf eines der Blätter zu konzentrieren, verwandelt es sich in eine gemeine Fratze.

Ein Trip ist wie die Philosophie – du musst wissen, wie du auf den Oberflächen tanzt. Wenn du zu tief hineinfällst, wirst du wahnsinnig.

Stella inhaliert den Geruch von Erde. Margeriten und Tau. Den Geruch der Bäume. Nach Land. Sie atmet ein und aus im Rhythmus der Erde. Sie dreht sich um und entdeckt Marco.

Er verfolgt mich.

Sie lacht. Es ist mehr ein Grinsen als ein Lachen.

Jetzt bin ich der Teufel.

Sie entfernt sich fünf Schritte von ihm, nähert sich der kleinen Mauer. Ihre Füße sinken in die Erde ein und werden wie von Federn wieder hinaufgeschleudert. Die Erde atmet. Stella ist im Einklang mit dem Universum.

Was ist los, warst du nicht gerade noch dabei, mit meiner Freundin rumzumachen?

Sie geht und hört, wie Marcos Schritte ihr folgen. Sie geht langsam und wird unerklärlicherweise von Euphorie übermannt.

Du willst mich, Schätzchen, du stirbst für mich.

Stella dreht sich um, schaut ihn an. Marco hat die Augen aufgerissen, lächelt ihr zu, schaut verliebt. Rechts von ihr steht Marco, links Ganzo und das Mädchen. Sie schaut sie an. Zuerst Marco. Dann Ganzo. Marco. Ganzo. Sie tut so, als würde sie sich Marco nähern. Sie fasst ihr Top, dehnt den Ausschnitt bis runter zum Bauchnabel und hält den Atem an. Sie richtet ihren BH, schiebt die Brüste ihrem Gesicht entgegen. Marco schaut genau dort hin. Er kommt näher. Sie sind ein paar Meter voneinander entfernt. Er spitzt die Lippen, möchte etwas sagen.

Ich kann jetzt nicht nachgeben, du hast die ganze Nacht an meiner Freundin rumgefummelt.

Stella ist höchstens noch einen Meter vor ihm, als sie die Richtung ändert und auf Ganzo zuläuft. Sie fällt über ihn her, steckt ihm die Zunge in den Hals. Das Mädchen ist wie versteinert. Der Checker nutzt die Gelegenheit, mit Stella ein bisschen rumzuknutschen, dann wendet er sich dem Mädchen zu und sagt:

»Das ist echte Geschwisterliebe.«

Ja, klar, rein und unschuldig.

Das Mädchen verschränkt die Arme. Marco macht eine bestürzte Miene und läuft in das Bauernhaus zurück, verschluckt vom Strudel der Klänge. Stella geht mit den Lippen ganz nah an Ganzos Ohr und sagt:

»Danke, ich schulde dir einen Gefallen.«

Sie fragt nach dem Autoschlüssel, schlüpft ins Auto. Aber sie ist nicht allein. Auf dem Vordersitz sitzt Tina, die total drauf ist. Heute Nacht habe sie sich wie auf den Raves von damals gefühlt, stammelt sie.

Hat dir gefallen, mit Marco rumzumachen, nicht wahr, Schlampe?

»Gibst du mir eine Zigarette?«, fragt Stella zornig.

»Hab' keine mehr«, erwidert die andere.

Sie zerreißt sie mit ihrem Blick und fragt mit unbeteiligter Stimme: »Spaß gehabt?«

»Du kannst dir gar nicht vorstellen, wie viel«, antwortet Tina.

Stella lässt sich gegen die Seitentür sinken und zwingt sich, die Augen geschlossen zu halten und zu warten, dass der Checker endlich losfährt.

Marco kommt wieder heraus, nähert sich dem Auto, versucht vergeblich zu erkennen, was drinnen geschieht.

Der Checker lässt das Mädchen stehen, steigt ins Auto, lässt den Motor an und fährt los. Marco sieht dem Seicento nach, der sich langsam entfernt.

DIE KATZE

»Findest du es normal, um diese Zeit zurückzukommen? Wo warst du die ganze Nacht?«

»Ich hab' dir doch gesagt, dass es später werden würde.«

»Setz die Sonnenbrille ab, ich will deine Augen sehen.«

»Und wenn nicht?«

Stellas Mutter kommt auf sie zu und reißt ihr die Brille vom Kopf. Anstelle von Pupillen hat ihre Tochter zwei schwarze Löcher.

So, und jetzt schau mir in die Augen, sieh richtig hin, du alte Hexe.

»Was hast du genommen?«

»Nichts.«

»Wenn du dich weiter mit diesen beschissenen Leuten triffst, wirst du in der Gosse landen.«

»Ich weiß nicht, wovon du sprichst.«

Aus dem anderen Zimmer schreit eine männliche Stimme:

»Wenn ich noch einen Schrei höre, komm ich rüber, und dann könnt ihr beide was erleben!«

Stellas Mutter legt den Zeigefinger auf die Lippen.

Selbstverständlich, den großen Chef darf niemand stören.

Stella nutzt den Augenblick der Unaufmerksamkeit, um sich ihre Sonnenbrille zu schnappen und sich im Zimmer einzuschließen.

»Stella! Wo willst du hin?«

Wollen wir wetten, dass ich trotz des Trips lernen kann? Jedenfalls besser als mit dir zu diskutieren, du neurotische, scheißbürgerliche Kuh.

Das Mädchen nimmt das Buch von Sartre, zieht sich aus und schlüpft ins Bett, das aufgeschlagene Buch in der Hand. »Die Faktizität des Für-sich« lautet die Überschrift.

Die wütenden Schreie ihrer Mutter prallen gegen die Scheiben der Zimmertür, dann verebben sie ganz. Nach nicht einmal fünf Minuten schläft Stella ein, das Buch in der Hand.

Es ist ein traumloser Schlaf.

Als sie aufwacht und sich aufrichtet, fällt das Buch auf den Boden. Plumps. Dann Stille. Im ganzen Haus herrscht Grabesstille. Und es riecht nach Frittierfett. Allein der Gedanke an Essen dreht ihr den Magen um. Noch immer steckt ihr der bittere Geschmack des Ketamins im Hals. Es gibt keinen Platz für Essen in ihrem Körper, heute nicht.

Sie steht auf, die Farben erscheinen ihr noch immer grell. Die Poster an ihren Wänden leuchten abwechselnd auf, Jim Morrisons Augen wirken lebhafter, die Pupillen drehen sich links und rechts herum wie unter Hypnose.

Sie hebt das Buch auf und beschließt zu lernen.

Vielleicht verstehe ich mit den Acid-Halluzinationen endlich dieses Scheißbuch.

»Das Sein hat seine Möglichkeit außerhalb seiner, im bloßen Blick, der seine Seinschancen abschätzt.«

Ein grauer Spalt öffnet sich in der Decke. Sartre steigt mit seiner runden Brille und der Pfeife heraus, bläst den Rauch aus und sagt: »Deshalb sind alle Menschen Spiegel und alle Frauen Katzen.« Er hat die Stimme des Professors, danach kehrt er in den Spalt zurück, der sich schließt wie ein Reißverschluss.

Auf einmal scheint Stella alles ganz klar. Die Worte haben Form und Farbe, besitzen in ihrem Verstand ein Gewicht. Sie materialisieren sich. Wenn alle Menschen Spiegel sind, denkt sie, ärgern wir uns über die Menschen, die uns hässlicher erscheinen lassen, und vergöttern die, die uns schöner erscheinen lassen, weil wir Katzen sind.

Wenn es so gut funktioniert, werde ich jedes Mal zum Lernen einen Trip einwerfen.

Gerade als sie drauf und dran ist, sich dem Kern des Problems zu nähern, beginnt ihr Handy zu vibrieren und den Song *People are strange* zu spielen. Stella schaut auf den Namen auf dem Display.

Scheiße: da ist er, der Spiegel des Bösen.

Gegensätzliche Gefühle. Sie weiß nicht, ob sie rangehen soll oder nicht. Sie bekommt die typischen Magenschmerzen, die eine Kolitis ankündigen. Sie geht ran.

»Hallo!«, sagt sie mit betont überzeugter Stimme, in der Hoffnung, dass ihre Unsicherheit nicht durchklingt.

»Hi, hast du Lust, bei Freunden von mir vorbeizuschauen?«

Warum fragst du nicht Tina?

»Was für Freunde?«

»Zwei normale Freunde aus Castel di Travia, einfach so, ich hatte Lust, eine Runde zu drehen, kommst du mit?«

Also hat das Theater von gestern funktioniert.

»In Ordnung, wann denn?«

»Jetzt.«

Seit der Sache auf dem Boot haben wir uns nicht mehr allein getroffen, endlich mal eine normale Sache.

Stella schließt sich in den Garderobenschrank ein. Sie ist nackt und steht zwischen zwei ovalen Spiegeln. Ihre Finger tasten die Kleiderbügel ab, die Beschaffenheit der Kleidungsstücke. Weich. Kratzig. Wolle. Baumwolle. Seide. Jeans. Sie streckt die Hand zum Saum der Jeans.

Hosen?

Shorts. Jeansshorts ohne Schritt.

Ein Rock.

Sie ergreift den Bügel, löst den Jeansminirock, zieht ihn an, betrachtet ihre weißen Beine, dünn und gerade. Streift sich ein Top mit Leopardenmuster über, dazu schwarze Stiefel mit Absatz und Plateausohle. Sie kämmt sich das goldblonde Haar, trägt den schwarzen Kajal auf, Rouge auf die Wangen. Sie zwinkert sich zu.

Spieglein, Spieglein an der Wand, wer ist die schönste Katze im ganzen Land?

Zwanzig Minuten vergehen. Sie klingelt Marco an, aber er antwortet nicht.

Die übliche Arschlochtour.

Sie schaut aus dem Fenster. Es ist dunkel geworden.

Nein, mein Lieber, ich werd' nicht drei Stunden auf dich warten, ich gehe jetzt aus, du kannst ja nachkommen.

Stella verlässt die Wohnung, ruft den Checker an.

»Bist du in Rotullo?«

»Nein, in Bari.«

»Wollen wir uns treffen?«

»Wo bist du denn?«

»Gleich vor dem Haus.«

»Dann komm zum Spirit.«

Stella trifft den Checker. Er lädt sie auf ein Bier ein. Sie tut so, als ob sie ihm zuhören würde, klingelt Marco noch mal an, aber keine Reaktion. Sie rollt ihre Augen in alle Richtungen, ihr Unterkiefer mahlt unaufhörlich.

»Blondie, du bist ja noch total high«, sagt der Checker. »Komm, übernachte heute Abend bei mir, ich werde dafür sorgen, dass du wieder auf Trab kommst …«

Mir fehlen nur die Spiegel.

»Ich glaube nicht, dass ich das brauche«, erwidert sie lächelnd.

»Ich will dich ja nur dran erinnern, dass ich wegen dir gestern ein Mädchen ziehen lassen musste, du schuldest mir also noch einen Gefallen.«

Du glaubst doch nicht im Ernst, dass ich dir so einen Gefallen tue?

»Ja ja, Ganzo, aber jetzt habe ich keine Zeit, lass uns das ein andermal machen, in Ordnung?«

Der Checker schaut ihr misstrauisch nach, während sie aufsteht, um abzuhauen. Stella geht ein paar Kippen rauchen, in einer Kneipe in der Nähe ihrer Wohnung. Sie raucht fünf Zigaretten hintereinander.

Marco ruft noch immer nicht an.

Was zum Teufel macht dieses Arschloch?

Nachdem ein paar Stunden vergangen sind, geht sie schließlich nach Hause, gerade als die Nachricht eintrifft: »Komm runter.«

Fick dich, du lässt mir nicht mal die Genugtuung, nicht zu Hause zu sein, wenn du anrufst.

Stella geht runter und steigt in den Ford Fiesta.

»Ich hatte was zu tun«, sagt Marco, richtet seine Ray-Ban. Und fährt ab.

»Ich habe auch viel zu tun gehabt«, antwortet sie, den Blick auf die Straße geheftet.

Stille.

»Wo fahren wir noch mal hin?«, fragt sie.

»Wir gehen ein paar Freunde besuchen.«

Ein Paar.

»In Castel di Travia«, fährt er fort, »bei Alberto.« Er schaut unter der Ray-Ban hindurch. »Du kennst ihn, gestern hast du ihn begeistert begrüßt …«

»Gestern habe ich alle mit Begeisterung begrüßt.«

Außer dir.

Marco hält sich ein Handy der neuesten Sorte ans Ohr, Webcam, Internet, Kamera.

Es dauert nicht mehr lange, dann kann man damit auch Kaffee kochen.

»Alberto? Von mir aus können wir es machen. Seid ihr dabei? Dann bring' ich eine Freundin mit … Ja, Stella, ja … Bis gleich.«

Was bleibt mir anderes übrig, Jesus Christus, ich bringe ihn um.

Stella dreht sich lächelnd zu Marco, während das Auto über die Straße rast. Sie nimmt eine Zigarette aus seiner Packung neben der Gangschaltung.

»Darf ich?«, sie streift seinen Schenkel mit dem Arm.

»Klar«, sagt er und zwinkert ihr zu.

Stella sieht Marcos Augen durch die Ray-Ban. Sie sind stark gerötet.

»Was ist los?«, fragt sie ihn.

»Ich hab' Acid genommen«, antwortet er, »deswegen ist es etwas später geworden.«

Ach, das war also deine wichtige Beschäftigung, die dich verhindert hat.

»Und für mich hast du nichts?«, jammert sie.

»Du hast deines gestern bekommen. Und du hast dich nicht so bedankt, wie es sich gehört.«

»…«

»Sag mal, hat sich das Paar mit dem Boot noch mal bei dir gemeldet?«, fragt er.

»Ich bin allein mit ihr ausgegangen.«

Marco nimmt die Brille ab, bremst.

»Und was habt ihr gemacht?«

Du glaubst doch nicht, dass ich dir das sage?

»Wir haben uns amüsiert.«

»Wie?«

»Auf viele verschiedene Arten ...«

»Willst du sie wiedersehen?«

»Marco!« Sie legt ihm die Hand auf das Bein, bohrt die Fingernägel hinein. »Du hattest mir versprochen, dass ich mit ihm nichts machen müsste.«

»Ich weiß.« Marco setzt sich die Brille wieder auf. »Tut mir leid.«

Deine Mutter, es tut dir leid. Ich muss mir von zwei Dahergelaufenen anhören, dass ich dir nicht trauen kann.

»Wenn überhaupt«, schlägt Stella vor, »dann würde ich die Frau noch mal treffen.«

»...«

»Vielleicht ich, du und sie, wollen wir doch mal sehen, ob du sie überzeugen kannst«, fordert sie ihn heraus.

Und, wirst du den Schwanz einziehen, aus Angst vor dem peinlichen Auftritt, den ich dir bereiten werde?

»Versuch du es doch«, sagt er mit plötzlich ganz anderem Tonfall. »Du sagst ihr, es sei nur eine Sache unter euch zwei, dann kommt ihr zu mir, wir geben ihr ein paar Drogen und fertig.«

»Ich glaube nicht, dass es mir gelingt, sie von ihrem Mann zu trennen, du kennst dich besser aus mit Täuschungsmanövern.«

»Du hast zu wenig Selbstvertrauen.«

So ein Wichser.

»Wenn es dir gelingt, sie zu überreden, bist du großartig«, sagt Marco.

Du dreckiger Erpresser.

Sie erreichen Castel di Travia, parken das Auto, steigen aus, klingeln, gehen hinauf. Alberto öffnet die Tür in Bermudashorts und Unterhemd. Er wirkt ziemlich nervös. Man hört ein Miauen. Hinter ihm – überall Katzen. Stella und Marco treten ein. Das Haus riecht auch nach Katzen.

»Passt auf, Mann, passt auf die Katzen auf«, sagt Alberto.

Ein Miauorchester. Die Katzen sind überall. Groß und klein. Rot, schwarz, getigert, weiß, gestreift. Die meisten sind dick wie Weinfässer und bewegen sich langsam. Zwei oder drei schlummern entspannt.

Sie sind überall: auf dem Boden, auf dem Sofa, auf dem Fernseher. Eine sitzt sogar hinter der Vitrine des Küchenschranks. Sie kratzt an einer bereits geflickten Scheibe. Es ist ein ganz junges Kätzchen.

»Setzt euch hin«, sagt der Rasta und weist mit dem Finger auf ein paar Stühle um einen Holztisch.

Am rechten Ende des Tisches sitzt ein braunhaariges Mädchen mit violett schimmernder Pagenfrisur und einem Pony, der bis über ihre Augen reicht. Superschlank, kaum bekleidet, tätowiert. Eine getigerte Katze auf dem Arm. Die junge Frau begrüßt weder Marco noch Stella. Sie streichelt die Katze und nippt an einem Bier.

Die Katzenkönigin.

Marco legt die Ray-Ban auf dem Tisch ab, betrachtet die Braunhaarige mit den Augen eines Jägers.

Mit diesen Augen soll er nur mich angucken.

»Hey, Mann, das ist Lory. Lory, das sind Freunde von mir, also Marco kennst du ja schon, und das ist Stella, seine Braut.«

Ja, schön wär's.

Die Braunhaarige streichelt weiter die Katze. Alberto erklärt, man solle es ihr nicht übelnehmen, sie sei eben etwas schüchtern.

Auf mich wirkt sie eher stinksauer.

Er holt die Tütchen raus und fängt an, die Lines vorzubereiten.

»Wollt ihr?«, fragt er.

Die Braunhaarige blickt auf. Ihre Augen sind schwarz und blutunterlaufen.

»Du widerst mich an!«, ruft sie in Albertos Richtung. »Heute Morgen bist du total stoned nach Hause gekommen, und jetzt willst du schon wieder was nehmen. Das ist doch krank.«

Ihre Stimme ist rau und dunkel. Beunruhigend und faszinierend gleichermaßen.

Sie ist bösartig, die große Katze.

»Komm schon, Lory, nicht vor unseren Freunden.«

»Das nennst du Freunde?«

Marco beobachtet sie mit gierigem Blick. Stella bemerkt es.

Du stehst auf die Freundin deines Freundes, spielst also wie immer das Drecksschwein.

»Ihr dürft sie nicht falsch verstehen, sie ist ein wenig …« Alberto ist völlig von der Rolle. »Schüchtern«, beendet Stella den Satz.

Stella und Lory schauen sich an. Ihre Augen schleudern Blitze, aber Stella fühlt sich unwiderstehlich angezogen von diesem Blick. Er erzeugt so ein Leichtigkeitsgefühl auf ihrer Haut. Ihr läuft das Wasser im Mund zusammen. Sie saugt den Geruch auf, den Lory verströmt: Nach Katze und Selbstbräunungslotion.

Der Rasta legt auf einem Porzellanteller drei Lines. Es riecht nach Chemie. Alberto zieht. Marco zieht. Stella zieht. Plötzlich ein kreischendes Miauen.

»Sorry!«, sagt Marco, Lory zugewandt. »Ich bin ihr auf die Pfoten getreten.«

Lory wirft vor Wut eine Bierflasche nach ihm. Marco weicht aus, und die Flasche erwischt eine Katze, die faucht und miaut, bevor sie davonläuft.

Das Kätzchen im Küchenschrank springt heraus und reißt dabei einen Flügel der Schranktür aus den Angeln. Ein Klirren. Miauen. Lory wirft Marco einen vernichtenden Blick zu. Er lächelt schuldbewusst. Sie steht auf, um die Scherben zusammenzukehren, vor sich hin knurrend. Alberto versucht ebenfalls aufzustehen, um ihr zu helfen, plumpst aber wie ein Sack zurück auf den Stuhl. Lory hat schnell alles aufgeräumt. Sie wirft die Glasscherben in den Müll, setzt sich wieder hin und nimmt das verletzte Kätzchen auf den Arm.

Das Ketamin ist im Blutkreislauf angekommen. Stella fühlt sich wie seekrank, wie immer bei Ketamin. Alles zerfließt. Die Körper zerfließen, die Empfindungen zerfließen, auch das Gefühl der Übelkeit zerfließt. Wie eine Seekrankheit.

Stella schaut zu Marco hinüber, der mit Alberto über Musik redet. Sein Gesicht wird breiter, ist schon völlig zerlaufen, auch sein Körper zerläuft. Neben Alberto sieht er aus wie ein kleiner, unerfahrener Junge. Stella beobachtet Marco, der hypernervös gestikuliert, wie ein Schulkind bei seinem ersten mündlichen Test. Ihr Blick bleibt auf ihm liegen: sein ungepflegter Bart, blond-rot gescheckt, die schiefen gelben Zähne, die ausdruckslosen Augen.

Wie kann es sein, dass ich sowas ficke?

Stella ist nie aufgefallen, wie hässlich Marco ist: wabbelig, weißlich, blass, ein Schwanz und zwei Finger groß. Diese kühlen, durchdringenden Augen, die sie so oft ins Mark getroffen haben, sehen nur kaputt aus, trüb wie ein Teich.

Wie ein Hobbit sieht er aus.

Alberto fragt Marco und Stella, ob sie etwas möchten. Er tischt ihnen Pizzastücke, Wurst, Bier auf. Stella verweigert alles.

Wenn du nicht willst, dass ich auf die Katzen kotze.

Sie fühlt alles schwanken wie auf hoher See, mitten in einem Sturm. Die getigerte Katze springt von Lorys Schoß, die aufsteht. Sie trägt nur Shorts. Auf ihrer rechten Rippenseite sind zwei Tätowierungen, Wellenmotive wie auf den Harley-Davidsons. Marco verschlingt sie mit den Augen. Sie geht in die Küche und holt sich noch ein Bier, setzt sich wieder, zündet eine Zigarette an.

»Bist du die Freundin von Alberto?«, fragt Stella.

Lory antwortet mit einem Blick, als wollte sie sagen: Und du, bist du bescheuert?

Ok, du hast recht, ich hätte keine dämlichere Frage stellen können.

»Seid ihr schon lange zusammen?«

Lory drückt die Zigarette aus, zündet sich eine neue an. Stella ist auf hoher See, die Übelkeit wird stärker, genauso wie das Schaukeln. Alles schaukelt hin und her wie auf einem Boot.

»Wollen wir uns einen Film ansehen?«, fragt Mr. Dreadlock.

Ja, Titanic.

»Was für einen Film?«, fragt Stella.

»Ich weiß nicht, ob wirklich alle einverstanden sind«, wagt sich Marco vor, »den Film gemeinsam anzuschauen.« Er schaut Lory an.

»Alberto sieht immer den gleichen Film: Drogen, Sex, satanische Sekten, Morde«, sagt die Brünette und tut, als ob sie die Doppeldeutigkeit nicht mitbekäme.

Ein Miaukonzert erfüllt das Haus – Alberto verscheucht die Katzen vom Sofa, macht Platz für Marco und Stella. Er setzt sich auf den Boden. Lory bleibt da, wo sie ist, nimmt eine andere Katze auf den Arm und streichelt sie.

Alberto legt den Film ein. Die ersten Splatterszenen fangen an: Blutspritzer und nackte Frauen.

Marco nimmt Stellas Hand. Sie zuckt zusammen.

Sieh mal einer an, wenn er will, kann er auch zärtlich sein.

Er zeichnet mit den Fingerkuppen eine Spirale auf Stellas Handrücken, dann legt er ihre Hand auf seinen Schwanz.

Natürlich, ich wusste es.

Sie streichelt seinen Oberschenkel, fährt über den kratzigen Jeansstoff, schiebt die Finger etwas hinauf und spürt etwas unter den Jeans. Sie fängt wieder an, ihn zu wollen. Schaudern. Sie gleitet mit der Hand über die Leiste und das Glied. Sie betastet es, es schwillt an. Er legt seinen Kopf auf Stellas warme Brust. Sie streicht ihm über das Haar, es fühlt sich brüchig an. Aber inzwischen empfindet sie keinen Ekel mehr vor ihm, im Gegenteil, alles an ihm gefällt ihr. Alberto kommt zu ihnen, legt seinen Dreadlockkopf zwischen Stellas Schenkel.

Was zum Teufel willst du jetzt?

Marco tippt auf seinem Handy herum. Alberto dreht sich zu ihm. Blicke. Lory raucht eine Zigarette nach der anderen. Streichelt die Katze.

»Lory«, sagt Marco, »komm doch her, zu uns.«

Die Brünette steht auf, knallt die Bierflasche auf den Tisch und geht ins Schlafzimmer.

»Macht, was ihr wollt, ich gehe schlafen.« Zwei Katzen folgen ihr. Alberto entschuldigt sich nochmals bei Stella und Marco. Stella nimmt ihre rechte Hand von Marcos Kopf und die linke von seinem Oberschenkel.

Ich lasse mich gerade wieder von diesem Wichser reinlegen.

Marco steht auf.

»Wir müssen los«, sagt er, »sie muss morgen zur Uni.«

Was für ein gigantischer Hurensohn.

»Nein«, sagt Stella, »ich hab' morgen keine Uni. Wir können so lange bleiben, wie wir wollen.«

Marco blickt sie vorwurfsvoll an. Sie hält seinem Blick einige Sekunden stand, dann senkt sie die Augen. Er steht auf, schnappt sich die Ray-Ban vom Tisch, setzt sie aber nicht auf. Alberto beobachtet sie verärgert, reicht ihnen die Jacken, begleitet sie zur Tür.

»Mann, was soll ich sagen, es tut mir leid, dass sie so darauf reagiert hat. Sie ist eben ein bisschen komisch, Frauen halt, wer soll die verstehen.«

Worauf hat sie so reagiert?

Stella wirft Marco einen fragenden Blick zu, er wendet sich ab.

»Es tut mir leid, sie ist ein schönes Mädchen, wenn sie eifersüchtig auf mich ist, muss sie sich keine Sorgen machen«, sagt Stella und schielt wieder zu Marco hinüber.

Er und Alberto schauen sich an, darin einig, dass Stella nichts kapiert hat.

Alberto finde ich rein äußerlich etwas abstoßend.

»Nein, es ist nur, dass sie lernen muss, wie man sich benimmt«, sagt Mr. Dreadlock, »vor allem, wenn Besuch da ist.« Dann verabschiedet er sie.

»Also dann, melde dich wegen dieser Sache, ja«, ruft er Marco hinterher und schließt die Tür. Stella hat Marco nun ganz für sich. Er setzt die Sonnenbrille auf.

Ich würde dir die Eier abbeißen.

»Warum hat das Mädchen so reagiert?«, fragt sie in zweideutigem Tonfall, während sie aus dem Tor hinausgehen.

»Ach, weißt du«, nuschelt er mit der nasalen Stimme eines Zugedröhnten, »sie sind nicht wirklich zusammen, sie haben eine sehr freie Beziehung, verstehst du?«

Ganz und gar.

Stella nickt. Marco öffnet das Auto, die Scheinwerfer gehen an, sie steigen ein. Er startet mit Vollgas, das Heck bricht aus, schleudert.

»Glaubst du, du kannst noch fahren, mit zwei halluzinogenen Bomben im Körper?«, fragt Stella.

»Spinnst du?«, erwidert er. »Klar kann ich das. Für wen hältst du mich?«

Stella nimmt noch eine Zigarette von Marco, zündet sie an, spürt ein Brennen auf den Lippen. Noch immer ist ihr schwindlig von dem Ketamin. Aber sie ist nüchtern genug, um zu verstehen, dass Marco nicht nüchtern genug ist, um zu fahren.

»Magst du Lory?«, fragt er, die Worte halb verschluckend.

Dieser Satz erinnert mich an etwas.

»Sie ist schön, aber wie du vielleicht bemerkt hast, haben wir uns nicht sonderlich gut verstanden.«

»Dafür ist noch Zeit«, antwortet er.

Was für Zeit? Du hast nicht über mich zu entscheiden.

Sie fahren aus Castel di Travia hinaus. Marco gibt Vollgas, gerät ins Schleudern. Auf einmal bemerkt Stella, dass die Augen unter Marcos rosafarbenen Ray-Ban-Gläsern geschlossen sind.

»Hey!«, ruft sie. »Bist du wach?«

Marco kommt schlagartig zu sich und ergreift das Steuer, Stella wird von einem grellen Licht geblendet. Der donnernde Lärm einer Hupe. Schweißtropfen rinnen ihr von der Stirn. Sie fühlt, wie ihr Herzschlag sich abrupt beschleunigt, ihre Hände sind schweißgebadet. Der bittere Geschmack des Ketamins stößt ihr auf, sie würgt es wieder hinab. Ohne zu überlegen, greift sie ins Lenkrad und dreht es nach rechts. Das andere Auto streift die Seite des Ford Fiesta, Stella schreit, die Augen zugekniffen, etwas klingt wie ein Miauen. Der Ford Fiesta steckt im Schlamm neben der Fahrbahn, Marco tritt aufs Gas und lässt die Räder durchdrehen, bis das Auto mit einem Satz wieder auf der Straße steht.

»Kein Stress, alles unter Kontrolle«, sagt er.

Ja, alles unter Kontrolle.

Stella schaut zurück auf die Straße und glaubt, ein zerfetztes Kätzchen auf dem Asphalt zu sehen. Jenes Kätzchen. Sie dreht sich zu Marco um, starrt ihn vorwurfsvoll an, aber er reagiert nicht darauf, erwidert auch nichts.

Gott, ich kann es kaum glauben.

Den Rest des Weges reden sie kein Wort. Als sie endlich vor Stellas Haus sind, hat sie es eilig, aus dem Auto zu steigen.

»Klingelst du mich an, wenn du zu Hause bist?«, bittet sie ihn.

»Klar.«

»Marco!« Sie hebt ihre Stimme. »Im Ernst, bitte.«

»Ich hab' dir doch gesagt, ja.«

Sie wirft die Autotür zu und schließt die Haustür auf, dabei hat sie schon das Dröhnen seines Motors in den Ohren. Sie betritt die Wohnung, es ist dunkel, ihre Eltern schlafen.

Sie legt sich ins Bett und wartet, dass Marco sie anruft. Sie wartet. Wartet. Wartet. Schließlich schreibt sie ihm: »Alles in Ordnung?«

Keine Antwort.

Ich weiß, dass es dir gutgeht. Du willst mich nur wütend machen, du beschissener Drecksbastard.

Sie kauert sich unter der Decke zusammen, hört noch immer das Miauen. Sie hält die Augenlider fest geschlossen, doch das Miauen wird immer lauter, es klingt wie ein Junges, das um Hilfe ruft.

Schlaf, dämliche Kuh, das sind nur Hirngespinste.

Die Finger drücken auf die Tasten. Die Augen rot vor Müdigkeit, die Haut im Gesicht gespannt vor Aufregung.

Da ist er, das Arschloch, um fünf Uhr früh auf MSN.

Sie hat Lust, ihn anzuschreiben und ihm mal richtig die Meinung zu sagen, aber ihr wird schnell klar, dass es schlauer ist, so zu tun, als ob nichts wäre.

Ich hab' ihm schon zu viel Aufmerksamkeit gewidmet, indem ich wegen ihm und der Scheißkatze die ganze Nacht wach gelegen habe.

Stella geht auf ihre Facebookseite, bearbeitet die Fotos, beantwortet die Kommentare, freut sich über den kleinen Raum, wo sie der Star ist, bis ihr Blick wieder auf den kleinen grünen Punkt neben Marcos Profilbild fällt, der bedeutet, dass er online ist.

Mit wem chattest Du? Bist du auf einer Porno-Webcam? Chattest du mit Lory?

Kaum hat sie den Gedanken beendet, erscheint noch ein anderer grüner Punkt im Chatkasten. Dieser Punkt schreibt:

»Noch wach?«

»Ja, ist wahrscheinlich wegen der Drogen«, antwortet sie.

»Also gehst du morgen, ich meine heute, nicht zur Uni?«

»Ich habe kein Seminar, aber eigentlich müsste ich für die Prüfung lernen.«

»Lern doch hier in Castel di Travia, wir fahren ans Meer.«

»Heute Vormittag?«

»Ja.«

»Ich weiß nicht, ich habe viel zu tun.«

»Was denn?«

»Ich denke mal drüber nach und sage dir dann Bescheid.«

»Ich gebe dir meine Nummer, ruf mich an«, schreibt Alberto.

Stella fährt den Rechner herunter und geht auf ihr Zimmer, dann legt sie sich wieder ins Bett.

Ein plötzliches, gewaltsames Licht trifft auf ihr rechtes Auge und katapultiert sie zurück in das Zimmer.

Unglaublich: Ich konnte einschlafen.

Stellas Vater reißt alle Fenster auf und zieht seiner Tochter die Decke weg.

»Hey, was soll das?«, fragt sie genervt.

»Es ist zwölf.«

»Na und?«

»Hast du nichts zu tun? Du Glückliche!«

»Und du? Gehst du nicht zur Arbeit?«

»Nein, heute nicht, deshalb nutze ich den Tag, um ihn mit dir zu verbringen«, sagt er grinsend.

Stella schnaubt.

»Hör zu, ich fahre ans Meer, zu ein paar Freunden von mir.«

»Ans Meer? Im Mai?«

Besser ich sage nichts, sonst gibt's Ärger.

Stella steht auf, sie sieht noch immer alles verschwommen. Sie reibt sich die Augen, spürt die Wärme von draußen hereindringen. Ihre Pyjamahose rutscht ihr von der Hüfte.

»Sieh dich an, du bist ja nur noch Haut und Knochen«, sagt Nicola.

»Was redest du für'n Scheiß? Keine meiner Freundinnen ist so dick wie ich!«

»Und wer bitte schön sind diese magersüchtigen Freundinnen?«

Tja, stimmt, wer sind diese Freundinnen? Ich hab' keine.

»Stella, du gehst heute nicht aus, bevor du mir erklärt hast, was hier drinsteht«, ruft ihr Vater und zeigt auf »Das Sein und das Nichts«.

»Du hockst jetzt schon seit drei Monaten über diesem Buch, ich finde, es ist höchste Zeit, dass du die Prüfung ablegst, findest du nicht?«

Was ist denn das für eine Scheißerpressung?

Sie setzt einen Schmollmund auf, aus der Reihe: Bitte lass uns nicht über Prüfungen reden.

»Du sagst immer, dass wir dir nicht reinreden sollen, weil du gut lernst«, sagt er. »Du tust deine Pflicht, und wir mischen uns nicht ein. So ist es doch, nicht wahr? Also gut, ich verlange einen Beweis: Beweise mir, dass du das, was du liest, auch nach durchgemachten Nächten voller Mist noch verstehst!«

»Aber Papa …«

»Ich will dich zu nichts zwingen, zeig mir einfach, dass du deine Pflicht erfüllst, dann darfst du heute Abend ausgehen.«

Schachmatt.

Stella setzt sich im Schneidersitz aufs Bett, ihre Haare sind zerzaust, ihre Augen geschwollen und so groß wie Billardkugeln. Die Muskeln tun weh, vor allem der Rücken. Sie streckt sich, gähnt, steckt sich die Finger in den Mund und knabbert an den Ecken des Daumennagels. Zwischen ihren Zähnen breitet sich der Geschmack nach Plastik aus.

Nicola setzt sich auf den Sessel vor Stellas Schreibtisch. Er schlägt das linke Bein über das rechte, setzt die Brille auf und durchblättert das Buch.

»Also?«, fragt er, ohne die Augen vom Buch zu heben. »Worum geht es in ›Das Sein und das Nichts‹?«

Was willst du, zum Teufel noch mal?

»Es geht um verschiedene Sachen, man kann sie nicht so einfach zusammenfassen.«

»Sag mir, was *du* verstanden hast.«

Stella kaut so sehr an ihren Fingernägeln, bis sie schließlich bluten. Die Fingerkuppen brennen, und sie spürt den Schleim und Dreck in ihrer Nase. Sie möchte aufstehen, sich das Gesicht waschen, duschen – und darf nicht. Nicht jetzt, jetzt muss sie sich durchsetzen, die Herausforderung meistern, das ist der Preis der Freiheit, denkt sie.

»Ein Thema sind die drei Seinsbereiche«, fängt sie schüchtern an.

»Die da wären?« Ihr Vater hebt den Blick vom Buch und fordert sie durch eine Handbewegung auf fortzufahren.

»Die da wären: das Sein an sich, das dem Ich entspricht, das An-sich-sein, das der Welt entspricht, und das Für-sich-sein, das dem Bewusstsein entspricht beziehungsweise dem Ich, wie es von der Außenwelt gesehen wird.«

»Und wie kommt es, dass die Außenwelt das Bewusstsein eines Menschen bestimmt?« Nicola reißt die Augen auf, erwartet die Antwort, als ob alles von diesen Worten abhinge.

Stella überlegt einen Augenblick. Ein Bild schießt ihr durch den Kopf: Marco, der Lory gierig anstarrt. Sie spürt noch immer die Wut im Bauch.

»Der Blick«, antwortet sie, »der Blick des Anderen bestimmt uns als Bewusstsein, er gründet uns, er bewirkt, dass wir etwas sind oder nicht sind, als ob wir uns zum ersten Mal in einem Spiegel sehen könnten.«

Stellas Vater läuft im Zimmer auf und ab, vielleicht denkt er darüber nach, dass seine Tochter doch nicht so blöd ist, dass die Drogen noch nicht alle grauen Zellen zerstört haben. Er reibt sich die Hände, zieht sein rotes Hemd, das sich über dem Bauch gekräuselt hat, wieder glatt. Stella sitzt in der Zwischenzeit da, mit gerunzelter Stirn und zusammengekniffenen Augen, in der Befürchtung, eine Menge Blödsinn von sich gegeben zu haben.

»Es ist tatsächlich so, Stella, der Blick des Anderen bestimmt uns als Menschen, funktioniert wie ein Spiegel.« Er unterbricht sich. »Es ist aber nie derselbe Spiegel. Was passiert denn, wenn wir uns ausschließlich vom Blick der anderen bestimmen lassen?«

»Der Spiegel zerbricht«, antwortet sie instinktiv, »und wir wissen nicht mehr, wer wir sind.«

Der Vater schweigt, macht ein Gesicht, als suche er nach den Worten, um seiner Tochter zu erklären, dass sie recht hat, dass es genau so ist, dass es aber etwas gibt, was jeder zu tun hat, um seine Identität zusammenzuhalten. Aber scheinbar kann auch er sich gerade nicht entsinnen.

»Wir dürfen nicht zulassen, dass die Blicke uns zerstören. Wir dürfen es nicht, Stella! Denk immer daran.«

Er verlässt das Zimmer. Sie sitzt wie angewurzelt da.

Was wollte er mir damit sagen?

ALBERTO

»Alberto? Ich bin's, Stella. Jetzt ist es leider schon zu spät, um zum Strand zu gehen …«

»Es ist nie zu spät, um zum Strand zu gehen, Stella. Heute Nacht steigt 'ne Strandparty hier in Travia.«

»Schön, aber ich hab' kein Auto.«

»Dann nimm doch den Zug.«

»Und wie komme ich zurück nach Hause?«

»Du kannst bei mir schlafen.«

»…«

»Mach dir keine Sorgen, ich habe keine Hintergedanken.«

»Und was ist mit Lory?«

»Mach dir keine Sorgen, ich kümmere mich darum.«

Hm, eigentlich hab' ich keine Lust, mit Alberto zu schlafen. Wenn Marco aber erfährt, dass ich bei Alberto übernachtet habe, und dass ich auch ohne ihn mit Alberto rumhänge …

Um sieben Uhr abends sitzt sie schon im Zug nach Castel di Travia. Ein Notizbuch in der Tasche und Kopfhörer in den Ohren, aus denen Elektro schallt. Sie steigt aus dem Zug. Alberto lehnt rauchend an einer Laterne und wartet.

»Eh Mann, alles klar?«, ruft er.

»Bis jetzt ja, aber wenn ich erst morgen nach Hause zurückkomme, werden sie mir den Arsch aufreißen. Aber was soll's«, sagt Stella und lächelt.

Sie machen sich auf den Weg zu Albertos Wohnung. Die Straße ist geflutet vom roten Licht des Sonnenuntergangs, es ist so warm, dass sie trotz Shorts und tiefem Ausschnitt schwitzt. Er wiederholt immer wieder, wie gut sie heute aussieht.

Von wegen keine Hintergedanken!

»Erzähl mal, was ist jetzt mit Lory?«, fragt Stella nach dem x-ten Kompliment.

»Wie, was meinst du?«

»Ich denke, sie wird nicht so glücklich sein, wenn sie mich bei dir vorfindet.«

»Lory und ich wohnen nicht zusammen.«

Ok, ich bin auf dem Weg in die Höhle des Löwen, na großartig.

»Was soll das heißen, ihr wohnt nicht zusammen? Und die Wohnung mit all den Katzen?«

»Das ist ihre Wohnung, und es sind ihre Katzen. Ich wohne woanders.« Er unterbricht sich, starrt Stella an, sein Blick wird ernst: »Lory und ich sind kein Paar.«

»Tatsächlich?«

Unglaublich, produzieren sie euch etwa serienmäßig?

»Wir sehen uns oft, aber du weißt, wie sie ist: keine Drogen, keine Party.«

»Das ist doch unwichtig, wenn ihr euch liebt.«

»Stella, Liebe ist ein viel zu großes Wort.«

Aber natürlich, erst geben wir solche Scheißfphrasen von uns, und dann behandeln wir die Frauen wie Klopapier.

»Es ist schwierig, jemanden zu finden, der mutig genug ist zu lieben«, sagt Stella.

»Schon, aber du und Marco, ihr liebt euch, ihr passt gut zueinander, ihr seid beide blond, heiß und gefragt.«

Sie hebt den Blick, zieht die Augenbrauen hoch, ihr schwitzen die Hände, die Schläfen sind heiß. Sie fühlt, dass sie kurz davor ist, in Tränen auszubrechen.

Reiß dich zusammen, Stella, spiel jetzt nicht die blöde Romantikerin. Sag ihm, dass dir Marco scheißegal ist.

»Marco und ich?«, sagt sie. »Alberto, du bist aber naiv! Marco sagt mir nicht mal hallo, wenn er mir auf einer Party begegnet.«

»Wie, seid ihr nicht zusammen?« Seine Augen funkeln plötzlich.

»Nein, Alberto.«

Mr. Dreadlock schließt die Haustür auf: Starker Geruch nach frischem Anstrich schwappt ihr entgegen. Auf dem Boden stehen jede Menge zugeklebte Umzugskartons. Ein rechteckiger Tisch. Leere.

»Ziehst du aus?«

»Nein, ehrlich gesagt wohne ich schon seit einem Jahr hier.«

Und du hast nicht mal die Kartons ausgepackt. Was für ein Held.

»Ich mache gerade ein paar Renovierungsarbeiten. Und, um ganz ehrlich sein, mag ich Wohnungen nicht besonders.«

»Wie meinst du das?«

»Ich will frei sein, unterwegs, ich war jahrelang on the road. Ich mag es, mit einem Kleinbus von Party zu Party zu fahren, neue Leute kennenzulernen und nicht zu wissen, was der nächste Tag bringt. Deswegen will ich auch keine feste Beziehung.«

Ist ja alles schön und gut, Schätzchen, aber du bist weit über dreißig, du solltest dir ein paar Fragen stellen.

»Schön, so zu leben«, sagt Stella.

Alberto geht in ein anderes Zimmer, holt zwei Stühle und stellt sie an den Tisch. Er zieht ein Tütchen hervor, einen Teller, und fängt an, zwei Lines zu legen.

»Nein, im Ernst, ich will jetzt kein Keta.«

»Zwei kleine Lines.«

Gottverdammt.

»Na gut, aber wirklich nur kleine.«

»Warte.«

Was will er noch?

Alberto geht in sein Schlafzimmer. Stella hört ein lautes Quietschen, wie von einem schweren Gegenstand, der über den Fußboden gezogen wird. Alberto kommt zurück, ein grünes Sofa hinter sich herschleifend. Er stellt es in die linke Ecke des Zimmers. Er geht noch einmal ins andere Zimmer und bringt einen Laptop mit.

Ich verstehe, du richtest spontan das Zimmer ein.

Er fährt den Rechner hoch, sucht Musik von den Narkotek und vollendet die Lines mit einer Karte.

Stella zieht und legt sich auf das Sofa. Sie merkt, dass die Wirkung schwächer ist als am Vortag. Ihr fällt noch ein, dass sie drei Tage hintereinander Drogen genommen und zwischendurch ihrem Vater Sartre erklärt hat.

Vielleicht bin ich Wonder Woman.

Alberto benimmt sich merkwürdig rücksichtsvoll Stella gegenüber: Er setzt sich nicht neben ihr auf das Sofa, er nutzt ihren Rausch nicht aus, um sich auf sie zu stürzen, er hat ihr gegenüber so etwas wie Respekt.

Einen Respekt, den Marco ihr nie entgegenbringt.

»Mein Hals ist so trocken«, sagt er, »wollen wir uns ein Bier holen?«

Sie nickt und steht auf. Ihr ist schwindlig, die Seekrankheit hat sie wieder im Griff.

Draußen ist es schon dunkel. Sie betreten einen kleinen Laden. Alberto nimmt ein Sixpack und steckt es in den Rucksack. Sie verfolgt die schnellen Bewegungen von Albertos Händen zwischen Regal und Rucksack. Für den Bruchteil einer Sekunde trifft sich ihr Blick mit dem des Verkäufers. Mr. Dreadlock kneift ihr in die Hüfte und stürzt aus dem Laden. Stella folgt ihm. Sie laufen um die nächste Ecke, und kaum dass sie stehen, kriegen sie sich vor Lachen nicht mehr ein.

Jetzt muss ich auch noch zur Ladendiebin werden, um zu Marcos Bekanntenkreis zu gehören.

Sie machen sich auf den Weg zum Strand.

»Lory ist schön, tu ihr nicht weh«, sagt sie.

»Du bist schöner als sie. Tut Marco dir weh?«

Was soll diese blöde Frage jetzt?

»Das Problem ist, ich verstehe ihn nicht, ich kann nicht sagen, ob er mich will oder nicht, ob er mich nur für seine Spielchen benutzt oder ob etwas hinter all dem steckt, das er nur nicht zeigen will, ob er nur Angst vor seinen Gefühlen hat oder einfach ein ausgemachtes Miststück ist.«

Alberto fummelt an seinen Dreads herum, trinkt sein Bier in kleinen Schlucken. Er macht eine Miene, als müsse er etwas abwägen: Soll ich es ihr sagen oder nicht? Inzwischen sind sie schon fast am Strand, unter den Füßen spürt man schon die Salzkruste auf dem Pflaster.

»Hör zu, Stella«, sagt er mit ernster Stimme, »du weißt ja, dass Lory eine lesbische Ader hat.«

Mir erschien sie mehr als hetero.

»Nein, weiß ich nicht, woher hätte ich das wissen sollen?«

»Hat Marco dir nichts gesagt?« Alberto macht ein bestürztes Gesicht.

»Was hätte er mir sagen sollen?«

»Moment, entschuldige, was hat er dir gesagt, bevor ihr gestern Abend hierhergekommen seid?«

»Ob ich Lust hätte, mit ihm ein paar Freunde in Castel di Travia zu besuchen. Nichts weiter.«

Alberto verlangsamt seinen Schritt, bis er schließlich stehen bleibt.

»Stella, gestern hatten Marco und ich was anderes vor, Lory wusste es, daher war sie so komisch drauf.«

Als ob ich das nicht mitbekommen hätte.

In der Ferne ist das Licht eines Lagerfeuers zu erkennen. Stella und Alberto gehen eine halbverwitterte Treppe hinunter und über den Sand in Richtung des Feuers. Das Geräusch der Wellen mischt sich unter ihre Stimmen.

»Also weißt du auch nichts von Marco und Lory«, sagt er.

Stella spürt ein trockenes Gefühl im Hals, Schweiß auf der Stirn.

»Marco und Lory?«, fragt sie und schluckt.

»Marco ist verrückt nach Lory. Als ihm diese Sache passiert ist, wollte er bei mir unterkommen, aber ich hatte nichts, wo er hätte übernachten können, deswegen hat ihn Lory dann aufgenommen.«

Sie erblasst. »Alberto, das musst du mir jetzt erklären.« Auf einmal kann sie wieder klar denken, aber es fühlt sich an, als hätte sie einen Stein im Magen. »Was für eine ›Sache‹ meinst du? Und was lief zwischen Marco und Lory?«

Alberto legt eine Hand auf Stellas Schulter, als wolle er sie trösten. Sie spürt Wärme und Schweiß, die Wölbungen und Linien seiner Handfläche. Ihre Augen rollen nach rechts und nach links, sie ist kurz davor, ohnmächtig zu werden. Ihr kommt es so vor, als würde sie Marco überhaupt nicht mehr kennen, nichts von ihm wirklich wissen. Sie spürt, wie der Schleim in ihren Nasenhöhlen zäh wird, so, wie wenn man kurz davor ist zu weinen.

»Stella, beruhige dich, zwischen Marco und Lory ist nichts gelaufen. Marco ist nicht Lorys Typ. Aber er rennt ihr schon seit letztem Sommer hinterher. Es war auf einer Party, er zog mich beiseite und erklärte, dass sie ihm gefalle. Mir war das vollkommen egal, im Gegenteil: Wenn sie ihre Affären hatte, hing sie mir nicht so auf der Pelle. Also habe ich Marco gesagt, er solle es halt versuchen.«

Hol mich einer hier raus. Wer zum Teufel bist du, was willst du, warum erzählst du mir solche Sachen?

Stella starrt auf den grauen Sand, jeder Schritt wird schwerer, als ob sie die Sandkörner ein für alle Mal verschlingen und aus der Welt schaffen könnten.

»Und was war das für eine Sache?« Stella nagelt Alberto mit den Augen fest, damit er sich nicht wieder rausredet.

Du musst es mir jetzt sagen, lüg mich nicht an.

»Ich dachte, er hätte dir davon erzählt …«

»Marco und ich reden nie miteinander, los, sag's mir.«

»Ich kann dir nur sagen, dass es um Schulden geht.«

»Schulden?«

»Marco steckt tief in Schulden, ich hab' ihm geholfen, als guter Freund, aber es ist eine hässliche Geschichte, halt dich da raus.«

Stella begreift noch immer nicht. Dann fängt sie an, ein paar Sachen zu verbinden, ihr schießt die Nacht vor der Webcam durch den Kopf, der Abend auf dem Boot.

Was für ein Hurensohn. Ich wusste, dass er ein Arschloch ist, aber das hier geht weit darüber hinaus. Beruhige dich, Stella, beruhige dich. Alberto könnte auch Scheiße erzählt haben, nur um dich ins Bett zu kriegen. Beruhige dich und sei vorsichtig.

»Aber es war wirklich beschissen von ihm«, sagt Alberto, »dir nichts zu sagen.«

Du bist kein bisschen besser.

»Ich halte dich für eine coole Frau«, fährt er fort, »und das sage ich nicht, weil du so gut aussiehst, ich rede davon, wie du dich verhältst, was du denkst, ich kenne dich nicht so genau, aber du wirkst auf mich wie eine, die weiß, was sie tut. Ich möchte – das meine ich ernst –, dass wir uns öfter sehen, versteh mich bitte nicht falsch, wir können auch einfach ein bisschen am Strand rumhängen wie jetzt.«

Und ich möchte, dass du in diesem Augenblick zerplatzt.

»Ich finde dich auch nett«, antwortet sie.

»Hör zu, hast du Lust, etwas auszuprobieren? Einfach so, aus Spaß?«

Stella starrt Alberto mit fragendem Blick an.

»Wenn wir jetzt den anderen begegnen, lass uns ihnen einen Streich spielen: Wir tun so, als ob wir zusammen sind. Wenn das Gerücht Marco erreicht, wird er ausrasten vor Eifersucht.«

Geistiges Alter: 12 Jahre.

»Ok, ich bin dabei.«

Eine barfüßige junge Frau mit pinkfarbenen Haaren stürmt auf Alberto zu. Als sie näher kommt, erkennt Stella die Charakteristiken wieder – magersüchtig, groß, leicht gebeugt, dunkle Augen, eine Flasche Rotwein in der Hand: Tina.

Die Schlampe.

Tina umarmt Alberto und ruft irgendetwas Unverständliches.

Dann starrt sie Stella an, als ob sie sie nicht wiedererkannt hätte, zieht die Augenbrauen hoch und sagt:

»Stella? Was machst du denn hier?«

Mr. Dreadlock legt Stella den Arm um die Schultern. Sie lächelt, Albertos Vorschlag beginnt, ihr allmählich zu gefallen.

»Ich bin mit ihm verabredet«, sagt sie mit weicher, süßlicher Stimme und deutet mit den Augen auf Alberto.

Tja, Tina, ich weiß, dass ihr mal was hattet und dass du nun richtig eifersüchtig bist.

Stella lächelt, schnappt sich die Weinflasche, die Tina Alberto gereicht hat, und trinkt sie bis auf den letzten Tropfen aus. Tina steht wie versteinert da, sprachlos. Alberto und Stella umarmen einander und steuern Arm in Arm auf das Lagerfeuer zu.

Viele von denen, die dort sitzen, kennt sie inzwischen: Der Checker, Engelchen, Daffy Duck, alle, nur Marco fehlt.

Das einzige Arschloch, das nicht eingeladen wurde.

Stella begrüßt alle, reißt Witze, immer ein falsches Lächeln auf den Lippen. Eine Flasche folgt auf die andere, Alberto und Stella besaufen sich wie Teenager, nach einer Weile setzen sie sich etwas ab, gehen näher zum Geräusch der Wellen, setzen sich in den Sand, die Gesichter nur vom Mondlicht und dem Lagerfeuer erleuchtet.

»Warst du schon mal in Indien?«, fragt er, und seine Weinfahne weht zu ihr herüber.

Wenn du aufhörst, meine Sinne mit deiner Jauchegrube zu betäuben, antworte ich dir vielleicht.

»Noch nie, soll aber geil sein.«

»Es gibt dort einen Ort, wo die Party niemals aufhört: ein Strand bei Goa.«

Sollte ich je nach Indien fahren, mein lieber Junkie, dann nicht, um mich zuzuballern, sondern um mich selbst zu entdecken.

»In Indien gibt es bestimmt alles Mögliche, aber glaube nicht, da sei alles Friede, Freude, Eierkuchen. Den Leuten geht's schlecht, es gibt viel Armut, Dreck, oberirdische Abwasserkanäle, die Leute krepieren auf der Straße vor deinen Augen.«

»Ich weiß«, antwortet Alberto. »Aber außerdem werden dort die geilsten Partys der Welt gefeiert. Komm, lass uns nach Indien fahren!«

Na klar, was sonst, mit dir würde ich echt gern nach Indien fahren.

Stella muss lachen und bekommt sich nicht mehr ein, sie rollt sich im Sand vor Lachen. Alberto scheint total glücklich darüber, dass sie so viel Spaß mit ihm hat, und sagt dann, er sei müde.

Der Moment der Wahrheit steht bevor.

Sie nickt. Sie stehen auf, werfen den anderen ein flüchtiges »Tschüss!« zu und entfernen sich, Arm in Arm und besoffen. Als sie außer Sichtweite der anderen sind, löst Stella die Umarmung. Er sagt nichts dazu, sie gehen über Sand, dann über Asphalt. Er redet weiter über Indien und andere Reisepläne. Sie tut so, als ob sie zuhören würde, aber ihr Kopf ist woanders.

Lory und ich haben etwas gemeinsam.

Als sie zu Hause bei Alberto ankommen, übermannt Stella auf einmal all die Kälte, die sie am Strand die ganze Zeit über ausgeblendet hatte. Ihr Mund ist verklebt von Wein und Ketamin.

Ich würde mir am liebsten die Kugel geben.

Alberto öffnet die Tür, die Wohnzimmer und Schlafzimmer trennt. »Komm, hier lang.«

Und jetzt bietet er mir an, in einem Karton zu schlafen.

Stella folgt ihm. Drüben, zwischen den Kartonstapeln, sind zwei Schlafzimmer, das eine mit einem Doppelbett, das andere mit einem khakifarbenen Feldbett.

»Du kannst hier bleiben«, sagt Alberto, »ich schlafe im anderen Zimmer.«

Das heißt also, du bist keine notgeile Sau.

Er gibt ihr zwei Handtücher, sagt ihr, wo das Bad ist, und lässt sie allein. Stella zieht sich aus bis auf ihren Bikini, brasilianisches Modell, und legt sich aufs Bett. Im Zimmer erscheinen Gegenstände, die sie auf den ersten Blick nicht bemerkt hatte: eine Spielzeugpistole in einem Korb, zwei Spielzeugautos auf dem Fensterbrett und eine Spidermanpuppe auf dem Fußboden. Ein unbestimmtes Gefühl sagt ihr, dass diese Spielsachen keine Reliquien aus Albertos Kindheitstagen sind. Aber sie ist zu betrunken und viel zu müde, um sich darüber den Kopf zu zerbrechen. Die Augen fallen ihr zu, sie ist kurz davor einzuschlafen, und dann:

»Stella!«

Sie öffnet die Augen.

Gott, was will er jetzt?

»Ja?«

»Komm doch her, es ist ein bisschen einsam so …«

Ich wusste, das alles hat einen Haken. Und jetzt? Gehe ich rüber oder nicht? Ich will ihn nicht ficken.

»Bitte, komm, ich will nicht …«

»…«

»Schon gut, bin auf dem Weg.«

Die Tür zu Albertos Zimmer steht auf, Stella schleicht auf Zehenspitzen herein. Eine schwache Lampe taucht das Zimmer in bläuliches Zwielicht. Albertos Gesicht sieht aus wie das eines Außerirdischen: ein dunkelblauer Rastaman, mit Piratenohrringen, die an Raumschiffe erinnern.

»Bleibst du bei mir?«, fragt er, sein nackter Oberkörper ragt aus der Decke hervor.

»Du hast gesagt, du hättest keine Hintergedanken«, sagt sie, während sie sich neben ihn legt.

Stille.

»Ich möchte nur ein bisschen Gesellschaft.«

Stella lässt zu, dass er ihre Hand nimmt. Sie fängt an, ihm eine Geschichte zu erzählen, wie man es mit Kindern tut. Der Unterschied ist, dass ihre eine wahre Geschichte ist, voll Ärger und Zorn.

»Es gab eine Zeit, da war alles anders, weißt du noch, die ersten Partys, die Freunde, die besetzten Häuser, dann kam die Langeweile, die Drogen, für manche Heroin, und alles ging den Bach runter. Das war der Moment, wo ich Marco, Carla und die anderen kennengelernt habe, ich dachte, sie seien anders. Er war so gutaussehend, so selbstbewusst.«

»Und am Ende hast du dich um den Finger wickeln lassen«, sagt Alberto und streichelt ihre Hand.

»Ich weiß nicht.« Sie sieht ihn an. »Ich weiß nur, dass ich Dinge getan habe, die ich nie von mir erwartet hätte, und jetzt bin ich allein.«

Alberto umarmt Stella, drückt sie fest an sich. Die Umarmung erstickt sie fast, führt dazu, dass sie sich noch schmutziger vorkommt als nach Sex. Seine Wärme, seine Hände, sein nackter Körper, der ihren berührt – sie möchte aufschreien. Tut es nicht. Windet sich nur langsam heraus.

Ich will nicht.

»Ich genauso«, sagt er, »auch ich hatte viele verdammte Hoffnungen, die sich in Luft aufgelöst haben. Ist es nicht so: Du glaubst, du bist dir deiner Sache ganz sicher und merkst gar nicht, dass du gerade reingelegt wirst.«

Wenn du mir jetzt erklärst, dass du am Boden zerstört warst we-

gen einer Frau, die dein Leben kaputtgemacht hat, verschwinde ich von hier.

»Ich war verheiratet.«

Alberto war verheiratet?

»Ich hab' einen Sohn.«

Dann war es keine Halluzination.

»Und sie hat ihn mir weggenommen.«

Eine Träne rollt über Albertos verbittertes Gesicht. Stella weiß nicht, wie sie darauf reagieren soll.

»Ich hatte mit den Drogen und all dem Scheiß aufgehört, für meinen Sohn, für meine Familie, und dann hat diese Scheißtussi ...« Er gerät ins Stocken, schlägt mit der Faust aufs Bett und dreht sich zur anderen Seite.

»Darfst du ihn jetzt nicht mehr sehen?«

»Doch, manchmal ist er bei mir, aber das ist nicht dasselbe.«

Er tut mir leid. Warum kann ich ihm nicht sagen, dass er mir leidtut?

Alberto sucht noch einmal nach Stellas Hand, dann nach ihrem Arm und zuletzt nach ihrem Körper. Sie lässt sich für ein paar Sekunden umarmen, doch als er die Augen schließt und sein Gesicht auf ihres zubewegt, legt ihm Stella zwei Finger auf den Mund und stößt ihn fest zurück.

»Alberto«, sagt sie, »ich will nicht mit dir schlafen. Selbst wenn dir Marco gesagt hätte, dass du es bei mir versuchen darfst – ich bin keine Ware, die er gegen andere ›Weibswaren‹ tauschen kann. Ich will nicht, dass zwischen uns was läuft. Lass uns an diesem Punkt aufhören und Freunde bleiben, ok? Sonst werde ich mit dir nie wieder ein Wort sprechen.«

Alberto hält inne, verkriecht sich unter dem Laken. Er fühlt sich beschissen und möchte es wiedergutmachen, die Worte finden, um

Stella zu überzeugen, dass er nicht vorhatte, sie auf diese Weise auszunutzen.

»In Ordnung, in Ordnung. Entschuldige. Aber, bitte, bleib hier, ich werde dich auch nicht mal mehr berühren.«

Sie dreht sich auf die andere Seite und tut so, als ob sie schliefe.

LORY

Stella öffnet die Augen und merkt, dass sie in einem fremden Bett liegt, fahles Licht dringt durch die halbgeöffneten Fensterläden. Das Zimmer ist groß, das Bett ein Doppelbett, davor auf dem Boden ein Teppich aus Jeans und schmutzigen Socken, außerdem zwei mit Klebeband verschlossene Umzugskartons. Sie kann sich nur noch dunkel an den vergangenen Abend erinnern: der Zug, der Strand, das Lagerfeuer.

Alberto.

»Alberto?«

»Hey, Stella«, sagt eine raue Stimme vom anderen Ende der Decke, »schau mal aus dem Fenster, fantastisches Wetter, lass uns zum Strand gehen.«

»Ja, gern, auf zum Strand!«

In diesem Augenblick hören sie, wie jemand den Schlüssel im Schloss umdreht. Stella und Alberto sehen sich an. Er wirkt besorgt. Absätze hallen vom Flur zu ihnen herüber.

Scheiße, Lory!

Die Tür des Schlafzimmers geht auf. Alberto schreckt hoch, hustet, als ob er sich verschluckt hätte. Kurz darauf steht er aufrecht. »Lory, was machst du hier?«, fragt er und spielt den Überraschten.

»Wusstest du nicht, dass ich einen Schlüssel habe?«, fragt sie und starrt Stella mit hasserfülltem Blick an.

Stella fühlt sich schuldig für etwas, das sie nicht getan hat. Ein Gefühl von Kälte breitet sich auf ihrer Haut aus. Sie fährt sich nervös durchs Haar, streicht über ihre Beine, fummelt an ihrem BH herum, alles nur, damit sie nicht daliegt wie ein Unterwäschemodel beim sexy Fotoshooting. In Lorys Augen aber bewirkt es offensichtlich genau das Gegenteil: Eine schicke Blondine in einem String-Bikini liegt auf dem Bett ihres Freundes und wirft sich in Pose.

Bitte, echt, guck mich nicht so an.

Lory setzt sich auf die Bettkante, zündet sich eine Zigarette an und schaut ins Leere.

»Lory! Was machst du da? Komm her!«, sagt Alberto.

»Ich will euch nicht stören«, sagt sie genervt.

Stella steht auf und geht zur Tür.

So können sie in Ruhe ihre Streitereien ausleben.

Lory schaut ihr zu, wie sie das Zimmer ihres Freundes verlässt und ihre Klamotten aus dem Kinderzimmer holt, ihre Augen sind voller Verachtung, aber sie sagt kein Wort, während Stella unbeholfen versucht, in ihre Jeans zu schlüpfen.

Wie soll ich ihr erklären, dass mit Alberto nichts gelaufen ist?

»Stella«, sagt Alberto voller Panik, »wo gehst du hin? Was machst du?«

»Ich gehe Zigaretten kaufen.«

»Kauf noch einen Schwangerschaftstest dazu«, schreit Lory.

Stella rennt weg. Sie macht die Tür hinter sich zu und geht runter zum Strand.

Es wird Zeit, dass ich diesem ganzen Schlamassel aus dem Weg gehe.

Sie klettert zwischen den Felsen durch, zerschrammt sich dabei die Füße, breitet die Arme aus, um das Gleichgewicht zu halten. Als sie das Wasser erreicht, hält sie den rechten Fuß hinein, zuerst nur die Zehenspitze, es ist eiskalt, sie bekommt Gänsehaut. Sie hält auch den anderen Fuß ins Wasser, ihre Zähne klappern. Nach einer Weile gewöhnt sie sich an die Temperatur und geht bis zu den Knöcheln hinein.

Außerdem habe ich nichts getan, warum sollte ich mir Sorgen machen?

Sie beobachtet die Kräuselung der Wellen, spürt deren Bewegung an den Knöcheln. Die Sonne lässt das türkisblaue Wasser heller und durchsichtiger erscheinen. Stella geht noch ein Stück weiter hinein, bis ihr das Wasser bis zu den Hüften reicht. Sie hat die Arme in die Höhe gestreckt, dann springt sie hinein. Dort unten ist es kalt, aber es ist nicht die Art Kälte, die du spürst, wenn du nachts ein großes, unmöbliertes Haus betrittst, es ist eher eine saubere, erholsame Kälte; die Kälte der Reinheit.

Schwimm, schwimm, schwimm.

Sie öffnet die Augen unter Wasser, sieht all das Türkisblau und wird von einem Wohlgefühl erfasst. Sie bewegt ihre Arme und Beine in kleinen Kreisbewegungen. Als sie wieder auftaucht, ist kein Strand zu sehen, also taucht sie wieder ab und schwimmt in die Gegenrichtung, bis sie wieder stehen kann.

Kaum dass sie aus dem Wasser ist und sich auf das Badetuch gesetzt hat, spürt sie die Kälte, zieht die Knie an die Brust, verschränkt die Arme davor und kauert sich zusammen.

Und jetzt? Meine ganzen Sachen sind bei Alberto.

Am Strand sind kaum Leute, fast nur Pärchen. Stella beobachtet einen Jungen und ein Mädchen, die sich im Wasser umarmen, und noch ein Pärchen, das sich genau an der Strandlinie küsst. Sie fühlt sich plötzlich allein.

Natürlich bin ich mit Marco nie am Strand gewesen.

Sie weiß nicht, wo sie hin soll, sie braucht ihre Sachen, kann aber nicht zu Alberto zurück, weil da die Raubkatze wartet, die es auf sie abgesehen hat.

Ihr Handy klingelt.

Na also: Alberto. Hoffentlich hat er ihr alles erklärt.

»Stella«, sagt er, »warum bist du abgehauen? Komm her!«

»Bist du sicher?«

Ob sie wohl gegangen ist?

»Ja.«

»Sicher?«

»Wenn ich's dir doch sage!«

Dann wird sie weg sein.

Stella kehrt zurück nach oben, klingelt, geht die Treppe hinauf, tritt ein. Sie hört die beiden streiten.

Arschloch.

Sie geht auf die beiden zu. Lory bemerkt sie, sieht Stella dabei zu, wie sie sich die Haare auswringt, mustert den roten BH, durch den die Brüste größer wirken, betrachtet die schlanken Beine und die vom Salzwasser benetzte Haut. Lorys Augenbrauen sind so sehr von Wut verzerrt, als stünde sie vor dem Teufel persönlich. Stella setzt sich auf den Stuhl, der am weitesten von den beiden entfernt ist. Sie fahren fort, sich anzuschreien.

»Nimm«, sagt Lory und reicht ihr einen frisches Handtuch, »zieh dir was an.«

Stella versucht, sich mit einem Lächeln zu bedanken, doch bei Lory kommt es als ein verwegenes Grinsen an.

Alberto geht ins Schlafzimmer, Lory folgt ihm, ohne Stella die geringste Aufmerksamkeit zu schenken. Sie bleibt allein im Wohnzimmer sitzen, mit nassen Haaren und einem Handtuch um die Brust.

Was habe ich hier zu suchen?

Die Brünette kommt mit einer Tischdecke und einem Küchenmesser zurück. Sie holt etwas aus dem Ofen und stellt ein Blech mit einer Focaccia auf den Tisch. Während sie den Teig in akkurat gleiche Teile schneidet, betrachtet Stella ihre bösen Augen und die schmalen Finger mit den langen Nägeln, die das Messer umschließen. Sie bekommt noch einmal dieses komische Gefühl, als ob Lory erst der eigentliche Leckerbissen wäre. Alberto kommt mit einem durchsichtigen Glasfläschchen und einer weiß verdreckten Pfanne.

»Wir essen jetzt«, sagt Lory, »leg den Scheiß nicht auf den Tisch. Iss deine Focaccia!«

»Lory, bitte, mach keinen Stress, ich muss die Tütchen für den Verkauf vorbereiten.«

»Das kannst du auch nachher«, sagt sie, »iss jetzt, verdammt noch mal.«

Stella schweigt.

Wenn es so weitergeht, bekommt er das Messer noch in den Bauch.

Alberto beißt in die Focaccia, Stella beißt in die Focaccia, sie verschlingen sie im Handumdrehen. Lory knabbert ein bisschen an ihrem Stück herum und lässt es schließlich liegen. »Warum isst du nicht? Mann, das ärgert mich«, sagt er, während er schon bei der Hälfte seines dritten Stückes ist.

»Weil ich in dieser Scheißwelt leben muss!«, schreit sie.

Alberto steht auf und erhitzt die Pfanne auf dem Herd. Er gibt eine Flüssigkeit dazu und kommt kurz darauf mit einer Pfanne voll weißem Pulver zurück. Er setzt sich und beginnt, mit einem Messer das Pulver herauszukratzen. Er gibt Lory ein Stück dickes Papier.

»Kannst du bitte die Tütchen vorbereiten?«, sagt er.

Lory guckt Stella mit einem abschätzigen Blick aus ihren kleinen, schmalen Augen an, knirscht mit den Zähnen und macht sich schließlich daran, das Papier zuzuschneiden und zu falten, um gleiche Portionen abmessen zu können.

»Soll ich euch helfen«, fragt Stella.

Die andere zieht die Augenbrauen hoch, als wolle sie sagen: Was hast du hier zu melden?

Alberto kratzt ein Stück Ketamin aus der Pfanne und legt zwei Lines: »Stella, magst du?«

»Nein, danke«, antwortet sie.

»Du bist ein Trottel!«, bellt Lory. »Statt es für das Doppelte zu verkaufen und ordentlich Kohle zu machen, ziehst du dir jedes Mal alles alleine rein, und wir machen am Ende Schulden. Müssen dieses Scheißleben hier führen. Da fragst du mich noch, warum ich nicht esse? Du machst mich kaputt! Ich bitte dich, denkst du nie an deinen Sohn? Na? Du sagst, er würde dir alles bedeuten, aber du machst tagein tagaus nichts anderes, als dich zuzuknallen. Und dann ärgerst du dich über deine Schlampe von Ehefrau, die nie mit ihm zu Besuch kommt: Wen wundert es, wer würde so einem Typen wie dir ein Kind anvertrauen?«

Die Lage wird brenzlig.

»Leute, ich gehe duschen«, sagt Stella mit einem gezwungenen Lächeln und verschwindet ins Badezimmer. Während sie im Spiegel ihre sonnengeröteten Wangen betrachtet, hört sie, wie sich die beiden im Nebenzimmer anschreien:

»Warum lädst du dir andere Frauen nach Hause ein? Wenn du willst, zisch ab, und zwar zusammen mit dieser Nutte! Mit dir will ich nicht mehr zusammen sein! Fass mich nicht an! Hast du es mit Stella getrieben? War es gut, willst du sie noch mal ficken? Mach ruhig. Haut ab, du *und* deine Schlampe!«

Genug, das reicht jetzt! Wird Zeit, Klartext zu reden.

Stella prescht wütend aus dem Badezimmer, Alberto und Lory sind plötzlich still, schauen sie an.

»Lory, du hast alles falsch verstanden«, sagt sie.

Die andere zieht die Augenbrauen zusammen, schon bereit, sich auch mit Stella zu streiten, als Stella ihre Hand nimmt, sie fest ansieht und sagt: »Es ist nicht so, wie du denkst. Natürlich sieht alles danach aus, weil ich hier übernachtet habe, aber Alberto und ich sind nur Freunde, da läuft nichts zwischen uns, er ist nicht mein Typ. Also reg dich ab.«

Lory schaut plötzlich entspannter, aber auch verwirrt, überfordert von der Situation. Stella spürt, wie sie ihre Hand fester drückt, spürt die Wärme dieser schmalen, knochigen Finger, die spitzen Nägel. Aber es ist eine andere Wärme als die während der zweideutigen Umarmung mit Alberto vergangene Nacht. Es ist eine weibliche Wärme, die Stellas Brust und Beine durchströmt wie eine Offenbarung. Lory senkt den Kopf und fängt an zu weinen.

Alberto kratzt weiter das Ketamin ab und füllt damit die Tütchen.

Lory hebt den Blick, runzelt die Stirn, während Stella ihr die Tränen von den Wangen wischt.

»Stella, du meinst es gut, Stella, du hast ein gutes Herz, ich glaube dir, aber du weißt ja nicht, in welcher Lage ich bin. Schau!« Sie deutet mit den Augen auf Alberto. »Schau dir an, wie beschissen meine Lage ist. Heute bist du es, morgen eine andere, und dann die Drogen, immer diese beschissenen Drogen.«

Stella unterbricht sie, während sie weiter ihre Finger streichelt.

»Ich weiß, Lory, ich weiß.«

Alberto füllt weiter die Tütchen.

»Habt ihr Lust?«, fragt er die Mädchen und zeigt auf die drei weißen Krümel in der Pfanne. »Das ist alles, was noch übrig ist.«

»Weißt du was?«, sagt Lory. »Diesmal ziehe ich auch eine Line, wer weiß, vielleicht werde ich dann so wie du«, sagt sie zu Alberto, »und mir sind alle und alles scheißegal.«

Lory nimmt die Pfanne, greift nach dem Strohhalm in Albertos Händen und zieht eine ganze Line Ketamin. Er lächelt.

»Stella, siehst du? Wir haben Lory in Ketamin eingeweiht«, sagt er und zieht die zweite Line aus der Pfanne.

Na gut, wenn es so ist, nehm' ich auch eine.

Stella beugt sich über die Pfanne und zieht. Diesmal empfindet sie fast nichts, außer leichten Schwindel und einen Anflug von Übelkeit.

Alberto nimmt alle Tütchen, verschließt sie in einem Kondom, das er in einen Schuh steckt.

»Also, Mädels, ich beliefere mit den Tütchen zwei Freunde, bitte nicht streiten, bis später.«

»Und bitte«, sagt Lory, »nicht dass du wieder mit jedem Armleuchter, dem du was verkaufst, eine Line ziehst und dann total dicht zurückkommst.«

Nach dem Zuschlagen der Wohnungstür ist es auf einmal ganz still in der Wohnung. Lory steht auf, sie taumelt.

Verdammt, das ist ihr erstes Mal, was soll ich machen?

Sie legt sich auf das Sofa, streckt sich und kratzt mit den Fingern über den Stoff wie eine Katze. Stella nimmt wieder den Geruch der Selbstbräunungslotion wahr, sie betrachtet Lorys außergewöhnlich dunkle und glänzende Haut, die tiefschwarzen und schmalen Augen; diesen schmächtigen Körper, so dünn und dunkel und nur mit einem schwarzen Bikini bekleidet. Die langen, schmalen Finger, die sich in den Stoff graben, die Tattoos auf den Rippen, die sich bei der Bewegung ausdehnen und wieder zusammenziehen, die feuchten halboffenen Lippen.

»Gott, was für ein Trip«, sagt Lory, während sie sich auf dem Sofa wälzt.

Stella, jetzt denk nicht schon wieder daran.

»Stella, komm her, komm mit auf die Reise.«

Genau das meine ich.

Stella steht auf, der Fußboden scheint sie verschlucken zu wollen, aber die Wirkung ist kontrollierbar. Sie setzt sich auf das Sofa, und Lory wirft ihr die Beine über den Schoß.

Nein, bitte, mach das nicht.

Stella beißt sich auf die Lippen und bleibt steif sitzen. Sie spürt die Wärme von Lorys Beinen auf ihren Schenkeln, ihre samtenen, glänzenden Beine auf ihrer Haut. Lory fixiert Stella mit dem Blick einer Raubkatze. Sie berührt ihre Hüften. Lorys Nägel streichen über Stellas Haut, sie bekommt eine Gänsehaut.

Wenn du so weitermachst, werde ich nicht widerstehen.

Die Brünette streicht sich mit der Zunge über die Lippen, Stella spürt, dass sie feucht wird.

Ich muss an was anderes denken.

Lory wirft sich auf Stella, kommt mit ihrem Mund ganz nah an Stellas, streift ihre Lippen, überträgt die feuchte Wärme.

Nein, Stella, du kannst es nicht mal eben mit Albertos Freundin treiben.

Ihre Lippen öffnen sich langsam, und die andere fängt an, sie abzulecken. Stella streckt Lory ihre Zunge entgegen, die sie mit dem Mund aufsaugt und mit ihrer umspielt. Sie spürt Lorys Hand am Nacken, wie sie mit ihren Haaren spielt. Lorys raue Zunge im Mund und ihre langen Nägel am Hals. Stella fühlt sich nicht ganz wohl.

Bist du verrückt nach mir, oder willst du mich umbringen?

Sie schiebt den Finger unter das Häkchen von Lorys BH und öffnet es. Lory drückt den Rücken durch, schließt die Augen. Miaut. Stella zieht Lorys BH zur Seite und nähert sich mit den Lippen einer prallen Brustwarze. Sie kostet sie mit der Zunge, saugt daran, beißt hinein. Sie legt die Hände auf die kleinen, runden Brüste: Sie sind weich und warm. Sie streichelt die Warzen mit den Fingerkuppen und spürt, wie sie noch praller werden. Lory stöhnt laut auf und schiebt ihre Finger unter Stellas Bikini.

O Gott, ja! Fass mich an.

Ihre Körpertemperatur steigt schlagartig, zwei schmale Finger schleichen sich in sie hinein und kratzen von innen über ihre Haut: Lorys Fingernägel in ihrem Geschlecht. Stella hält Lory am Handgelenk fest. Die andere schaut zu ihr hoch, als wolle sie sie wirklich umbringen.

Ok, ok, ich halte dich nicht noch mal auf, aber bitte mach langsam mit diesen Fingernägeln.

Stella schließt die Augen, fest. Die andere zieht ihr den Bikini aus, die Fingernägel kratzen über ihre Oberschenkel. Lory taucht zwischen Stellas Beine, bewegt sich schnell auf und ab. Stella greift Lorys Haare, die angenehm an der Innenseite ihrer Oberschenkel kitzeln. Wie das Haar einer Angorakatze. Die Katze fährt mit der Zunge über die Klitoris der Blonden, massiert, leckt und saugt, als ob es eine kleine Kirsche wäre. Stella spürt Speichel und Flüssigkeiten, die einen einzigen Strom bilden; diese raue, flinke Berührung gibt ihr das Gefühl, von einer Katze geleckt zu werden.

Mach weiter, leck mich, leck mich.

Lory steht auf, streift ihren Bikini ab, setzt sich rittlings auf Stella, dass ihre Geschlechter gegeneinanderstoßen. Sie schiebt Stellas Arme hinter ihren Rücken und fängt an, sie zu kratzen. Stella fühlt tiefe Schrammen auf der Haut, spürt zuerst den Impuls, sich zu befreien, doch dann gibt sie sich der Lust hin.

Die Klitoris der Brünetten drückt gegen ihre, sie spürt, wie die Reibung immer stärker, die Begierde zwischen den Beinen immer größer wird, feucht und prall. Das Zusammenfließen ihrer beider Körpersäfte durchnässt sie ganz und gar. Die Hitze des Körpers und die Feuchtigkeit steigen gleichzeitig, jeder Muskel entkrampft sich, die Ekstase steigt immer weiter, eine Ekstase, die unter die Haut kriecht, das Gehirn durchdringt. Stella drückt ihr Becken nach vorn, um die Berührung zu verstärken, ihre Klitoris schwillt an, sie greift Lorys Hintern und packt ihre Backen, zieht sie näher zu sich heran.

Ich explodiere.

Das Geräusch eines Schlüssels im Türloch. Stella springt auf.

Scheiße, nein!

Sie sucht den Bikini. Alberto kommt herein und sieht Lory nackt daliegen und Stella, den Bikinistring verkehrt herum, vor dem Sofa stehen. Er reißt die Augen auf und zieht die Augenbrauen hoch.

»Ich sehe, ihr habt euch angefreundet.«

»Es ist schön mit Stella, ich werde dich für sie verlassen«, sagt Lory grinsend.

Nein, nicht doch, jetzt krieg ich auch noch Stress mit Alberto.

Stella ist unschlüssig, ob ihr Alberto das wirklich übelgenommen hat oder einfach erstaunt ist.

»Lory, siehst du«, sagt er, »du regst dich über mich auf, und dann machst du genau dasselbe.«

Scheiße, jedes Mal werde ich mit hineingezogen.

»Leute«, sagt Stella, als sie aufsteht, »bitte, nicht streiten. Ich will nicht der Tennisball sein, den ihr zwischen euch hin und her spielt.«

»Stella, zieh dir erst mal deinen Bikini richtig an.«

Sie schaut an sich hinab.

Was für ein peinlicher Auftritt.

Sie flüchtet ins Bad, zieht den Bikini richtig herum an, packt ihre restlichen Sachen und kleidet sich an. Sie setzt den Rucksack auf und kehrt ins andere Zimmer zurück. Sie findet, es ist höchste Zeit, sich auf den Weg zu machen. Lory umarmt sie, hält sie fest, öffnet ihr die Tür und wirft Alberto einen komischen Blick zu.

»Komm, Stella, lass uns zu mir gehen.«

Er steht wie versteinert da und wirkt nun doch verärgert.

»Meldet euch, wenn ihr fertig seid«, ruft er.

Arm in Arm verlassen die beiden Mädchen die Wohnung.

DER GEBURTSTAG

»Wo bist du? Was machst du?«

»Ich bin gerade nach Hause gekommen. Ich war bei Lory …«

Ich hab' die Frau gefickt, die du ficken wolltest, du verdammtes Arschloch, du sollst verrecken!

»Darf ich ehrlich zu dir sein?«

»Ja.«

»Ich wollte dir sagen, dass du mich mehr erregst als irgendeine andere. Ich möchte alles mit dir erleben.«

Du verlogener Dreckskerl, verrecke.

»Meintest du nicht, du wolltest keine Beziehung?«

»Vielleicht nicht gleich eine Beziehung, aber du machst mich wirklich an, ich fühle mich mehr zu dir hingezogen als zu allen anderen. Im Vergleich zu dir sind die anderen nichts, nicht mal Lory. Ich möchte mit dir jede erotische Erfahrung teilen, bist du einverstanden?«

Warum fragst du nicht Lory, ich dachte, sie gefällt dir so sehr? Warum schlägst du den anderen nicht diesen Scheiß vor?

»Morgen ist mein Geburtstag. Wenn du mich anrufst, feiern wir zusammen, nur du und ich!«

Diesmal drücke ich dir eine Zigarette auf der Haut aus.

»Klar, ich rufe dich morgen an.«

Stella legt das Handy weg. Hinter der Tür wird geschrien.

»Verschwinde! Verschwinde, Nicola, hau ab!«

»Monica, mach kein Theater, sie ist nur eine Bekannte.«

Was für 'ne beschissene Familie.

Stella versucht, sich auf Sartres Worte zu konzentrieren. Sie heftet die Augen auf die Seiten und wiederholt mit lauter Stimme jeden Satz, um nicht von dem Geschrei abgelenkt zu werden: »… und trotzdem bekommt diese menschliche Realität, durch die die Platzierung zu den Dingen kommt, ihren Platz unter den Dingen, ohne irgendwie Herrin darüber zu sein.«

Die Wahrheit ist, dass wir unseren Trieben ausgeliefert sind.

»Nicola, du bist ein Schwein«, ruft es aus dem Nebenzimmer.

Wir sind vollkommen in der Gewalt der Dinge, die uns umgeben.

»Monica, jetzt gib mir nicht die ganze Schuld.«

Wir sind ebenfalls Dinge.

»Dir ist auch deine Tochter scheißegal!«

Merci.

»Was redest du da? Stella ist mir sehr wichtig.«

Wir können uns nicht widersetzen.

»Wenn wir dir was bedeuten, wie kannst du dann tatenlos dabei zusehen, dass sie tagelang nicht nach Hause kommt? Warum vergeudest du dann deine Zeit mit deinen Chatbekanntschaften?«

Wir können nicht über unser Leben entscheiden.

»Du irrst dich. Stella redet mit mir, *dich* hasst sie.«

Wir können nur schreien.

»Tatsächlich? Dann gehen wir jetzt zu ihr und sagen ihr, was los ist.«

»Scheiße, hört auf«, schreit Stella, »ich muss lernen! Könnt ihr nicht leise streiten?«

Auf der anderen Seite Wüstenstille. Stella geht nicht aus dem Zimmer, sie schaut nicht nach, was passiert. Sie konzentriert sich auf den Text, weil dieses Buch alles ist, womit sie im Augenblick zu tun haben möchte.

Sie schließt die Tür ab, legt sich auf das Bett, »Das Sein und das Nichts« in den Händen. Sie liest Wort für Wort, stellt Vermutung um Vermutung an, sucht nach den verborgenen Bedeutungen dieser Worte, nach realem Bezug zu ihrem Leben. Sie liest, liest noch einmal und wiederholt die Worte des Buches.

Jemand klopft an die Tür: »Kommst du bitte raus?«, sagt ihr Vater von der anderen Seite. Sie antwortet mit Sartres Worten.

»Das Selbstbewusstsein ist die Selbstbestimmung des Ichs infolge der Begegnung mit dem Anderen-als-Ich«, wiederholt Stella.

»Stella, hör auf damit und komm raus.«

»Das Sein ist ein Überbleibsel des Nichts«, antwortet sie. Sie machen so weiter, bis Nicola sie verflucht und erklärt, sie sei genau wie ihre Mutter, sie könne nicht zuhören. Stella inhaliert den menschlichen Geruch der Seiten, die von so vielen Händen berührt worden sind, und atmet zischend aus, während ihr Körper tiefer in die Matratze sinkt.

Wollen wir doch mal sehen, ob es in diesem Hause möglich ist, sich zu konzentrieren.

Sie liest, bis sie um zwei Uhr einschläft.

»Stella, machst du die Tür auf? Wir haben eine Überraschung für dich.«

Sie weiß nicht, wie lange es her ist, seit sie ihnen zuletzt geantwortet hat. Sie sieht auf die Uhr: Es ist kurz nach zwölf. Als sie aufsteht, um die Tür zu öffnen, ist sie schon auf einen Streit gefasst, doch ihre Eltern sind ganz fein angezogen, ein falsches Lächeln von frisch geputzten Zähnen. Beinahe wie im Chor wünschen sie: »Alles Gute zum Geburtstag!«

Süßholzraspler.

»Stella«, sagt ihre Mutter und umarmt sie, »herzlichen Glückwünsch.«

Insulin, bitte.

Stella windet sich aus der Umarmung ihrer Mutter heraus und klopft ihr auf die Schulter. Ihre Augen sind vom Schlaf verquollen, der Mund von der Nacht verklebt.

Sie beobachtet die nagelneuen weißen Sandalen, das mit Strass bestickte Oberteil, den langen Rock und die Sechziger-Jahre-Frisur ihrer Mutter. Dann sieht sie zu ihrem Vater hinüber, dessen Jeans enger sind als sonst, dazu ein gestreiftes T-Shirt, Geheimratsecken und Turnschuhe.

Melodramatiker.

»Wir haben ein tolles Geschenk für dich«, sagt Nicola.

Geld wäre mir lieber gewesen, damit ich es so ausgeben kann, wie ich will.

»Ich hab' dir Auberginenauflauf gemacht«, sagt Monica.

Es wird der übliche unbrauchbare Kram sein.

Stella fällt die Verabredung mit Marco ein. Sie holt das Handy und checkt die Anrufe. Nichts.

Vielleicht noch zu früh, er wird mich später anrufen, bestimmt. Diesmal geht er k. o.

Der Gedanke lässt ihr Herz schneller schlagen und verscheucht die Müdigkeit. Sie wäscht sich, zieht sich an und geht in die Küche.

»Hier lang, Schatz«, ruft ihre Mutter, noch immer mit diesem

Scheißlächeln, »ich habe heute den Tisch im Wohnzimmer gedeckt.«

Ach so, wir tun heute also, als ob wir eine richtige Familie wären. Na großartig.

Stella setzt sich auf das Sofa im Wohnzimmer und packt das Geschenk aus. Von der Größe und Form lässt sich auf den typischen Ethno-Kram schließen, den sie immer mal wieder von ihren Eltern bekommt, aber die Abbildung, die beim Auspacken zutage tritt, sieht weder nach einem Spiegel mit Holzrahmen noch nach einer Lampe aus: Als sie begreift, dass das Geschenk zu ihrem zwanzigsten Geburtstag eine Nikon D700 ist, strahlt sie über das ganze Gesicht. Der Geruch von frisch geöffneter Verpackung steigt ihr in die Nase, und sie lächelt. Für einen Augenblick fühlt sie sich wie der Mittelpunkt der Welt.

Diesmal haben sie einen Volltreffer gelandet, das Streiten tut ihnen gut.

Beim Essen sind sie entspannt und freundlich, sie schluckt alle Speisen und Getränke, die ihr aufgetischt werden. Der Geschmack von Auberginen und Tomatensoße mischt sich mit dem Geruch der Schokolade von dem Kuchenblech. Die Zunge knetet Essen und Worte, niemand will bemerken, was los ist in diesem Wohnzimmer, rund um die Tischdecke voll Speisen, Farben, silbernem Besteck, Spirituosen und Blicke.

»Jetzt kann ich meine Reisen dokumentieren«, sagt Stella.

Aber in diesem Zimmer gibt es keinen, der ihr wirklich zuhört. Der laute Streit vom vergangenen Abend ist in einen feindseligen Blickwechsel übergegangen. Monica bemüht sich, ihrer Tochter zuzulächeln, aber ihre Augen sind abwesend. Nicola starrt auf den Teller und stopft sich voll bis zum Gehtnichtmehr, als würde das in dieser Geschwindigkeit hinuntergeschlungene Essen einen Mattfilter über alles legen, was ihn umgibt. Schließlich bemerkt Stella den unsichtbaren Faden zwischen Monica und Nicola, der die beiden auf unterschwellig aggressiver Hochspannung hält, aber in einer Welt, die weit von ihr entfernt ist.

»Hey, was ist los mit euch? Ist alles in Ordnung?«

»Nichts, Stella, iss den Kuchen«, sagt ihre Mutter und zeigt auf eine braune Teigmasse, die nach Schokolade riecht und mit zwei dünnen Kerzen bestückt ist.

Ok, die Torte esse ich, aber diese Grabesstimmung ist nichts für mich.

Stella starrt die formlose, duftende Teigmasse an. Die Hand ihres Vaters nähert sich den Kerzen mit einem Feuerzeug. Der Daumen drückt auf das Feuerzeug. Stella schaut in die Flamme, das hohle Licht, die Wärme. Sie beobachtet die Kerzen und verzieht das Gesicht zu einer traurigen Miene.

Du bist jetzt zwanzig, Stella, und hast noch immer keinen blassen Schimmer.

Sie spürt die Wärme der Hand ihres Vaters auf der rechten Schulter.

»Stella, willst du nicht die Kerzen auspusten?«

Sie dreht sich zu ihm um, statt des gewohnten Gesichts sieht sie das eines Mannes mittleren Alters, dessen Augen verraten, wie sehr ihn das Leben enttäuscht hat, ein Gesicht, in dessen dunklen Schattierungen die Sehnsucht versteckt liegt, vor all dem zu fliehen.

Sie pustet gelangweilt in Richtung der Kerzen, als ob sie eigentlich nichts mit ihnen zu tun hätte. Sie schneidet die Torte an, schaufelt sich ein kleines Stück auf die Gabel, führt es zum Mund, und ein Gefühl von Übelkeit überkommt sie.

Vielleicht hätte ich bei Lory bleiben und mit ihr feiern sollen.

Sie isst ein ganzes Stück dieser Torte von der Konsistenz eines Kaugummis und steht auf. Ihre Eltern machen den Eindruck, als seien sie froh, dass die Farce endlich vorbei ist. Keiner der beiden hat etwas dagegen, dass sie sich in ihr Zimmer zurückzieht.

Gut, ich schau mir mal an, wie das Spielzeug funktioniert, das ihr mir geschenkt habt. In der Zwischenzeit könnt ihr euch gerne zerfleischen.

Das Handy vibriert. Es ist nicht Marco. Stella umklammert das Handy so fest, als wolle sie es zerdrücken.

»Hallo?«, antwortet sie genervt.

»Herzlichen Glückwunsch, Stella! Kommst du heute Abend zur Technischen Hochschule? Dann feiern wir alle zusammen.«

Ihr seid mir scheißegal.

»Ich weiß noch nicht … ich denke, ich bin schon verabredet, trotzdem danke für die Glückwünsche.«

»Was, willst du etwa ohne mich feiern?«

»Tina, bitte, ich habe nichts zu feiern, und außerdem hab' ich dir doch schon gesagt, dass ich verabredet bin. Sonst melde ich mich bei dir, ok?«

Im Nebenzimmer ein Schrei, Glas zerschellt.

»Hör zu, bist du etwa böse auf mich wegen …«, fragt Tina.

»Entschuldige, ich muss auflegen, ich rufe dich später zurück, ja?«

Sie legt das Handy weg und stürzt ins Wohnzimmer, um zu sehen, was da vor sich geht.

»Und wie nennst du das hier?«, brüllt ihre Mutter. »Ist diese Mail kein beschissener Liebesbrief?«

Stella presst die Füße auf die kalten Fliesen, schneidet sich. Im Zimmer ihres Vaters liegen überall weiße Scherben, und der Rechner ist angeschaltet. Monica steht daneben mit blutunterlaufenen

Augen und Tränen auf den Wangen. Nicola, reglos, die Arme seiner Frau entgegengestreckt im Versuch, sie zu beruhigen. Stella legt eine Hand auf den Türrahmen, ihr Vater dreht sich um, bemerkt sie und geht auf seine Frau los.

»Musst du ausgerechnet an ihrem Geburtstag so ein Theater machen?«

»Nein, Stella, du, ich, dein Vater …«

»Schon gut, ich hab' verstanden: Papa hat 'ne andere. Schnapp dir auch einen und schlaf mit dem, dann seid ihr quitt«, sagt sie zu ihrer Mutter.

Das Gesicht ihres Vaters läuft rot an. Er ist schweißüberströmt.

»Siehst du, was du angestellt hast?«, sagt er zu seiner Frau.

»Jeder Mann, der ein gewisses Alter erreicht hat, hat Lust, es mit einem jungen Mädchen zu machen«, sagt Stella betont gelangweilt.

»Nein, das stimmt nicht«, erwidert Nicola empört.

»Die Botschaft, die bei ihr ankommt, ist doch die: dass eine Frau ab einem bestimmten Alter zu nichts mehr zu gebrauchen ist. Wir müssen jung, schön, supergeschminkt und zugedröhnt sein. Das ist, was wir ihr beibringen«, antwortet Monica.

»Das ist mir gegenüber ungerecht! Sag ihr, was wirklich los ist!«, sagt Nicola.

Stella entfernt sich, schlüpft in die Schuhe und greift sich ihre neue Kamera.

Ich hau ab aus diesem Irrenhaus.

»Dein Vater ist verrückt nach einer Schlampe«, jammert Monica und zeigt auf den Bildschirm. »Ich wollte ihn verlassen, aber er leugnet alles, er sagt, sie seien nur Freunde. Stella, wenn du diese verdammten Briefe lesen würdest …«

Ich dachte, die zwei von der Jacht seien traurige, trostlose Fünfzigjährige, aber ihr beide seid noch schlimmer.

»Es ist unfassbar«, sagt Nicola, die Zähne fletschend, »eine Frau, die in deiner Post rumschnüffelt, deinen Mails, deinen SMS.«

»Das ist doch völlig normal«, antwortet Monica, die angefangen hat zu weinen, »wenn eine Frau sieht, dass sich ihr Mann wie ein gestörter Fünfzehnjähriger verhält.«

»Deine Mutter dreht durch, diese Frau da ist nur eine Freundin.«

»Er hatte mir versprochen«, sagt Monica an Stella gewandt, »dass er, wenn wir weiter zusammenleben, mit ihr Schluss macht.«

»Stella«, sagt Nicola, »rede du mit deiner Mutter! Sie ist verrückt!«

Stella öffnet die Wohnungstür. »Ich komme morgen zurück – vielleicht. Tschüss!«, sagt sie und rennt die Treppe hinunter.

Ich hab' Lust, richtig Scheiße zu bauen.

Sie schreibt Marco: *Du, was machst du? Kommst du nach Bari?*

Er antwortet nicht.

Was für ein Arschloch. Denkst du, dass das cool ist, wenn du dich so benimmst?

Sie ruft ihn an. Das Telefon klingelt für ein paar Sekunden, dann antwortet eine Stimme wie aus dem Jenseits.

»Hast du's vergessen?«, fragt sie.

»Was hab' ich vergessen?«, lallt er.

»Ok, ok«, sagt sie verärgert, »schon gut. Heute Abend gibt's ein Konzert bei der Technischen Hochschule. Wir können uns dort treffen, wenn du willst.«

»Abgemacht, ok, alles klar, wir sehen uns dort. Ich muss los. Ciao.«

Du gottverdammtes Scheißarschloch, hirnverbrannter Vollwichser.

Stella ruft Tina an, sagt ihr, sie sei auf dem Weg zur Technischen Hochschule. Sie sagt ihr, sie werden zusammen feiern.

Bei der Polytechnischen Hochschule angekommen, setzt sie sich auf die Treppe, die das Audimax mit dem Foyer verbindet, und stellt die Tüte mit dem Discounterwein neben sich ab. Diese Hochschule ist ein gewaltiger Klotz – sie muss jedes Mal wieder darüber staunen –, ganz anders als ihre, klobig, geometrisch, unübersichtlich. Der Campus ist so groß wie eine Stadt.

Das gesamte Gelände ist in quadratischen Blocks angelegt, im Zentrum ein großer Platz, umgeben von quaderförmigen Säulenhallen für Veranstaltungen und Konzerte. Dort sitzt Stella, die neue Kamera in der Hand, die Einkaufstüte neben ihr. Auf der Bühne macht die Band noch gerade Soundcheck. Stella trinkt in kleinen Schlucken den klebrigen Wein, der nach Balsamicoessig und Weintrauben schmeckt. Sie streicht sich mit der Zunge über die Zähne, um den restlichen Weingeschmack und die Bitterkeit dieses Scheißtags zu beseitigen. Sie trinkt, hört die verzerrten Töne einer elektrischen Gitarre und die Stimme eines Idioten, die dauernd skandiert: »Check. Eins, zwei.« Sie macht ein paar blöde Fotos, um die Kamera auszuprobieren, findet aber keine guten Motive. Schließlich fischt sie das Handy aus ihrer Tasche, kontrolliert, ob jemand angerufen hat.

Wenn er mich heute Abend nicht anruft, ist es endgültig aus.

Sie schreibt Tina eine SMS: »Bin auf dem Campus. Wo seid ihr?«

Inzwischen steigt die nächste Band zum Soundcheck auf die Bühne. Der Sänger ist ein Typ mit Haaren, die wie tote Mäuse aussehen, und einer unerträglich quäkenden Stimme.

Hat der heute einen Esel gefrühstückt?

»Wir sind gleich da«, antwortet Tina.

Mittlerweile ist es dunkel geworden, das Bühnenlicht wirkt stärker, der Platz füllt sich allmählich. Der Soundcheck ist vorbei, das eigentliche Konzert läuft. Stella hat den Wein ausgetrunken, sitzt weiter auf der Treppe, eine Zigarette im Mund, den Blick ins Nichts. Jemand legt seine Hand auf ihre, sie schaut hinauf und sieht eine Ansammlung von Piercings mit einer abgetragenen Mütze obendrauf, dazu ein charakteristischer Gestank: Alkohol, Schweiß und Mozzarella.

Auch das noch: Sabino, der Fixer.

»Hallo, Schönheit«, lallt er, »wie geht's, wie steht's?«

Stella starrt weiter vor sich hin, pustet eine Rauchwolke aus, wütend wie ein Stier. Sabino, der Fixer, setzt sich neben sie. Er lallt noch einige Worte, um ins Gespräch zu kommen, kriegt aber nur diese Antwort: »Hör zu, heute habe ich Geburtstag, ich habe keine Lust, mich mit dir zu unterhalten, klar?«

Sabino fühlt sich nun aber verpflichtet, ihr zum Geburtstag zu gratulieren, und stürzt sich auf sie, um sie zu umarmen. Stella spürt seine verschwitzten, vergifteten, zerstochenen Arme auf ihrer Haut.

Verdammt, ist das eklig.

Sie löst sich von ihm und klopft ihm auf die Schulter.

»Bist du böse auf mich, oder was?«, sagt er mit seiner Fixerstimme.

»Hör zu, die zwei Lines, die du mir letztes Mal gegeben hast, waren echt beschissen.«

»Wann denn? Sorry, ich erinnere mich nicht mehr.«

»Ist schon lange her.«

»Ach, Schwesterherz, entspann dich, heute habe ich nichts dabei, aber Ende des Monats steigt 'ne Riesenparty im Pinienwald in der Nähe von Castel di Travia. Wenn du kommst, kriegst du alles, was du dir wünschst. Umsonst. Abgemacht? Alles, was du willst, umsonst.«

Stella schnipst die Zigarette durch die Luft, dreht sich zu ihm um, riecht erneut den Gestank von Alkohol und Mozzarella, spürt sofort einen Brechreiz. Dann denkt sie darüber nach.

Mit Sabino, dem Fixer, feiern zu gehen, heißt echt Endstation.

»Aha, alle Drogen einfach so, und was willst du dafür?«

»Nichts.«

Er glaubt doch nicht, dass ich darauf reinfalle.

»Ich weiß nicht, ich weiß nicht mal, ob ich Ende des Monats noch in Italien bin.«

Sie steht auf und geht, taucht in der Menge unter.

»Ruf mich an, wenn du bei mir mitfahren willst«, ruft ihr die raue Stimme des Fixers hinterher.

Stella sieht Donato, Tina und den Checker. Sie bleibt stehen.

Was für ein dreckiges Miststück, die hat Donato mitgebracht.

Er bemerkt Stella und dreht ihr sofort den Rücken zu. Die anderen kommen ihr entgegen.

»Herzlichen Glückwunsch, Sternchen«, sagt Tina und knutscht sie ab.

»Blondchen, du wirst langsam alt, nicht?«, sagt der Checker.

Ich kann doch nicht wirklich mit diesen zwei befreundet sein!?

Stella weiß nicht, warum, aber die Worte des Checkers stoßen ihr unangenehm auf, klar scherzt er, und es ist einfach eine witzige Art, Glückwünsche rüberzubringen, aber dieses Wort, dieses »alt« löst in ihr so etwas wie eine allergische Reaktion aus, und unter diesen Umständen erscheint ihr Tinas Umarmung wie der Biss einer Viper.

»Giulia hat nach dir gesucht, sie sagt, sie hat dich den letzten Monat mehrmals angerufen, du bist aber nie rangegangen«, sagt der Checker.

»Ich hatte viel zu tun«, antwortet Stella, ohne Näheres zu verraten.

Auf der Bühne läuft melodiöse Rockmusik, hundsmiserabel gespielt und gesungen, aber zum Glück nicht so laut, als dass man sich nicht mehr unterhalten könnte.

»Warum habt ihr Donato mitgebracht?«, fragt sie. »Wisst ihr nicht, dass wir nicht mehr miteinander reden?«

Tina zieht verächtlich eine Augenbraue hoch, sie hält ihre böse Zunge nur im Zaum, weil es Stellas Geburtstag ist. Der Checker beginnt schon, die Pläne für nach dem Konzert zu eruieren.

»Blondchen, lädst du uns heute Abend ein?«

Ja, und ich werde anschaffen gehen, um das Geld aufzutreiben.

Sie wirft ihm ein bitteres Lächeln zu.

Die Musik ist aus, die erste Band steigt von der Bühne. Stella vernimmt einen vertrauten Geruch, ein Hauch von Pfefferminz. Euphorie erfasst sie, Nervosität ebenso. Es dauert einen Augenblick, bis sie begreift: Marco ist soeben an ihr vorbeigegangen.

Warum begrüßt er mich nicht?

Stella dreht sich um, um sich zu vergewissern, dass er es wirklich ist. Auch der Checker und Tina drehen sich um. Marco ist zusammen mit einem Typen, den sie irgendwo schon mal gesehen hat, ihr fällt aber nicht ein, wo. Die beiden halten vor einem Stand, wo Armbänder verkauft werden. Marco begrüßt die junge Verkäuferin mit einem Kuss auf die Lippen. Stella bekommt Gänsehaut. Schluckt. Kaut auf den Lippen.

Wer zum Teufel ist die?

Marco dreht sich um und starrt Stella mit herausforderndem Blick an.

Er hat mich gesehen.

»Stella, wen suchst du?«, fragt Tina.

Geh mir nicht auf den Sack, du weißt genau, wem ich nachschaue, Schlampe!

»Schon wieder der, dessen Namen wir besser nicht aussprechen?«, fragt der Checker.

Stella bedeutet ihnen mit einem Zeichen, dass sie schweigen sollen, und geht dann auf den Stand zu. Marco flüstert dem Kumpel etwas ins Ohr. Sie gehen weiter. Stella folgt ihnen. Die beiden laufen an Donato vorbei. Stella ebenfalls. Eine weitere Band steigt auf die Bühne und lärmt drauflos. Donato schließt die Augen, um seine Wut zurückzuhalten.

Stella packt Marco am Arm.

»Guten Abend!«

»Oh, hallo Stella, das ist Flavio.«

»Wir kennen uns schon«, sagt sie und verweigert den Handschlag.

»Ach ja, ich dachte, du würdest dich nicht erinnern, du warst damals voll auf Opium«, zieht Flavio sie auf.

Stella mustert ihn aufmerksam. Indie-Jackett, Schlaghose, schmaler Schlips, Haarspray.

Der typische Pseudo-Intellektuelle und -Musikexperte.

»Ich hatte vergessen, wie gut du aussiehst«, sagt Flavio.

Sie sieht ihn nicht an, wendet sich Marco zu.

»Was ist mit deinen Freunden los?«

»Welche Freunde?«

»Deine Freunde: Carla, Sebastiano, Alberto …«

»Ich habe sie schon eine Weile nicht mehr gesehen«, sagt er und blickt zu Flavio, auf der Suche nach Bestätigung.

Hast du Scheiße gebaut?

»Was machst du nachher?«, fragt Marco.

»Ich weiß nicht. Wollen wir was trinken gehen?«

Dann zieh' ich dir eine Bierflasche über den Kopf.

»Warum kommst du nicht mit uns nach Sarignano?«, schlägt Flavio vor.

Marco, Scheiße, gratulierst du mir nicht mal zum Geburtstag?

»Weiß nicht … hängt von Marco ab«, sagt Stella.

Er packt sie an der Hüfte und flüstert: »Bleib bei Flavio, wir sehen uns später.«

Nee, nicht im Ernst, wo gehst du hin, Arschloch?

Flavio fasst Stella an den Hüften und tanzt sie von hinten an.

»Magst du diese Musik? Willst du tanzen?«

Stella windet sich heraus und hält ihn an den Handgelenken fest: »Gib dir keine Mühe.«

Sie sieht sich nach ihren Leuten um, entdeckt den Checker, geht auf ihn zu, Flavio folgt ihr. Sie heftet sich an den Checker.

»Du, bleib bei mir«, flüstert sie.

Er umarmt Stella, vermutlich ist er wegen irgendeiner Droge so fröhlich oder wegen eines neuen Mädchens. Nach zwei Sekunden verschwindet er mit Tina.

Flavio versucht es noch einmal.

»Und was machst du so?«

»Ich studiere, lese viel …«

»Wollen wir tanzen?«, fragt er erneut.

Was willst du?

Flavio schleppt Stella vorn zur Bühne. Sie bewegt sich fast gar nicht, während er andauernd versucht, sie zu begrapschen.

»Wo steckt Marco?«, fragt Stella, als ihr Flavio zum fünften Mal an den Arsch fasst.

»Ach, da kannst du lange warten.«

»Hör gut zu«, sagt sie genervt, »ich bin mit Marco verabredet, ich muss mit ihm reden. Entweder sorgst du dafür, dass er sofort wieder erscheint, oder ich gehe nach Hause.«

Flavio richtet seine Krawatte. Er setzt ein falsches Lächeln auf, um ihre Beleidigung an sich abprallen zu lassen. Er holt das Handy hervor und versucht, Marco anzurufen. Stella hat die Arme vor der Brust verschränkt.

»Eh, wo bist du? Deine Freundin hier, sie meint, sie geht nach Hause, wenn du nicht zurückkommst … Was? … Sie kommt mit uns? Ok.«

Vergiss es, von wegen ich komme mit euch!

Flavio legt auf und fängt wieder an zu tanzen, wie eine dieser tanzenden Cola-Dosen, die man in den Neunzigern an der Tankstelle kaufen konnte. Stella zupft an seinem Jackett.

»Was hat er gesagt?«

»Weißt du, du bist ein heißes Mädchen«, sagt Flavio.

Ok, alles klar, du bist dicht und ein Volltrottel.

In der Ferne sieht sie Marco mit dem Mädchen von dem Stand, die jetzt, da sie genauer hinschaut, aussieht wie die vom Den-Kopf-voller-Wasser-Festival.

Was will die kleine Nonne?

Marco verabschiedet sich von dem Mädchen mit einer zärtlichen Berührung, küsst sie auf die Lippen, so sacht, wie wenn man etwas Wertvolles berührt. Dann kommt er auf Flavio und Stella zu.

Wer ist sie, dass sie sich so viel Liebe von diesem Arschloch verdient hat?

Stella hält ihn am T-Shirt fest, während sie versucht, den Wein wieder herunterzuschlucken, der ihr aufgestoßen ist.

»Wo warst du die ganze Zeit?«

»Ich hab' ein paar Sachen geregelt …«

»Du hast mich den ganzen Abend mit diesem Idioten hier allein gelassen.«

Der Idiot lächelt und sagt, dass »Idiot« wie ein Kompliment klingt, wenn es aus ihrem Mund kommt.

»Also nun, gehen wir?«, sagt Marco.

»Weißt du, ich gehe nach Hause.«

Ausgerechnet als sie sich umdreht, um zu gehen, sieht sie Donato, den Freak und den Checker, die auf Marco und Flavio zukommen.

Die Sache läuft langsam aus dem Ruder.

Sie wird an der Schulter festgehalten.

»Stella, du bist wirklich dämlich«, sagt Tina.

Was willst du denn jetzt?

Der Checker, der Freak und Tina auf einer Seite, Marco und Flavio auf der anderen. Stella fühlt sich umzingelt.

»Du hast gesagt, du wolltest mit uns deinen Geburtstag feiern«, sagt Tina.

Tja, aber jetzt will ich ihn doch lieber allein verbringen.

Marco und Tina wechseln feindselige Blicke.

»Du bist ja nur eifersüchtig«, sagt Stella, »weil du Marco abschleppen willst.«

»Wer sagt, dass ich das nicht schon getan habe?«, antwortet die andere und schaut Marco voller Verachtung an. Auch der Checker regt sich auf: »Stella, du benutzt die Menschen wie Marionetten.«

Marco und Flavio stehen wie versteinert da. Stella wirft Marco nervöse Blicke zu. Er gibt keine ermutigenden Signale von sich, steht reglos da, als würde er nicht verstehen, was gerade passiert.

Donato kommt auf Stella zu und flüstert ihr ins Ohr:

»Schatz, halt dich da raus, das ist nicht deine Angelegenheit, hier geht es ums Prinzip.«

Was hat er vor?

Stella erstarrt das Blut in den Adern, kalter Schweiß läuft ihr den Rücken hinunter. Der Freak geht zu dem Blonden und spuckt ihm ins Gesicht. Jetzt erwidert Marco Stellas Blick: Keine Anzeichen von Aufregung, nur Hass.

Er steht weiter unbeirrt da. Donato versucht, ihm ins Gesicht zu schlagen, aber Marco weicht aus, also wirft sich Donato mit dem ganzen Körper auf ihn und schreit: »Du Drecksack!«

Marco antwortet mit einem Fußtritt. Der Freak stürzt, steht wieder auf, zielt mit seinen Schlägen weiter auf Marcos Gesicht, der an der Nase getroffen wird und zu bluten beginnt. Flavio schaltet sich ein und schlägt dem Freak aufs Auge, was den Checker dazu bringt, sich ebenfalls einzumischen, um Donato beizustehen. Tina schreit und versucht aufgeregt, die Kampfhähne zu trennen. Stella bleibt reglos, die Luft ist ihr weggeblieben, sie hat keine Worte.

Ich fasse es nicht, sie prügeln sich bis aufs Blut in aller Öffentlichkeit. An meinem Geburtstag!

Rings um die Streitenden haben sich jede Menge Schaulustige versammelt. Checkers T-Shirt ist blutverschmiert, Flavios Jackett zerfetzt, ein Auge übel zugerichtet, Marcos Nase blutet. Er und Donato schlagen weiter aufeinander ein. Der Freak und der Checker werfen Marco zu Boden. Sie treten auf ihn ein wie auf einen Ball, schlagen ihm beide Augen blau. Als der Checker merkt, dass sie langsam zu weit gehen, hört er auf, Donato hingegen ist völlig außer sich und schlägt weiter zu.

»Scheiße, lass mich!«, schreit Marco, ohne sich wehren zu können.

Marco hat jeden einzelnen Schlag verdient.

Jemand aus der Menge löst sie voneinander und zieht Donato weg. Stella sieht Marco zusammengekrümmt am Boden liegen, seine Nase blutet.

Mensch, Marco, jetzt tust du mir schon wieder leid.

Sie geht zu ihm und umarmt ihn, sie beschmiert sich mit seinem Blut. Er löst sich.

»Du Arschloch, du Mistkerl!«, schreit der Freak, während er weggezogen wird. Der Checker und Tina stehen einfach da und sehen zu, wie seine Silhouette sich langsam entfernt. Die Schaulustigen zerstreuen sich allmählich.

Marco drückt beide Hände auf die Nase, um die Blutung zu stoppen, sieht Stella mit eisigem Blick an und stellt sie vor die Wahl.

»Wie sieht's aus, kommst du mit oder nicht?«

Sie sieht sich um: Der Checker, der sich vor Schmerz windet, Tina mit tränenden Augen.

»Stella«, sagt der Checker, »wenn du jetzt mit denen mitgehst, sind wir für immer geschiedene Leute.«

Tina schweigt, aber ihr Blick verrät, dass sie schon jede Beziehung zu Stella abgebrochen hat.

Stella dreht sich zu Marco.

»Ja.«

Sie hilft ihm hoch. Jemand von den Schaulustigen bietet sich an, ihn zum Krankenhaus zu fahren. Marco schüttelt den Kopf, bittet stattdessen um ein Taschentuch. Flavio gibt ihm eines. Er versucht, die übrigen Zuschauer zum Weitergehen aufzufordern. Die drei verlassen den Hof.

»Du bist eine Schlampe!«, schreit ihr Tina hinterher.

Aber längst nicht auf deinem Level.

Marco, Flavio und Stella verlassen den Campus, alle von Blut und Schweiß verschmiert. Sie kommen beim Auto an, Marco öffnet eine

Wasserflasche, die er im Auto hatte, gießt sich das Wasser über die Nase und tupft das Blut mit einem Tuch ab.

»Kannst du noch fahren?«, fragt Flavio und zieht sich das zerfetzte Jackett aus.

»Na klar.«

»Sicher?«, fragt Stella.

Er dreht sich um, warnt sie mit einem strengen Blick. Er macht eine Miene, die sagen will: Steig ein und geh mir nicht auf den Sack.

Kaum hat er den Motor gestartet, macht sie sich Luft:

»Das kann ja wohl nicht wahr sein, so ein Aufruhr. Und das an meinem Geburtstag.«

Marco bremst scharf, der Wagen kommt ins Schleudern, er bremst erneut.

Alter, mach das nicht.

»Heute ist dein Geburtstag?«

»Hab' ich dir doch gestern gesagt.«

»Unvergesslich.«

Er hält den Wagen an und küsst sie.

Stella steigt der Geruch von Blut in die Nase, sie spürt die Wut durch seine Lippen.

Du hasst mich, oder?

»Heute ist also dein Geburtstag?«, wiederholt Flavio. »Dann müssen wir die Feierlichkeiten etwas ausweiten und diesen schlechten Anfang vergessen machen.«

Wer redet denn mit dir, Indie-Fashion.

»Lass uns was trinken gehen«, sagt Stella.

»Ja, aber erst mal raus aus Bari, diese Stadt geht mir echt auf die Eier«, sagt Marco und betastet sich die Nase.

Keiner hat etwas dagegen.

»Wie alt wirst du?«, fragt Flavio.

»Zwanzig.«

»Du bist aber jung.«

»Ja, ein junges Ferkel«, sagt Marco.

Was erlaubt er sich?

»Du musst ja einige Asse im Ärmel haben«, sagt Flavio, »wenn du Schlägereien zwischen Männern verursachst.«

Tja, also eine gewisse Macht über Männer habe ich schon, und nicht nur über Männer …

Stella beißt sich auf die Lippen, um ein Lächeln zu unterdrücken.

»Ich bin keine dumme Blondine, ich bin jemand, der verstehen will, wie die Dinge funktionieren.«

»Ja, du hast vorhin von deinen Interessen gesprochen«, fährt Flavio fort, »was studierst du?«

»Philosophie.«

»Und du liest gern, hast du gesagt …«

»Ja.«

»Ich schreibe, wir fahren ja jetzt zu mir, dann zeige ich dir was aus meinem Blog.«

Wie bitte? Zu dir? Hab' ich was nicht mitgekriegt?

»Marco!«, sagt Stella. »Du hast gesagt …«

»Flavio hat Koks zu Hause«, sagt Marco und schaut Stella durch den Rückspiegel an. »Wir ziehen zwei Lines, um uns nach diesem Scheißabend wieder herzustellen, dann hauen wir gleich wieder ab.«

Hauptsache, wir hauen gleich wieder ab.

»Ok, aber nur, um zwei Lines zu ziehen!«

»Und den Blog anzuschauen«, sagt Flavio.

»Natürlich, der Blog«, versichert Stella genervt.

Als sie Flavios Wohnung betreten, überbekommt sie Platzangst: Alles ist wahnsinnig aufgeräumt. Alles ist auf fürchterliche Weise an seinem Platz: die weiße Küche, die Teller auf dem Abtropfgitter, das

Doppelbett mit der blauen Decke, die schwarzen Möbel, die Keramikfiguren von Rock- und Bluessängern. Nichts ist nicht dort, wo es hingehört: kein Kleidungsstück auf dem Bett oder über dem Stuhl. Ein kleines Zimmer: dunkel, präzise, erwachsen. Flavio holt drei Gläser und eine Flasche Martini aus dem Kühlschrank. Er fährt den Rechner in seinem Zimmer hoch und bittet die anderen zwei, sich auf das Bett zu setzen. Er öffnet eine Schublade, nimmt ein Tütchen heraus und hält es Marco hin.

»Ich wärme den Teller für die Lines vor«, sagt er.

Marco und Stella sind für einen Moment allein.

»Guck«, sagt er und zeigt auf den Bildschirm, »das ist Flavios Blog, lies mal.«

Stella wirft einen lustlosen Blick auf die weißen Buchstaben auf schwarzem Hintergrund. Buchstaben, die ihr in diesem Augenblick vollkommen scheißegal sind.

»Ja, ganz nett. Aber was ist mit dir? Wann zeigst du mir deine Kurzfilme?«

»Ich?«, erwidert er mit dem Gesicht von jemandem, der keine Ahnung hat, worum es geht.

»Ja, du hast doch gesagt, du hättest Kurzfilme gedreht, als Regisseur und Schauspieler. Das hast du behauptet.«

Marco hat die Lage wieder im Griff, grinst und öffnet das Kokstütchen.

»Ich bin ein Perfektionist«, sagt er. »Bisher habe ich meine Kurzfilme niemandem gezeigt, ich muss noch ein paar Sachen bearbeiten.«

Deine Mutter! – Du hast keinen Kurzfilm gedreht, genauso, wie du nie mit den Velena gespielt hast, du hast dich nie geprügelt, du hast nie etwas getan, nur perversen Sex gehabt und Drogen genommen.

Flavio kommt mit einem heißem Teller und noch einem Tütchen in der Hand zurück: »Meine Herrschaften, bitte sehr, ich habe noch ein wenig MDMA gefunden, also können wir uns ein Zwei-Gänge-Menü machen.«

Marco nimmt den Teller, leert sowohl das Koks- als auch das MDMA-Tütchen darauf aus, legt drei Lines, jedes so breit wie ein Bleistift.

»Ich brauche echt eine Prise, schon um die Schmerzen in der Nase zu betäuben.«

Scheiße, das alles sollen wir uns reinziehen? Wie soll ich je wieder nach Hause kommen?

Flavio schenkt Martini ein, hebt sein Glas und blickt Stella an: »Auf unser hübsches Geburtstagskind!«

Stella hebt ihr Glas, Marco ebenfalls, ohne aber die Augen vom Teller zu heben. Die drei stoßen an.

Stella schluckt den Martini in einem Zug. Marco reicht ihr den Teller und einen halben Strohhalm. Sie beugt sich über den Teller und zieht alles weg. Sie fasst sich an den linken Nasenflügel, spürt, wie es brennt. Ein starker Waschmittelgeruch.

Scheiße, ich blute.

Marco zieht seine Line durch denselben Nasenflügel, der zuvor geblutet hat. Flavio zieht nur die Hälfte und behauptet, er könne nicht mehr. Als er die Kamera bemerkt, die aus Stellas Tasche herausragt, schlägt er vor, ein Foto zu machen.

Sie zieht die Nikon heraus, stellt sich zwischen die beiden Männer, die sie an den Schultern und an der Taille halten, hebt die Kamera und fängt an, ein Bild nach dem anderen zu schießen.

Die Line beginnt, sich bemerkbar zu machen. Sie legt sich auf das Bett, ihr Puls beschleunigt, Kribbeln im Bauch.

Scheiße, das ist krass, die Zeit hat aufgehört.

Sie starrt zur Decke, der Kameragurt hängt ihr noch am Zeigefinger, sie kann sich nicht bewegen. Sie empfindet ein unglaubliches körperliches Wohlgefühl, will aber auch nicht wie ein Idiot da liegen bleiben. Kaum hat sie sich aufgesetzt, fällt Marco schon über sie her. Er küsst sie.

Du verwirrst mich, Arschloch.

Stella ergibt sich dem so wohligen, so heftigen Kuss, sie lässt zu, dass seine Zunge ihre umspielt, lässt zu, dass diese weichen Lippen sich eins zu eins mit ihren verschmelzen, dass sie sich so sanft öffnen und schließen, und sie sich fragt, wo so ein Arschloch diese Zärtlichkeit herhat.

Stella fliegt, voller Lust, der Kuss vibriert bis zwischen ihre Beine, als ob Marco nicht nur ihren Mund, sondern auch ihre Klitoris geküsst hätte. Sie wird feucht, und erst nach einigen Sekunden begreift sie, dass er ihre Vagina streichelt. Seine sanften Bewegungen über ihrem Kitzler kommen ihr vor wie das Paradies. Sie spreizt die Beine weiter, setzt sich seinen Fingern und seinen Küssen aus, bis ihr plötzlich wieder einfällt: Wir sind immer noch bei Flavio.

»Marco«, flüstert sie, »lass uns abhauen! Lass uns zu dir gehen, du und ich allein.«

Er schiebt seine Finger tiefer in Stella, massiert die Scheidenwände, benässt sich mit ihren Säften. Flavio legt sich neben sie; er ist vollkommen nackt.

Nein, so war das nicht gedacht.

»Heute«, flüstert Marco, während er die Finger zwischen Stellas Beinen versenkt, »hast du Geburtstag! Wir müssen feiern!«

»Warum bist du so bösartig?«, fragt sie.

Flavio öffnet den BH-Verschluss und legt seine Hände auf ihre Brüste.

»Wenn ich nicht so gemein wäre«, flüstert Marco, »wärst du nicht so verrückt nach mir.«

»Wer sagt, dass ich dich so sehr begehre?«

Flavio streift ihr den BH ab, nimmt ihr die Nikon aus der Hand und schießt ein Foto. Sie versucht, sich zu lösen.

»Gefällt dir Flavio nicht?«, fragt Marco.

»Nein!«, sagt Stella. »Hey, Finger weg von meiner Kamera!«

»Na gut, es ist dein Geburtstag«, sagt Marco und streichelt ihre Schenkel.

Ja verdammt, musst du auch an meinem Geburtstag über meinen Körper verfügen?

»Außerdem«, Marco sieht Stella fest in die Augen, bewegt weiter seine Finger über ihre Beine, »wurde ich heute deinetwegen in eine Schlägerei verwickelt, jetzt solltest du auch was für mich tun …«

Von wegen Schlägerei, du bist verprügelt worden, das ist was anderes.

Flavio schießt noch ein paar Fotos, dann verbindet er die Kamera durch ein Kabel mit dem PC.

Scheiße, wohin gelangen jetzt diese Fotos?

In einem Augenblick der Geistesgegenwart reißt Stella Flavio die Kamera aus den Händen. Marco nimmt sie ihr wieder weg, packt Stella an den Handgelenken und wirft sie auf das Bett.

Marcos Finger, Schauer vom MDMA und Koks: Sie ist verstört und gleichzeitig erregt, feucht und widerlich gierig auf extreme Gefühle.

»Wenn du das tust«, sagt er, während er wieder mit seinen Fingern in sie eindringt, dann über die Klitoris reibt, »werde ich dich nie wieder verlassen.«

Du wirst nie wieder verschwinden? Soll ich dir das glauben?

Stella starrt Marco für einen Augenblick an. Flavio zieht ihr die Hosen aus und betätschelt ihren Hintern.

»Ein wunderbarer Arsch«, sagt er.

Marco starrt Stella an.

»Wenn du das für mich tust, verlasse ich dich nie mehr.«

Flavio führt sein Glied näher an Stellas Arschbacken, dabei befummelt er ihre Brüste mit seinen langen, etwas verschwitzten Fingern.

Sie spürt Flavios hartes und warmes Glied an ihrem Hintern. Sie drückt den Rücken durch und lässt sich bearbeiten, als ob sie eine formbare Masse wäre. Sie lässt sich vorne und hinten begrapschen, sie lässt sich die Finger überall reinstecken.

»Was für geile Titten!«, sagt Flavio. »Was für 'ne geile Muschi!«

Stella schiebt die Hände in Marcos Hosen, nimmt sein Glied in die Hand. Flavio hält ihr seines an den Mund.

Ich kenne diesen Schwanzgeruch nicht, ich mag diesen Schwanzgeruch nicht. Aber ich habe ihm mein Wort gegeben.

Sie macht den Mund auf und lässt das Ding in sie hineinrutschen. Sie spürt die gespannte Haut, die Härte, die Wölbung einer Ader auf ihren Lippen. Sie verschlingt das Glied dieses Unbekannten geradezu und hält Marcos fest in der Hand.

Warum kriegst du keinen hoch? Was ist los? Sind es wieder die Drogen?

Marco entzieht sich ihr. Er stellt sich Stella gegenüber und onaniert, während er beobachtet, wie sie Flavios Schwanz lutscht. Flavio genießt es.

»Gott, was für geile Lippen!«

Was ist los, du perverses Schwein? Kannst du mich nicht ordentlich ficken?

Marco onaniert mit schnellen Bewegungen. Flavio packt Stellas Kopf mit beiden Händen, presst sie gegen sein Glied und stößt sein Becken in rhythmischen Bewegungen langsam nach vorn.

Na, dann schau zu, wie ich deinen Freund ficke, schau es dir an.

Stella packt Flavio an der Hüfte und schubst ihn, dass er aufs Bett fällt. Sie betrachtet kurz seine speichelbenetzte Eichel, legt ihm eine Hand auf die behaarte Brust und drückt ihn gegen die Matratze.

Guck mich an, Arschloch.

Sie fixiert Marco, während sie sich auf seinen Freund setzt und dessen Glied in sich stoßen lässt. Sie drückt die Augen zu, es tut ihr weh, weil sie nicht feucht ist, aber das ist ihr egal. Es ist eine Demonstration der Macht. Zwischen Marco und ihr. Und sie glaubt, sie behielte die Oberhand.

Beim Anblick von Stella, die wie eine Besessene auf Flavio reitet, kommt Marcos Erektion zurück. Es erregt ihn zu sehen, wie sich Stellas Arsch zwischen Flavios Beinen auf und ab bewegt. Dieser Arsch ist perfekt, um Schwänze zu schlucken. Das ist es, was ihn so erregt, die Vorstellung, dass sie ein Fass ohne Boden ist, in das man allerlei Schwänze stecken kann. Er besteigt sie von hinten, steckt ihr einen Finger in den Anus, um ihn zu weiten. Sie schreit. Er genießt es. Er schiebt seinen Schwanz hinein, bis es sich anfühlt, als werde er fest gegriffen. Sie blutet. Marco fickt sie hart und sorgt dafür, dass sie auch von Flavio hart gefickt wird. Flavio stöhnt: »Ich komme, ich komme!«

Stella hebt das Becken von Flavio, der seinen Schwanz in die Händen nimmt und darauf achtet, weder auf sie noch seinen Freund abzuspritzen. Marco behält seinen Schwanz in ihrem Anus, solange er steif ist. Sie schreit, es tut ihr weh, ein Gefühl, als wenn sie scheißen müsste, die Scheiße aber so hart ist, dass sie erst nach riesigen Anstrengungen herauskommt. Flavio rennt ins Bad. Marco zieht den Schwanz heraus, der wieder schlaff ist.

Warum kriegst du keinen hoch, außer wenn du absurde Sauereien machst?

Stella kauert sich zusammen.

»Komm, jetzt bin ich dran, lass mich abspritzen«, sagt Marco.

Trotz des schlechten Geruchs nähert sie sich und nimmt das Ding in den Mund, spürt, wie schlaff und verdreckt es ist. Sie ist behutsam, leckt, saugt. Ohne Ergebnis.

»Los, mach weiter«, sagt Marco.

»Ich weiß nicht, was ich noch tun soll ... vielleicht ist es meine Schuld«, sagt sie erschöpft.

Stella sieht sich das kleine, elende Ding zwischen Marcos Beinen an. Sie spannt ihre Arschbacken an, Anus und Scheide schmerzen. Wie sie diese beiden hasst, denkt sie, Marco und seinen vertrottelten Freund, und dass sie nur noch nach Hause will.

»Marco, ich kann nicht mehr, basta! Du kriegst keinen hoch, es ist sinnlos.«

»Egal, macht nichts, wir müssen halt was Krasseres ausprobieren, was noch Krasseres.«

»Wie meinst du das?«

»Hat dir mein Geschenk gefallen?«

Ich weiß nicht, wie ich dir danken soll, das war wirklich die Krönung.

»Das war nicht unbedingt das, was ich mir als Geschenk erwartet habe, aber bei dir muss man mit allem rechnen ...«

»Warum? Hat es dir keinen Spaß gemacht?«

»Ich weiß nicht ... ich habe es nur deswegen getan, weil ich nicht will, dass du wieder verschwindest.«

»Stella«, er blickt ihr direkt in die Augen, »das kann ich dir nicht versprechen.«

»Du hattest mir aber gesagt, dass … wenn ich mit dem Trottel da ficken würde … du …«

»Stella, es ist unmöglich, nie wieder zu verschwinden, du kannst es nicht verstehen, du kennst nicht die wahren Gründe … ich weiß selber nicht, wo ich morgen sein werde. Ich werde dir nie Sicherheit geben können.«

»Warum verarschst du mich?«, brüllt sie.

»Ich mag dich, weil du so bist, wie du bist: Du bist frei, versaut, fantastisch. Jedes Mal werden wir krassere Sachen ausprobieren, und je kranker und perverser die Sachen werden, bei denen ich dir zuschaue, desto mehr werde ich dich mögen. Das ist, was mich mit dir verbindet. Je mehr du meinen Wünschen nachkommst, desto mehr mag ich dich. Wenn du so weitermachst, werde ich dich nicht wieder verlassen.«

Müssen wir es erst wie Tiere machen?

»Willst du nur das von mir?«

»Nein, aber das ist das, was mich anmacht.«

»Also gut, verschwinde, mach, was du willst.«

Flavio kommt mit noch einer halbvollen Flasche Martini zurück.

»Ich hab' euch allein gelassen, ich dachte, ihr wäret beschäftigt …«

Stella schaut zu Marco, dann zu Flavio.

Jetzt werd ich's dir zeigen.

»Beschäftigt? Schön wär's, ach, Flavio, Marco ist viel zu zugedröhnt.«

Ein Blickwechsel zwischen den beiden Männern, und Marco ist offensichtlich verlegen.

»Musst du zurück nach Hause?«, fragt er, ohne ihr ins Gesicht zu schauen.

»Ja.«

»Komm, übernachte doch hier«, bettelt Flavio.

»Nein«, antwortet sie.

»Wir fahren sie sofort zurück«, sagt Marco.

Sie ziehen noch eine Line, Stella schnappt sich die Kamera vom Fußboden, dann gehen sie zum Auto. Inzwischen hält ihr Flavio einen Vortrag ohne Punkt und Komma über Bücher, Reisen, Philosophie. Marco schweigt, betastet sich dauernd die Nase.

Blickt aus dem Fenster, prüft die Uhrzeit auf dem Handy.

»Du bist großartig«, sagt Flavio.

Ja, eine großartig naive Tussi.

Bevor sie sie absetzen, gibt ihr Flavio ein Tütchen Koks, er sagt, sie könne es als sein Geburtstagsgeschenk betrachten.

Als Stella die Wohnung betritt, schlafen ihre Eltern noch. Ihr tut alles weh. Ihr ist schwindlig, alles dreht sich wie ein Propeller. Sie stellt sich unter die Dusche und schrubbt sich gründlich die Haut ab, presst die Augen zusammen, um die Tränen zurückzuhalten. Doch die fließen in Strömen, ohne sie um Genehmigung zu bitten.

Ich hasse mich.

Stella reibt erst mit dem Schwamm über die Arme, dann mit den Fingernägeln, zerkratzt sich ihre Haut.

Ich hasse mich. Ich hasse mich.

Sie schleppt sich vor den leeren Kleiderschrank, wo sie sich im Spiegel sehen kann. Ihre Augenringe sind so breit wie Nacktschnecken. Das Spiegelbild bewegt sich von allein.

Stella schreckt hoch. Ihr Spiegelbild sieht ihr in die Augen, grinst sie an und die Bewegung der Lippen flüstert:

»Ungeschminkt bist du ein Nichts.«

»Wo bist du?«

Was ist das für eine Trauerstimme?

»Du musst sofort nach Hause kommen.«

»Papa, verdammt, was ist denn los? Ich muss in zehn Minuten in ein Seminar.«

»Hast du mich nicht verstanden, zum Teufel? Du machst dich sofort auf den Weg und kommst nach Hause, verstanden? Es ist etwas für dich gekommen, und das ist kein Liebesbrief!«

»Ja, das war wohl, als ich ohne Fahrkarte unterwegs war …«

»Von wegen Fahrkarte – ich spreche von einer Anzeige der Polizei. Du sollst morgen beim Gesundheitsamt vorstellig werden, bei der Drogen- und Suchthilfe!«

Scheiße, dieser Brief also.

Stella legt auf und schlägt die Hände auf die Knie. Sie spürt einen bitteren Geschmack im Rachen, ihre Sicht verschwimmt.

Es reicht, ich hau ab, ich fliehe irgendwohin.

Sie läuft durch den Gang, verlässt das Uni-Gebäude und denkt über die Möglichkeit nach, wirklich abzuhauen.

Aber wohin?

Tina und der Checker haben sie zum Teufel gejagt, Donato ist der Allerletzte, den sie jetzt sehen möchte. Sie kann Lory anrufen, natürlich, und zu ihr nach Castel di Travia fahren, oder Carla, oder sogar Marco.

Nein, Marco nicht, besser er erfährt nicht, dass ich in der Scheiße stecke.

Sie versucht nacheinander Lory, Alberto und dann Carla anzurufen. Niemand ist erreichbar.

Was ist bloß los, ist das die Rache des Schicksals dafür, wie ich Donato behandelt habe?

Ihr bleibt keine andere Wahl, sie muss zurück nach Hause und sich mit ihren Eltern auseinandersetzen.

Ich muss einfach klarmachen, dass die Drogen nicht von mir waren.

Sie quetscht sich in den vollen Bus in eine stinkende Wolke aus Mundgeruch und Schweiß. Als ihre Haltestelle kommt, möchte sie am liebsten weiterfahren, nicht aussteigen, alles hinter sich lassen und woanders hinfahren. Aber stattdessen: Sie drückt den roten Knopf, sie bahnt sich einen Weg durch die Menge, tritt links und rechts den Leuten auf die Füße, sie befreit sich von dem Gestank und löst sich mit einem Satz aus der menschlichen Fleischmasse.

Also hat der Glatzkopf nur Marco und Carla aus der Scheiße gezogen.

Stella schließt das Gittertor auf, die Kälte des Metalls kriecht ihr unter die Haut.

Im Fahrstuhl schaut sie sich die ganze Zeit im Spiegel an und wiederholt wirres Zeug, um sich Mut zu machen.

Du musst sie nur reden lassen, sie machen ihrem Ärger Luft, und dann ist alles vorbei.

Als sie den Schlüssel ins Schlüsselloch steckt, kommt ihr jemand zuvor und reißt die Tür auf. Ihre Mutter trägt noch einen Morgenmantel, was bedeutet, dass sie heute nicht zur Arbeit gegangen ist. Ihre Augen sind vom langen Weinen verquollen und wütend. Sie wedelt vor Stellas Gesicht mit der Strafanzeige herum.

»Was in Gottes Namen ist das bitte?«

Stella zittert.

Ich glaube, du hast das schon sehr gut allein herausgefunden.

Sie schweigt.

»Sag mir, was diese Sache hier bedeutet, bevor ich fuchsteufelswild werde«, schreit ihre Mutter.

Und nun? Was soll ich jetzt machen?

»Das ist kalter Kaffee«, sagt Stella leise.

»Von wegen kalter Kaffee! Du hast deine Zukunft ruiniert, weißt du, dass du fünf Jahre lang von allen öffentlichen Stellen ausgeschlossen bist? Ich fasse es nicht, dass meine Tochter drogensüchtig ist!«

Du wolltest doch, dass eine Scheiß-Philosophielehrerin aus mir wird.

»Das stimmt nicht.«

»Was stimmt denn daran nicht?« Monica hält Stella an den Handgelenken fest und schleift sie in ihr Zimmer. »Die Marihuanaphase liegt also hinter dir, und jetzt ziehst du dir lieber ein bisschen Pulver rein!«

Dann fällt ihr etwas auf, etwas raues, geschwollenes unter ihren Fingern. Sie beschaut Stellas Arme.

»Was sind das für Abdrücke hier?«

»Nichts«, erwidert Stella und windet sich aus dem Griff.

Ihr Vater steht aufrecht vor ihr und schaut verächtlich auf sie hinab. Stella muss dringend zur Toilette.

»Mach jetzt kein Theater, Stella. Du hast uns hingestellt wie zwei armselige widerliche Trottel, jetzt bist du nicht mehr in der Position, uns irgendetwas vorzuhalten«, sagt Nicola.

Die Stimme ihres Vaters ist ruhig, fern, gefühllos.

»Die Drogen waren nicht von mir«, sagt sie.

Nicola und Monica wechseln schnelle Blicke, als ob sie diese Möglichkeit in Betracht gezogen hätten.

Schluckt ihr das?

»Selbst wenn sie nicht von dir wären«, sagt Nicola, »mit Leuten im Auto zu sitzen, die Drogen nehmen und dann dir die ganze Schuld in die Schuhe schieben, ist mindestens genauso schlimm.«

»Du bist dumm«, schreit Monica. »Wir haben uns erkundigt, was das für ein Kerl ist, mit dem du dich triffst, dieser Marco Vanzini! Pass auf dich auf: Er ist ein Zuhälter!«

Und du, woher kennst du seinen Namen?

»Entschuldige«, sagt Stella und versucht, ruhig zu bleiben, »wo hast du den Namen her?«

»Von dort.« Stellas Mutter durchquert das Zimmer und steuert direkt auf die Kommode zu. Sie zieht die Geheimschublade auf und holt das Tagebuch und die Kamera ihrer Tochter hervor. Ihr Vater schweigt und starrt sie weiter mit der gleichen Verachtung an.

Du dreister Kontrollfreak. Du öffnest einfach meine Schublade?

Sie fühlt sich wie vergewaltigt, will reagieren, bleibt aber nur stehen, reglos. Kälte- und Hitzeschauer durchfahren ihre Beine.

Habt ihr »die« Fotos gesehen?

Sie fühlt sich machtlos, leer, bescheuert.

»Ich verstehe wirklich nicht, wie du all diesen Mist fabrizieren konntest«, schreit ihr Vater.

Stella schaut hinunter auf ihre verschwitzten Hände und wischt sich damit über den Körper, als wolle sie sich von all den Perversionen reinigen, die sie mitgemacht hat.

»Jeder baut in seinem Leben irgendwann mal Mist, aber ich versichere euch, da ist sonst nichts, keine Drogen, keine Prostitution«, sagt sie.

Nicola geht mit geballten Fäusten auf seine Tochter zu. Stella macht zwei Schritte rückwärts.

Keine Schläge bitte.

Nicola kommt so nah heran, dass Stella den Rauch riechen kann, den seine Kleidung verströmt. Er kommt so nah, dass sie anfängt zu schwitzen.

Keine Schläge. Keine Schläge.

Nicola hebt die Hand, die Ader auf seiner Stirn schwillt an. Stella schließt die Augen, presst die Lider zusammen.

Nicht schlagen. Nicht schlagen. Nicht schlagen.

»Wenn da also nichts ist«, sagt er, »was ist dann das hier?«

Sie macht die Augen auf. Ihr Vater hält ein Tütchen mit weißem Pulver in der Hand.

Mein Geburtstagsgeschenk.

Stella spürt, dass ihre Eingeweide kochen, sie hat starke Bauchschmerzen, ihr ist übel, ihr Herz schlägt wie eine Trommel.

»Das Zeug da ist nicht von mir!«, sagt sie unverfroren. »Sie wollen mir was anhängen.«

Ihr Vater verliert die Fassung. Er stürzt sich auf sie wie ein bissiger Hund, wirft sie zu Boden. Monica macht einige Schritte rückwärts, schreit, als sie die blinde Wut in den Augen ihres Mannes gewahr wird. Ihre Hände umklammern im Schock ihren Hals, sie erkennt ihren Mann nicht wieder, so hat sie ihn noch nie erlebt.

»Lüg mich nicht an!«, schreit Nicola.

Stella kauert auf dem Boden, ihr Vater tritt mit dem rechten Fuß in ihre Rippen, die noch immer nicht ganz verheilt sind seit dem Schlag von Donato. Nicola beugt sich über seine Tochter und spuckt ihr ins Gesicht.

Das kann er nicht machen.

Monica bückt sich, versucht, ihren Mann an den Schultern zu packen und von ihrer Tochter wegzuziehen, mit dem Ergebnis, dass sie selbst mit dem Hintern auf dem Boden landet.

Stella bettelt.

»Bitte, bitte, bitte, bitte, bitte, bitte, bitte, bitte, bitte, bitte, bitte, bitte, bitte, bitte, bitte, bitte, bitte, hör auf!«

Sie weint und spuckt Blut. Ihr Vater ist vollkommen außer sich. Seine Augen sind gerötet, wutentbrannt, als sei er sich nicht bewusst, was er tut. Sie hat diesem Hass nichts entgegenzusetzen, er hat sich zu lange aufgestaut.

»Du sollst mich nicht anlügen!«

Er bearbeitet weiter ihre Rippen, Stella spürt, wie dieses Körperteil von ihr zerbricht, zerstört wird, in die Brüche geht. Als ob eine Metallstange zwischen den Rippen stecken würde. Ein kalter, hohler, zerreißender Schmerz. Es brennt nicht, es ist ein sich langsam steigernder Schmerz, der dazu führt, dass ihre Verbindung zum Rest der Welt abbricht. Sie kann die Augen nicht mehr offen halten, die Pupillen kippen nach innen, Stella bleibt bewusstlos am Boden liegen.

Als sie das Bewusstsein wiedererlangt, ist ihr Vater nicht mehr da. Ihre Mutter sitzt neben ihr, über sie gebeugt, und weint. Die Tränen benetzen Stellas Hals und die Handfläche ihrer Mutter, mit der sie ihr die Arme streichelt.

Es dauert eine Weile, bis sie begreift, was passiert ist. Sie schaut sich um und sieht die Schuhblade der Tagebücher, die offen steht, entweiht wurde.

»Du musst jetzt bei mir bleiben, Stella, ich kann nicht erlauben, dass so was noch einmal passiert«, seufzt ihre Mutter und versucht, sie zu umarmen.

Stella fühlt sich von der Umarmung fast erwürgt. Sie spürt ihre Rippen klirren. Sie windet sich heraus, beißt sich vor Schmerz auf die Lippen, versucht aufzustehen und muss in gebückter Haltung innehalten, weil ihr die Rippen zu sehr weh tun.

Morgen gehe ich zu keinem Gesundheitsamt, ich verschwinde aus dieser Hölle.

Stella schließt sich in ihrem Zimmer ein, ihre Rippen brennen, ihre Brust fühlt sich an, als läge ein schweres Gewicht darauf, und in ihrem Hals steckt ein Kloß, der sich nicht herunterschlucken lässt. Sie möchte ihm alles erzählen, sie hasst ihn, ja, aber das Einzige, was sie sich wünscht, ist, mit ihm zusammen zu sein. Sie weiß, dass sie ihn nicht anrufen sollte, aber sie kann jetzt, wo alles den Bach runter geht, nicht darauf verzichten.

Scheiß drauf, ich habe nichts zu verlieren.

Sie tippt die Nummer ins Handy, die sie so oft gelöscht hat und die sie auswendig kennt wie das Einmaleins. Sein Telefon ist aus.

Zum Teufel mit ihm!

Ihre Eltern rufen von draußen, sie solle zum Abendessen kommen, aber sie hat keinen Hunger. Sie liegt auf dem Bett, ein altes Strandkleid übergeworfen, die Haare zerzaust und in den Augen der Schlaf des Vergessens.

»Stella, sei jetzt nicht zickig, iss mit uns Abendbrot.«

Keiner kann mich zwingen zu essen.

Nach einer Stunde Katz und Maus – ihr Vater schreit durch die Glastür, und ihre Mutter droht ihr, die Irrenanstalt anzurufen und sie einweisen zu lassen – geben die Alten auf.

»Wenn du nicht essen willst, dein Problem, wir haben dir nichts mehr zu sagen, du dumme Göre«, schließt Nicola die Diskussion.

Ich habe niemanden.

Stella wartet, bis es Nacht wird, alle schlafen und niemand etwas erwartet, um sich an den Computer zu setzen und ins Internet zu gehen. Facebook, Messenger, Skype. Marco ist nicht im Netz.

Was ist los mit dem beschissenen Wichser?

Carla ist online.

»Wie geht's dir, Schatz?«, schreibt Carla.

»Geht.«

»Was ist los?«

»Nichts.«

»Sicher?«

»Triffst du dich noch mit Marco?«

»Seit er eine feste Freundin hat, kriegt ihn keiner mehr zu Gesicht.«

Ein Kälteschauer durchfährt Stellas Eingeweide, gefolgt von einer Bitterkeit, die ihr Magen und Lunge umdreht und bis in den Rachen hinaufkriecht. Sie zündet sich eine Zigarette an und fühlt, wie sich der Herzschlag beschleunigt, solange sie den Rauch des ersten Zuges in der Lunge behält.

Vielleicht habe ich nicht richtig verstanden.

»Feste Freundin?«, schreibt Stella.

»Wie, das wusstest du nicht?«

»Nein, eigentlich nicht, ich habe nicht geglaubt, dass Marco je eine feste Freundin haben würde ... und seit wann, bitte?«

»Ups ... also hast du echt keine Ahnung.«

»Wer ist sie?«

»Ein süßes Mädchen, die Archäologie im Ateneo studiert.«

Wie Donato, vielleicht kennt er die Schlampe sogar.

»...«

»Es ist schon eine ganze Weile, dass Marco hinter ihr her ist, ich dachte, du wüsstest das, sie haben sich auf dem Konzert der Misfits kennengelernt.«

Das kann nicht sein. Während des Konzerts war er die ganze Zeit bei mir.

»Welches Konzert der Misfits?«

»Das, wo du auch da warst, erinnerst du dich, du warst total dicht.«

»Ja, aber ich verstehe das nicht, er war die ganze Zeit bei mir, und dann bin ich mit euch nach Hause gefahren, weißt du noch?«

»Ja, ich erinnere mich. Jedenfalls hat er erzählt, dass sie sich da kennengelernt haben, es hat ihn voll erwischt, und dann sind sie zusammen ausgegangen. Nach einer Weile waren sie zusammen, ich weiß nicht, was ich dir sagen soll.«

Ich kann es nicht glauben, was für ein widerlicher Dreckswichser, wir haben all diese Sauereien nach dem Misfits-Konzert gemacht, und er hatte eine andere im Kopf.

Stella legt sich die Hand auf den kratzigen Hals, während sie eine Rauchwolke ausspuckt, Kälteschauer durchschütteln ihren Körper. Sie legt ihre Fingerspitzen auf die Halsschlagader, um die Herzfrequenz zu prüfen. Es fühlt sich an wie ein Schlauch, der kurz vor der Explosion steht.

»Wie lange sind sie schon zusammen?«

»Einen Monat ungefähr oder etwas mehr. Seht ihr euch denn noch manchmal?«

Er war mit ihr schon zusammen, als wir mit denen auf der Jacht waren, auch als wir zu Alberto und Lory gefahren sind, an meinem Geburtstag, da war er auch mit ihr zusammen.

»Ich schwöre dir, dass du uns von diesem Moment an nie wieder zusammen sehen wirst.«

»Bist du denn in ihn verliebt?«

»Carla, so etwas wie Liebe existiert für mich nicht.«

Stella hat die Unterhaltung verlassen.

Minutenlang sitzt sie einfach vor dem Computer und starrt abwesend vor sich hin.

Wer ist diese Schlampe. Was hat sie, was ich nicht habe?

Stella schaut sich um, fährt sich mit der Hand über die Stirn, wischt sich den kalten Schweiß ab. Sie geht ins Bad und wickelt sich ein lauwarmes Handtuch um die feuchten Haare. Sie geht in ihr Zimmer, schaltet das schummrige Licht des Globus an.

Ich muss dieses Haus verlassen.

Sie schminkt sich vor dem Spiegel, um die Spuren der Schläge ihres Vaters auszulöschen, die Schwellung der Wange, die bläulichen Blutergüsse unter den Augen. Sie bedeckt alles großzügig mit der Grundierung, zieht sich mit einem schwarzen Kajal einen Lidstrich um die Augen, so dass sie schwarz und länglicher wirken, katzenartig, orientalisch.

Jetzt bin ich wieder ich selbst.

Sie betrachtet die Bücher auf dem Schreibtisch.

Sartre hab' ich durch.

Sie presst sich eine Hand auf die rechte Seite des Brustkorbs, beugt sich etwas vor und angelt sich das Buch. Sie blättert darin herum.

Ich erinnere mich an alles.

Sie nimmt einen großen Rucksack und packt Bücher, Kleider, Unterwäsche, Jeans und zwei Paar Schuhe – Ausgehschuhe und Turnschuhe – hinein.

Ich muss abhauen, weit weg, ich muss vieles vergessen.

Sie stopft Duschgel, Zahnbürste, Shampoo und Bodylotion in den Rucksack.

Ich muss irgendwohin, wo mich niemand vermutet, wo mich niemand suchen wird.

Sie will schon das Tagebuch aus dem beschissenen Schubfach holen, lässt es aber sein.

Nein, das Tagebuch nicht. Ich hab' die Schnauze voll von Tagebüchern.

Sie greift sich ein Feuerzeug und zündet die Seiten an. Die Flamme lodert auf, Stella bläst dagegen, um zu verhindern, dass ihr die Haare ankokeln. Die Seiten stinken verbrannt und zerfallen zu Asche. Auf dem Boden liegt ein Häufchen grauer Flocken.

DIE VERARSCHUNG

»Hallo, Lory?«

»Stella, mein Schatz«, antwortet sie. Ihr Stimme klingt verheult.

»Was ist los?«

»Ach, Sternchen, eine Katastrophe.«

»Hör zu, ich bin unterwegs, in einer Stunde fährt der erste Zug, kann ich zu dir kommen?«

»Ja unbedingt, Schatz, es wäre schön, jetzt in dieser Situation jemanden um mich zu haben«, schluchzt sie.

Was zum Teufel ist passiert? Bin ich verrückt geworden, oder ist die ganze Welt durchgedreht?

Als sie endlich den Bahnhof erreicht, ist Stella erschöpft und niedergeschlagen, ihre Rippen schmerzen, und die Arme brennen. Sie kauft das Ticket nach Castel di Travia und steigt in den Zug.

Von jetzt an hat mein Handy ausgedient.

Sie kauert sich auf dem Sitz zusammen und nimmt den Akku aus dem Handy.

Niemand darf wissen, wo ich bin. Niemand.

Sie kommt in Castel di Travia an, durchquert das Bahnhofsgebäude und besteigt den Bus zu Lory. Mit diesen Schmerzen schafft sie es nicht zu Fuß.

Als ihr Finger auf die Klingel drückt, hört sie, wie ihr Magen knurrt.

Gott, bin ich hungrig.

Von der Hitze ist ihr schwindelig, außerdem ist sie völlig verschwitzt.

Wie widerlich ich bin.

Sie nimmt den Aufzug, betrachtet sich im Spiegel und muss feststellen, dass das viele Make-up die unterschiedlichen Farbtöne ihres von den Schlägen gezeichneten Gesichts nicht überdeckt hat.

Vielleicht wäre es besser gewesen, wenn er mich totgeschlagen hätte.

Sie würde sich am liebsten selbst beweinen, wegen ihres Gesichts, der Hämatome auf den Rippen, ihrer Eltern, wegen Marco. Sie würde am liebsten den ganzen Schmerz herausschreien. Aber sie schließt nur fest die Augen.

Das Einzige, was du tun kannst, ist, einigermaßen in Form zu bleiben.

Der Fahrstuhl ruckt, hält an. Stella wirft einen letzten Blick in den Spiegel, bevor sie hinausgeht.

Du musst nur ein paar Tage entspannen. Solange du schön bist, kann dir alles Übel der Welt nichts anhaben. Schönheit ist Macht.

Lory öffnet die Tür, in Tränen aufgelöst. Man hört von drinnen lautes Miauen. Lorys Augen sind so geschwollen wie von jemandem, der seit Stunden unaufhörlich weint.

Manchen geht's noch schlechter als mir.

Sie stürzt sich auf Stella, umarmt sie fest. Stella muss aufschreien vor Schmerz, Lory hat den Bluterguss auf den Rippen getroffen. Stella macht einen Schritt zurück.

»Nicht drücken, mir tut alles weh.«

Lory lässt sie herein, verscheucht die Katzen, die auf dem Teppich herumliegen. Sie gibt einer weißen Katze, die sich königlich auf dem Sofa ausgebreitet hat, einen Klaps und lässt Stella dort sitzen.

Sie setzt sich auf das Sofa und fällt wie ohnmächtig ins sich zusammen.

»Sorry, bin fix und fertig, sie haben mich richtig vermöbelt.«

»Wie?«, sagt Lory, plötzlich aufgeregt. »Dich haben sie auch ins Visier genommen? Was hast du damit zu tun?«

Wovon redet sie?

Stella wirft ihrer Freundin einen fragenden Blick zu.

»Wer hat mich auch ins Visier genommen?«

»Sagtest du nicht, dass sie dich richtig vermöbelt haben?«

»Ja, meine Eltern, zu Hause ist alles drunter und drüber gegangen, sie haben mich erwischt.«

Lory atmet erleichtert aus.

»Gott sei Dank.«

Wie jetzt »Gott sei Dank«?

Sie zieht die Augenbrauen zusammen, macht ein Gesicht, als wollte sie sagen: Im Ernst oder am Arsch?

»Nein, Augenblick, du weißt von nichts, oder?«

Was sollte ich denn noch alles wissen?

Stella schüttelt den Kopf. Die andere beginnt wieder zu schluchzen.

»Sie haben sich Alberto vorgenommen und ihm die Seele aus dem Leib geprügelt. Du hast ja keine Ahnung, Stella. Ich kann nicht mehr.«

Irgendwas ist komplett an mir vorbeigegangen.

»Wer hat sich Alberto vorgenommen? Wovon redest du?«

Lory legt eine Hand auf Stellas Oberschenkel. Durch ihre Fingerkuppen spürt Stella die ganze Hitze, den Schweiß, die Aufregung. Lorys Fingernägel, die immer so schön lang waren, sind zerkaute Stummel, die ihre Finger geschwollen aussehen lassen.

»Die Angst frisst mich auf«, sagt sie.

»Beruhige dich, erklär mir doch erst mal, was zur Hölle geschehen ist. «

»Jetzt«, sie legt sich die Hände an den Hals, um das Schluchzen zu beruhigen, »werde ich dir alles erzählen, alles.«

Sie erklärt ihr, vom Schluchzen unterbrochen, dass Alberto und Marco eine große Menge Koks auf Kredit erworben haben, um es weiterzuverkaufen. Alberto hat zur Lagerung alles Marco überlassen, weil er noch das Zeug von anderen Leuten zu Hause hatte und das Risiko zu groß gewesen wäre. Plötzlich kommt der Dealer, zieht Alberto an den Ohren und fordert das Geld für die Drogen zurück. Alberto erklärt ihm, dass er seinen Teil Marco gegeben habe, und der Dealer erwidert ihm, dass Marco ihm aber gerade gesagt hätte, dass das Zeug bei Alberto sei. Und der Dealer vertraut Marco, denn er ist sein Patenonkel. Alberto kapiert sofort, dass sein lieber Freund ihn richtig verarscht hat. Entweder hat er es selber genommen oder weiterverkauft – jedenfalls versucht er, ihn anzurufen, aber Marcos Handy ist aus, und seit Tagen ist er auf Tauchstation.

Deshalb hat sich das Arschloch nicht mehr gemeldet.

»Und warst du dabei, als sie ihn verprügelt haben?«

»Nein, Schatz, wir hatten uns getrennt.« Lory weint, legt ihren Kopf auf Stellas Brust, hebt ihn etwas an und fährt fort: »Und das tut mir noch mehr weh. Ich war in diesem Moment nicht bei ihm.«

Stella streicht ihr über das veilchenblaue und schwarze glatte Haar. Eine weiße Katze springt auf das Sofa und macht es sich auf den Beinen ihres Frauchens bequem, fast als ob sie sie trösten wolle.

»Und wann ist das alles passiert?«

»Schatz, gestern ist es passiert, Alberto hat mich vom Krankenhaus aus angerufen. Denn inzwischen haben sie ihm auch das Haus und alles auf den Kopf gestellt.«

»Und hast du ihn schon besucht?«

Lory nickt und sinkt auf ihre Knie, drückt die Katze an sich.

»Ich will eine Familie mit Alberto, ein Kind, ein normales Leben. Ich hab' die Nase voll von diesem Scheiß.«

»Komm, du wirst sehen, früher oder später kommt alles wieder ins Lot. Ich verstehe nicht, warum Marco ihm das angetan hat.«

»Marco ist ein fieses Arschloch, ein hinterhältiger Bastard, es geht ihm immer nur um seinen eigenen Scheißvorteil.«

Langsam hat er es wirklich übertrieben, mit all diesem Scheiß auf dem Kerbholz wird der Tag kommen, da es ihm jemand übel heimzahlt.

»Heute gehe ich wieder in die Orthopädie. Kommst du mit?«

Ich hab' echt Talent: Ich schaffe es immer, vom Regen in die Traufe zu kommen.

»Ja, Lory, ich komme mit«, sagt Stella und streicht Lory weiter übers Haar.

Die andere ist so sehr mit ihrer Verzweiflung und den Tränen beschäftigt, dass ihr an Stella nichts auffällt; die Verletzung an den Rippen, das von Schlägen geschwollene Gesicht. Stella muss also die Rotkreuzschwester für ihre Freundin geben, obwohl gerade ihr eigenes Leben vor die Hunde geht.

Es gibt keinen Abgrund, es geht immer tiefer.

Sie legt die Arme um die Brust ihrer Freundin. Sie spürt den warmen Körper der Frau, die wegen ihres Mannes leidet, spürt, dass es jenseits von allen Geschehnissen etwas gibt, was diesen Körper mit Alberto verbindet.

Zwischen Marco und mir gibt es dieses Etwas nicht.

Stella hört, wie ihre Gedanken kreisen: »Wenn ich die Erinnerungen einfach aus meinem Kopf löschen könnte, wenn ich andere Entscheidungen getroffen hätte, nie an jenem Abend mit Marco und seinen Freunden ins Zero tanzen gegangen wäre. Wenn ich auch Lory nie begegnet wäre, nie der Illusion verfallen wäre, jemanden gefunden zu haben, der mich liebt.«

Lory und Alberto sind sich so nahe, wie habe ich mir bloß einbilden können, hier einzuziehen?

Stella spürt ihren Magen rumoren, und in diesem kurzen Augenblick wünscht sie sich nichts mehr als einen Teller Pasta.

»Lory.« Stella hebt Lorys Kopf etwas an. »Lass uns was essen.«

»Was?«, sagt die andere verwirrt.

»Wir sind völlig abgewrackt, eine mehr als die andere, wir können uns nicht so gehen lassen. Der Schmerz wird bleiben, aber wir dürfen nicht aufgeben, wir müssen weiterleben, mein Schatz, essen, schlafen, dasein, verstehst du?«

»Ich hab' keinen Hunger, ich hab' keine Lust etwas zu tun, ich will nur, dass Alberto von diesem Bett aufsteht.«

»Weißt du, bestimmt ist dir das in diesem Moment egal, aber mir geht es auch beschissen, ich hab' nicht geschlafen, nicht gegessen und … nicht nur das, aber jetzt hab' ich wieder Hunger bekommen. Vielleicht weil ich zwanzig bin und du achtundzwanzig, finde ich, dass es noch längst nicht Zeit ist, sich einfach so vergammeln zu lassen.«

Lory schaut zu ihr auf, mit diesen verweinten Augen, dem zerzausten Haar. Stella würgt diesen klebrigen Speichel herunter, der typisch ist für einen, der tagelang nichts zu sich genommen hat. Sie nimmt einen fauligen Geruch von ihrem Magen wahr, der sich anscheinend gerade selbst verdaut.

Sie drückt Lory an sich wie eine Freundin, wie eine Liebhaberin, wie eine Schwester. Sie ignoriert den Schmerz in ihrem Brustkorb und nimmt sie in den Arm. Sie überredet sie, vom Sofa aufzustehen und etwas zu essen zu kaufen.

Nach dem Essen fahren sie zur Poliklinik, die Reste der Focaccia und Salami lassen sie auf dem Tisch zurück.

Sie betreten die Orthopädie. Es riecht nach diesen typischen Krankenhausmahlzeiten, eine Mischung aus Erbrochenem und Gemüsesuppe. Weiße Wände, die Hitze des Junis, Ärzte, die etwas erklären.

»Ihm geht es besser, er kommt wieder auf die Beine.«

Was sollen sie sonst sagen?

Lory hält die Tränen zurück, klammert sich an Stellas Arm. Schaut sie an.

»Halt dich fest.«

Sie öffnen die Tür zu Albertos Zimmer.

Jesus Christus, haben die ihn übel zugerichtet.

Alberto hat beide Beine in Gips, eine Binde über dem rechten Auge, das linke ist halb geschlossen von der Schwellung, überall blaue Flecken. Er hat keine Dreadlocks mehr, sondern kurze Haare, kraus und gerupft – als ob sie notgedrungen geschnitten worden sind. Seine Lippen sind geschwollen und voller Schorf. Der rechte Arm ist verbunden und der Hals von einer Brandwunde gezeichnet.

Lorys Hand schließt sich fester um die von Stella, die den Druck erwidert.

Kopf hoch, Freundin.

Sie gehen näher heran. Lory holt einen Stuhl und setzt sich neben Alberto. Sie streichelt ihm über den Kopf.

»Ich liebe dich, Liebster, ich liebe dich so.«

Er bewegt das freie, aber trotzdem veilchenblaue Auge einige Zentimeter und bemerkt Stella. Er versucht zu reden, aber aus seinem Mund kommt nichts als unverständliches Genuschel.

Er streckt den Arm nach Stella aus. Sie reißt die Augen auf in dem

Wunsch, ihn nicht aus der Nähe betrachten zu müssen, aber sie geht doch näher heran, lässt sich berühren, spürt auf ihren Armen die raue Oberfläche von Albertos verschorften Handflächen.

»Alberto, was haben sie mit dir gemacht?«

»Liimme Saahen«, stammelt er.

Stella versucht, ihm mit einem Handzeichen zu verstehen zu geben, dass er sich nicht anstrengen soll. Dann schaut sie Lory an, die auf ihren Lippen kaut, ihre Augen sind feucht.

»Weißt du, was sie ihm beim Weggehen hinterhergerufen haben?«, sagt Lory mit starrem Blick. »Dass sie sich das nächste Mal sein Kind vorknöpfen.«

»Scheeisarlööher!«, regt sich Alberto auf.

Was für ein Unmensch tut so etwas?

»Wer hat ihn verprügelt?«, fragt Stella.

»Der Hlahof, ue uio io i uahaa!«, sagt er.

Ich kann dich nicht verstehen.

Stella runzelt die Stirn und blickt fragend zu Lory.

»Der Glatzkopf«, übersetzt sie »dieser dreckige Hurensohn!«

Stella hält sich schockiert die Hand vor den Mund.

So einer ist er also!

Trotz allem denkt sie, dass etwas mit dieser Geschichte nicht stimmt.

In Ordnung, ich glaube, dass er ein Schwein ist, ich glaube auch, dass er ein Sadist ist, dass er ein Hurenbock ist, aber ich glaube einfach nicht, dass Marco einen seiner besten Freunde zu Tode prügeln lässt. Nein, das kann ich einfach nicht glauben.

STELLAS PRÜFUNG UND DIE BRAVE FREUNDIN VON MARCO

Stella erwacht alleine und inmitten von Katzen. Sie ist den Stoff nicht noch einmal durchgegangen, ist sich aber trotzdem sicher, die Prüfung irgendwie zu bestehen.

Es sind jetzt vier Monate, dass ich nichts anderes tue, als Sartre zu lesen.

Es kommt ihr seltsam vor, sich in einer Wohnung, in der sie nicht wohnt, zu waschen, anzuziehen und sich fertig zu machen. Sie findet es auch seltsam, einen Zug zu nehmen, um zur Universität zu kommen.

Aber ich muss es machen, zumindest muss ich es versuchen.

Die Schmerzen sind auch beim Aufstehen noch da. Sie duscht und betrachtet sich im Spiegel, schaut, ob ihr Gesicht schon besser aussieht. Und in der Tat sind die Schwellungen etwas zurückgegangen.

Automatische und bewusste Abläufe. Shorts, T-Shirt, Stiefel. Bus. Zug. Universität.

Stella geht durch den Flur des ersten Stocks, wo die Bibliothek und die Büros der Professoren sind und die Prüfungen stattfinden. Sie schiebt sich durch das Gewimmel aus lauter identischen Menschen, die sich vor den Seminarräumen versammeln und über Kleinigkeiten aufregen oder aus der Bibliothek kommen und schwitzen. Dieser ganze Schweißgeruch und diese farblosen Gesichter, die Ende Juni noch keinen halben Tag am Meer verbracht haben.

Jeder spielt sich hier als Intellektueller auf in dieser Prüfungsfabrik.

Sie geht zum Zimmer des Professors, sieht ihn eintreten, das Gewicht auf den Stock verlagert, ganz seriös, streng – im Jackett, mitten im Hochsommer – und diese Beine, die sich bewegen wie die eines kaputten Roboters.

Sind das alles Genies oder nur unglückliche Seelen, die ihre Qualen in Büchern ertränkt haben?

Er bemerkt die Menschenmenge vor seinem Büro.

Die Prüfung beginnt in einer Viertelstunde. Sartres Geist wird mir beistehen.

Kurioserweise fühlt sie sich weder aufgeregt noch nervös wie bei den bisherigen Prüfungen, diese Prüfung gehört ihr, sie hat alles verinnerlicht, sie kann sie beherrschen.

Nach all dem, was ich im letzten Monat durchgemacht habe, werde ich mich sicher nicht wegen einer Scheißprüfung aufregen.

Jemand schneidet ihr den Weg ab. Eine Wolke aus Marihuana, Sandelholz und indischem Stoff steigt ihr in die Nase. Sie schaut sich um. Der Freak packt sie am Arm.

»Mensch, du bist also doch noch am Leben!«

Du hättest mich wohl gerne tot gesehen, nicht wahr?

Sie zuckt mit den Schultern.

»Stella, du musst sofort deine Eltern anrufen.«

»Seit wann kümmerst du dich um meine Familie?«

»Bist du total übergeschnappt? Sie haben mich angerufen und gesagt, dass sie dich bei der Polizei als vermisst gemeldet haben!«

Was für Schwachköpfe.

»Was tust du denn, Stella? Lebst du etwa mit dem zusammen?«

Sie lacht.

Klar, Science-Fiction.

»Nein, Donato, ich bin zu Hause ausgezogen, meine Eltern haben alles herausgefunden, sie wollen mich in eine Entzugsklinik einweisen, ist 'ne Scheißsituation, Donato, ich wohne bei 'ner Freundin.«

»Stella, was soll das, willst du alles aufs Spiel setzen?«

Was weißt du schon? Und wer hat dich ermächtigt, mir 'ne Moralpredigt zu halten!?

»Ausgerechnet du! Seit zwei Jahren hängst du hier schon ab und hast noch nicht eine einzige Prüfung abgelegt.«

»Ich hau ab, morgen geht's los.«

Was machst du morgen?

Stella und Donato setzen sich auf die Bank gegenüber der Bibliothek.

»Ich bin nur hergekommen, um ein paar Bücher zurückzubringen, die Uni hab' ich abgebrochen.«

»Und was willst du machen?«

»Ich will nach Indien fliegen, die Welt entdecken. Hab' keinen Bock mehr auf diesen Mist: Das Leben in Bari beschränkt sich am Ende immer auf die Mädchen, die die Schlampen spielen, und die Jungs, die sie ficken; Partys, Feste; wer bist du und wer nicht, wem gehörst du, wie viele Drogen nimmst du, was für eine Figur machst du. Ich möchte sehen, was der Rest der Welt zu bieten hat. Ich bin quitt mit allen hier, ich bin auch dir nicht mehr böse, auch Marco nicht, im Gegenteil, jetzt, wo ich daran denke, war es vielleicht ein Fehler, ihn zu verprügeln, so ein dreckiger Wichser war meine Schläge gar nicht wert. Aber jetzt will ich raus aus dieser kleinlichen, dörflichen Welt und alles andere kennenlernen, Stella.« Er legt eine Hand auf Stellas nackte Schulter.

»Ich hoffe, deine Prüfung läuft gut, ich hoffe, du kannst deine Träume verwirklichen und wirst glücklich. Und dann ruf mal deine Eltern an, sonst sterben die vor Sorge.«

Ach, sie kümmern sich schon selbst darum, sich umzubringen.

»Kommst du mit in die Bibliothek?«, fragt er.

Meine Prüfung fängt gleich an.

In dem Moment geht ein Mädchen mit einer blauen Bluse und schulterlangem braunem Haar an Donato vorbei und grüßt.

Stella fühlt, wie ihr die Luft wegbleibt. Donato tritt einen Schritt zurück und öffnet dem Mädchen die Tür der Bibliothek.

Ich kenne sie: Sie ist diejenige vom Konzert bei der Technischen Hochschule, diejenige, die Marco geküsst hat, bevor er mit mir und seinem Arschloch von Freund abgehauen ist. Wenn ich mich richtig erinnere, ist sie auch die, mit der sich Marco beim Konzert der Misfits kurz unterhalten hat. So ein Bastard, er hat sie wirklich dort kennengelernt, während er mit mir herumgemacht hat.

Stella wendet den Kopf zu Donato zurück, versenkt ihren Blick in seinen warmen, kleinen, ausdrucksvollen Augen.

Ich muss die Prüfung bestehen.

»Na? Kommst du oder nicht?«, sagt er und zieht an ihrem Arm.

Ich will sterben.

»Eigentlich …«

Muss ich wirklich diese Bibliothek betreten?

Stella spielt mit der Schnur ihrer Tasche herum, rollt sie nervös zwischen den Fingerspitzen.

Soll ich den Raum der Wahrheit betreten? Soll ich ihr ins Gesicht sehen?

Eine heiße Wut, die ihr unter der Haut kitzelt, und Neugier, die in ihren Augen kreist, bringen sie schließlich dazu hineinzugehen.

Einmal eingetreten, schmeißt sie die Tür so heftig zu, dass alle sich umdrehen und sie angucken. Stella sieht hinab auf ihre Schuhe: kniehohe Militärstiefel, acht Zentimeter Plateausohle. Der Oberkörper: schwarzes ausgeschnittenes Top, kurz und enganliegend. Die Beine: Jeansshorts als Bedeckung der Pobacken, Nietengürtel und Kettchen.

Als sie aufschaut, stellt sie fest, dass der einzige freie Platz der neben dem Mädchen mit der blauen Bluse ist. Ihr Herz klopft. Sie schluckt. Geht.

Der Freak redet pausenlos mit Marcos Freundin. Nun, als sie sie genauer betrachtet, fällt ihr auf, dass sie auf ihre Art attraktiv ist. Sie hat ein Lehrerinnengesicht, sieht aber aus wie eine Sechzehnjährige und ist angezogen, als müsse sie gleich eine wissenschaftliche Konferenz abhalten: flache Turnschuhe, Bluse, Jeans, brav frisiertes glattes Haar, das hinter die Ohren gestrichen ist. Ihre Haut ist die eines jungen Mädchens, und sie riecht nach Schönheitscreme für empfindliche Haut. Ihre Lippen sind rosa, und sie hat einen Hauch rosafarbenen Lidschatten aufgelegt.

Sie ist so widerlich unverdorben.

Stella ist hingegen wie immer im Gothic-Stil geschminkt, die Augen von Kajal umrandet und nach ägyptischer Art ins Längliche gezogen.

Stella setzt sich hin, ohne auf jemanden zu achten. Sie schlägt Sartre auf und beginnt nervös, darin zu blättern. Sie lauscht, was Donato der Freundin von Marco erzählt.

»Wie heißt er denn?«

»Marco.«

Wer weiß, was sie zusammen machen. Vielleicht geht er mit ihr sogar ins Kino, ans Meer, in den Park, all die Sachen, die man normalerweise mit seiner Freundin macht.

»Nein, wirklich?«, fragt der Freak.

»Ja, warum? Kennst du ihn?«

Wer weiß, ob sie ficken, oder ob Marco nur mich fickt. Wer weiß, ob er zärtlich zu ihr ist, ein ganz anderer Mensch, genauso, wie ich mir wünsche, dass er zu mir ist.

»Ähm … ich glaube schon, kommt er aus Sarignano?«

»Ja.«

Was ist an diesem Mädchen so besonders? Marco liebt sie? Warum liebt er sie und nicht mich? Warum will er mit mir nur versautes Zeug machen?

»Dann ist es der, den ich meinte.«

»Seid ihr befreundet?«, fragt Marcos Freundin.

Vielleicht hat sie nicht sofort die Beine breitgemacht. Vielleicht liebt er sie, weil sie sich Respekt verschafft hat.

»Nein, nicht wirklich befreundet, aber ich kenne ihn sehr gut.«

»Warum? Kommt er auch zu den besetzten Häusern?«

Von mir denkt er nur, dass ich eine Hure bin, vielleicht widere ich ihn an.

»Besetzte Häuser, Raves ...«

»Komm, das glaub ich dir nicht ... so ist Marco nicht.«

Er sieht mich als versaute Nymphomanin, Drogenabhängige, böses Mädchen, eine, mit der man nur ficken und Drogen nehmen kann.

»Aber sicher, in manchem Umfeld ...«

»Willst du damit sagen, dass er Drogen nimmt?«

Wenn ich nur auch eine Frau wäre, eine echte Frau, wie alle Frauen, eine, bei der du nur mal dran riechen darfst. Eine, die aussieht wie eine Nonne und in ihrem Innersten krassere Fantasien versteckt als ich.

»Ja, Francesca, er nimmt Drogen und zwar jede Menge, aber nicht etwa Joints.«

»Was redest du da? Ich kenne ihn gut, wir treffen uns immer am Wochenende, am Samstag bleibt er bei mir, und dann geht er heim.«

Vielleicht genießt er es mit ihr viel mehr als mit mir. Vielleicht kriegt er mit ihr wirklich einen hoch. Vielleicht ist er eifersüchtig auf sie und reicht sie nicht an seine Freunde weiter, nur um die ein bisschen zu unterhalten.

»Ach Quatsch, der erzählt dir, dass er nach Hause geht, aber stattdessen bringt er dich nur nach Hause, feiert dann die Nacht durch und wer weiß, was noch.«

Verdammt, Donato, halt die Klappe!

»Stella«, ruft Donato, »hast du verstanden, wer sie ist?«

Nein, nein, ich bitte dich.

Stella steht auf.

»Wer?«

Gottverdammt, bitte zieh mich da nicht mit rein.

»Das ist Marcos Freundin.«

Stella dreht sich um. Die Augen des Mädchens sind entspannt, beinahe friedfertig. Stella hingegen schießt Pfeile aus ihren Augen. Der Händedruck lässt es ihr eiskalt den Rücken herunterlaufen.

»Francesca, freut mich.«

Vielleicht kümmert er sich um ihr Wohlbefinden, macht sich Sorgen, wenn etwas nicht stimmt. Vielleicht ist er mit ihr liebevoll, rücksichtsvoll.

Stella fährt zusammen. Sie würde ihr am liebsten die Haut mit den Zähnen abreißen und sie dann zwingen, sie zu verspeisen. Sie möchte sie hässlich sehen, krumm, verkrüppelt, stinkend. Sie möchte ihr die Fresse polieren und alle Zähne aus dem Maul schlagen.

Warum mit mir nicht?

Donato fährt sich mit den Fingerknöcheln über die rechte Wange, mit einer Miene, die so etwas sagt wie: Schauen wir mal, was die sich erzählen werden. Stella streckt ihren Hals in seine Richtung.

Rette mich, rette mich aus dieser schrecklichen Lage.

Sie hält den Zorn in ihrem Inneren zurück und stellt Francesca ein paar freundschaftliche Fragen.

»Was studierst du?«

Er kann alles tun, was er will, mich von jedem ficken lassen, vergewaltigen, versengen, aber nicht eine andere lieben, das kann er mir nicht antun.

»Archäologie, ich studiere mit Donato.«

Ich habe das nicht verdient.

»Du siehst aus, als wärst du eine gute Studentin.«

Was hab' ich so Dreckiges an mir?

»Wie wahr!«, mischt sich Donato ein, »Francesca ist die beste unseres Studiengangs.«

Stella greift Donatos Hand und streicht sich damit über ihren Hals, um die Schweißtröpfchen abzuwischen.

»Stella«, sagt Donato lächelnd, »was machst du da?«

Der Bibliothekar kommt und schickt alle drei vor die Tür, weil sie zu viel Lärm machen.

»Entschuldigt mich einen Augenblick«, sagt Francesca.

Sie entfernt sich, das Handy am Ohr. Stella starrt sie mit weit aufgerissenen Augen an. Sie hat das unangenehme Gefühl eines riesigen Vakuums in der Magengegend.

Rufst du ihn gerade an, oder was? Sag mir nicht, dass er sich bei dir meldet.

Francesca macht ein unglückliches Gesicht und kommt zu ihnen zurück, beim Laufen sind ihre Füße nach außen gerichtet wie Uhrzeiger auf zehn nach zehn.

»Es ist jetzt der dritte Tag«, sagt sie, »an dem ich ihn nicht erreiche, heute ist sein Handy sogar aus, ich verstehe das nicht, warum meldet er sich nicht?«

Donato lacht.

Ätsch, Nutte, Zeit, dass auch du von Marco im Stich gelassen wirst.

Stella nähert sich Francesca und streicht ihr mit den Händen übers Haar, obwohl sie sie am liebsten erwürgen würde.

»Es tut mir leid, Süße, es tut mir sehr leid. Männer sind so, sie sind Arschlöcher, manchmal melden sie sich einfach nicht. Du kannst nie genau wissen, was für andere Geschichten noch bei ihnen laufen …«

Donato grinst sie an, macht sich über die beiden lustig. Francesca erstarrt, ein Ausdruck von Angst in den Augen, als ob jemand sie mit einem Stein aus einem langen Traum erweckt hätte.

»Warum? Was für andere Geschichten hat Marco am Laufen?«, fragt Francesca an Donato gewandt.

Er zuckt mit den Achseln, lacht hysterisch.

»Woher soll ich das wissen, bin ich etwa sein Gewissen?«

Donato und Stella fordern sich mit den Augen heraus, ihr Blick ist wie unter Strom.

»Francesca, hör mir zu«, sagt er, »verlasse ihn jetzt, wo es gerade noch rechtzeitig ist.«

Ich will nichts mehr von ihm hören, dieser Wurm ist zum Nabel der Welt geworden.

Stellas Augen kreuzen die von Francesca. Panik.

Genug.

Stella dreht sich um, läuft den Flur hinunter davon. Alle drehen sich um.

Jetzt hab' ich wegen dieser kleinen Nutte die Prüfung versäumt.

Die Rippen knirschen vor Schmerz, und ihre Achseln sind schweißgefleckt, aber sie hält nicht an, rennt die Treppe hinunter in den Hof, rennt bis zum Ausgang der Universität. Dann bleibt sie stehen.

Scheiße, der Prof.

Er dreht sich um, noch immer schwebt das Bein einen Zentimeter über dem Boden, er sieht sie, erkennt sie, zieht die weißen Augenbrauen hoch.

Schauen Sie mich nicht so an.

Wenn sie vor ihm steht, überkommt sie plötzlich ein beschissenes Gefühl. Sie kennt das, hatte es oft, auch bei ihren ersten Begegnungen.

Ich will mich in Luft auflösen.

Ihr bleiben zwei Möglichkeiten: so tun, als ob nichts wäre, weitergehen, den Zug nehmen und zu Lory fahren. Oder: ihm die Wahrheit sagen.

Ich schaffe es nicht.

Er starrt sie weiter an, auf eine Weise, die einem externen Beobachter vielleicht lüstern erscheinen würde, die Stella aber nur als Verachtung empfindet.

Im Grunde ist er ein fairer Mann, wenn ich ehrlich zu ihm bin, wird er mich verstehen.

»Herr Professor«, beginnt sie und erntet einen strengen Blick, der ihr zu verstehen gibt, wie sehr ihn diese Begegnung nervt.

»Entschuldigen Sie mich, ich war heute für die Prüfung hier, aber wegen einer Reihe unangenehmer Zufälle konnte ich nicht rechtzeitig kommen. Ich wollte nur fragen, ob es einen Prüfungstermin im nächsten Semester gibt?«

Der Professor kommt so nah an Stella heran, dass sie seinen Geruch wahrnehmen kann, derselbe, den sie beim ersten Mal in seinem Büro gerochen hat, ein Geruch von alten, tausendmal durchblätterten Büchern. Er mustert sie von oben bis unten. Sein Blick bleibt auf Höhe von Stellas Brüsten hängen.

»Junge Dame«, sagt er, »es ist ja nicht so, dass alle die Universität besuchen müssen. Wenn Sie kein Talent für ein Philosophiestudium haben, sollten Sie sich nicht zwingen, meine Vorlesungen zu besuchen und die Prüfungen zu bestehen. Wahrscheinlich neigen Sie eher zu weniger spekulativen Tätigkeiten.«

Rät er mir grade, auf den Strich zu gehen?

Der Professor dreht sich um und geht weg. Sie sieht ihm nach, wie er sich jenseits des Eingangs der Universität entfernt.

Diese Drecksuni kann mich mal.

Stella tritt mit dem Fuß gegen eine Bierflasche auf dem Boden, zündet sich eine Zigarette an und macht sich auf den Weg zum Bahnhof.

DER KELLER

»Bist du online?«

»Marco, was willst du?«

»Störe ich?«

»Was zum Teufel willst du?«

»Lange nichts von dir gehört …«

»Genau!«

»Schade …«

»Hör zu, Marco, ich weiß, dass du mit einem Mädchen zusammen bist, stell dir vor, ich weiß sogar, wer es ist, sie ist im selben Kurs wie mein Ex.«

»Ich bin also mit einem Mädchen zusammen, sagst du. Komisch, ich dachte, du würdest mich besser kennen.«

»Ja, ich dachte auch, ich würde dich kennen.«

»Stella, es ist nicht so, wie du denkst …«

»Glaubst du echt, du kannst mich ewig verarschen? Glaubst du wirklich, dass ich hier auf dich warte, um diese sinnlose Sexbeziehung fortzusetzen?«

»Stella, hör mir gut zu, du bedeutest mir viel mehr als Sex.«

Stimmt, du lässt mich auch für dich arbeiten.

»Marco, fick dich!«

»Warte, geh nicht weg …«

»Was willst du noch?«

»Ich möchte mit dir zusammen sein.«

Stella, lass dich nicht von seinen Worten verarschen.

»Ich nicht.«

»Hey, jetzt warte mal, wirklich jetzt, ich will nur ein bisschen Zeit mit dir verbringen, einfach so, keine Ahnung, wir trinken ein Bier, unterhalten uns ein bisschen.«

Nein. Lass ihn abblitzen.

»Wann?«

»Wann es dir passt.«

Verdammt nochmal, gib nicht nach.

»Ich weiß nicht, wann ich Zeit habe, ich bin zu Hause bei Lory, und sie und Alberto möchten dich am liebsten umbringen.«

»Und wenn ich dir sage, dass ich in Castel di Travia bin?«

Nein, so nicht, das ist nicht fair.

»Was machst du denn in Castel di Travia?«

»Ich versuche gerade, diese beschissene Geschichte zu klären, wegen der Lory und Alberto mich hassen.«

»In Ordnung, komm hier vorbei, und wir trinken ein Bier, verdammt.«

Gratuliere, du dumme Kuh.

»Hör mal, ich bin grade bei Freunden, könntest du nicht hierherkommen? Es ist ein graues Gebäude im Gewerbegebiet.«

Was für ein dreistes Arschloch.

»Gut, Marco, ich kann locker darauf verzichten, dich zu sehen, also mach's gut.«

»Nein, alles klar, warte, dann komm ich, ok? Ich bin in fünf Minuten da. Warte vor der Bar auf mich, die an der Ecke vor Lorys Haus.«

»Ja, klar. Zwei Stunden also.«

»Nein, echt. Ich beeil mich. Bin unterwegs. Kuss.«

Marco hat die Unterhaltung verlassen.

Bin unterwegs. Kuss. Ich möchte mit dir zusammen sein. Ist er verrückt geworden?

Stella steht auf und huscht in Lorys Zimmer, die gerade Alberto im Krankenhaus besucht.

Ich muss makellos sein, damit er bereut, mich verloren zu haben.

Sie sucht ihre Kleidung mit größter Sorgfalt aus: Ein kirschrotes Mini-Kleid, das ihr gerade bis über den Hintern reicht, ein Paar rote Sandalen mit Absatz, eine v-förmige Halskette, die dort endet, wo der Schlitz zwischen den Brüsten beginnt, ein Paar silberne Armbänder, schwarzes Make-up für die Augen und etwas Rouge. Kaum hat sie sich geschminkt, bekommt sie schon eine SMS von Marco:

»Amore, ich bin da, kommst du runter?«

Stella spürt, wie sich eine Kralle mitten in ihren Brustkorb gräbt.

Amore?

Sie greift das Nötigste im Vorbeigehen: Zigaretten, Geld, Handy, ein schwarzes Sweatshirt. Sie hastet in den Treppenflur, der Aufzug ist besetzt, drückt wiederholt auf den Knopf und eilt dann doch die Treppen herunter.

Ich habe mich nicht gekämmt, ich sehe bestimmt wie eine Hexe aus.

Sie fährt sich mit den Händen durchs Haar, um zu beheben, was zu beheben ist. Sie öffnet die Tür, nähert sich langsam der Bar, schaut sich nach dem Ford Fiesta um. Er parkt auf der gegenüberliegenden Seite. Sie geht darauf zu, versucht, einen Blick ins Innere zu erhaschen. Marco sitzt da, den Arm aus dem Fenster hängend, zwischen den Fingern eine Zigarette, die sich langsam aufbraucht. Stella stellt sich vor das Seitenfenster.

»Steig ein.« Er lächelt.

Sie öffnet die Tür und steigt ein. Marco schiebt die Ray Ban etwas herunter, begrüßt sie und küsst sie auf den Mund. Stella ist wie versteinert.

»'ne Zigarette?«, fragt er und reicht ihr die Packung hinüber. Sie nimmt sie, betrachtet aus den Augenwinkeln seinen Kopf, und er erscheint ihr auf einmal wie ein Stachelschwein.

»Hast du 'ne neue Frisur?«

»Ja, gefällt's dir?«

Du siehst aus wie ein dämlicher Prolet.

»Toller Style.«

Marco legt den Gang ein und fährt los. Sein Unterkiefer schiebt sich ruhelos nach links und rechts, seine Zähne klappern.

Du hast dir ordentlich was reingezogen, nicht?

»Wir fahren jetzt zu meinen Freunden.«

Wie jetzt, wollten wir uns nicht unterhalten?

»Um was zu machen?«, fragt sie.

»Ach nichts, ich lade dich zu 'ner Line Koks ein, hast du Lust?«

Ich habe mich nicht mit dir getroffen, um Koks zu nehmen.

Sie nickt. Das Auto reiht sich in den Verkehr ein, dann biegen sie in eine Nebenstraße ab. Marco legt die Hand auf Stellas Oberschenkel.

»Was für ein schönes Kleidchen!«, sagt er.

Sie spürt ein Kribbeln auf ihren Beinen.

»Also, was ist das für eine Geschichte, dass du jetzt eine Freundin hast?«

Er fummelt an seiner Ray Ban herum.

»Ich bin mit niemandem zusammen, du weißt doch, dass ich ein freier Geist bin.«

»Liebst du sie?«

Marco schiebt seine Ray Ban herunter, schaut darüber hinweg zu Stella und fixiert sie mit seinen Augen.

»Ich liebe nur die, die wirklich durchgeknallt sind.«

So wie ich?

Inzwischen durchfahren sie einen dunklen, abgelegenen Teil des Gewerbegebiets. Es gibt keinen Verkehr. Eine Bahnschranke trennt die zwei Viertel voneinander. Marco findet sofort einen Parkplatz. Sie steigen aus.

Wo zur Hölle bringt er mich hin?

Der Lärm eines vorbeifahrenden Zuges dringt ihr ins Trommelfell, es riecht ländlich. Graue Gebäude und Hallen. Stella hat ein Loch im Bauch.

Ich habe kein gutes Gefühl.

Marcos Unterkiefer mahlt unaufhörlich, er geht zügig in schnellen Schritten los und lässt das Mädchen hinter sich zurück.

»Marco, warte auf mich!«

Er bleibt stehen. Stella hält ihn an der Schulter fest.

»Hey, sag mir jetzt, wo wir hingehen! Wenn das wieder einer deiner verdammten Tricks ist ...«

Marco nimmt seine Sonnenbrille ab, wirft ihr einen eiskalten Blick zu.

»Ich lade dich zu dem Stoff ein, auf den du so abfährst, wenn du nicht willst, kannst du auch gern wieder gehen.«

Sieh mal einer an, da spricht wieder der alte Dreckskerl.

Stella läuft schneller, hält mit Marco Schritt. Er hantiert mit seinem Handy herum. Die beiden halten vor einem schwarzgerahmten gläsernen Tor. Marcos Handydisplay leuchtet auf, und das Tor öffnet sich. Sie treten in einen heruntergekommenen Raum, die Wände sind bemalt, besprüht und von Rissen durchzogen. Drinnen riecht es nach Urin wie in manchen Ecken im Club Lamione, nur dass hier Leute wohnen. Es gibt eine Treppe, die nach oben, und eine, die nach unten führt, und sie sind beide nicht mehr ganz intakt.

Irre ich mich, oder gab es hier gerade eine Nuklearexplosion? Was für ein Teufelsloch ist das?

Sie sagt kein Wort. Er deutet auf die Treppe, die nach unten führt.

Die Rückkehr in die Hölle. Fehlt nur noch, dass mir Sabino, der Fixer, begegnet.

Das Geräusch eines sich öffnenden Rollladens. Dahinter erscheinen vier Tischbeine und sechs Menschenbeine. Marco und Stella treten ein und der Rollladen fährt wieder herunter. Es riecht nach Natron.

Eingeschlossen.

Für eine Garage ist es ziemlich groß. In der Mitte steht ein antiker Holztisch, drei üble Typen, alle mit Sonnenbrillen, lassen zwei Flaschen kreisen, aus denen Rauch steigt: ein Junge mit der Visage eines Trottels; ein magerer und vernarbter Typ, der wie ein Dorfbauer aussieht; an der Stirnseite des Tisches ein Typ, den Stella schon einmal gesehen hat.

Der Typ, der Marco und Carla bei den Bullen aus der Klemme geholfen hat, der, den er als seinen Vater ausgibt. Und der Alberto so zugerichtet hat. Gut, wirklich gut, großartige Gesellschaft.

»Hi«, sagt Marco, »das ist Stella, erinnerst du dich an sie?«

»Ist das die Freundin?«, fragt der Glatzkopf zwinkernd.

»Ja«, antwortet Marco, »meine beste Freundin.«

Den Satz habe ich doch schon mal gehört.

»Herzlich willkommen«, sagt der Glatzkopf, »macht es euch bequem.« Seine Stimme ist rau und kratzig, sonst sieht er aus wie beim letzten Mal: kahlköpfig, mit solariumgebräunter Haut, so fett wie der Sessel, in dem er sitzt, ein weißes Hemd, aus dem ein paar schwarze Brusthaare herausragen, eine schwarze Anzughose und ein Paar schwarzgelackter Schuhe.

Die Luft ist feucht und muffig.

Ein Bunker.

Abgesehen von dem Tisch, den braunen Sesseln und den Pokerkarten ist der Raum leer. Es gibt keine Poster, nichts an den Wänden außer den Rissen.

Sind das ihre Geschäftsräume? Wirklich wunderbar.

Marco bietet ihr den einzigen intakten Stuhl an. Er setzt sich in einen Sessel, von dem Stücke herunterfallen. Er lässt sich einen Streifen Alufolie und ein Tütchen geben. Er nimmt das Koks aus dem Tütchen und mischt es auf der Alufolie mit dem Natron. Er wickelt ein anderes Stück Alufolie um den Hals einer Plastikflasche, in der auf halber Höhe ein Strohhalm steckt, durchlöchert die Folie mit seinem Schlüssel, gibt das Gemisch dazu und zündet an.

Dieser Ort macht mir Angst, im Vergleich dazu ist Sabinos Wohnung eine Königssuite.

Marco gibt die Flasche an Stella weiter.

»Du musst am Strohhalm ziehen, das weißt du, oder?«

»Nee, eigentlich nicht.«

»Hast du noch nie Crack geraucht?«, fragt Marco.

»Nein.«

Der Glatzkopf und der Magere grinsen.

»Ist das dein erstes Mal?«, fragt der Glatzkopf.

Was gibt es da zu lachen, vedammtnochmal! Es ist das erste Mal, dass ich Crack rauche, ist das so schlimm. Jetzt werde ich das Versäumte nachholen.

Der Junge hebt den Kopf, den er auf seine Hand gestützt hatte, er scheint Stella anzuschauen, auch wenn sie seinen Blick nicht genau lokalisieren kann, mit diesen dunklen Gläsern, die seine Augen verdecken.

»Alte, willste platzen?«, sagt der Junge.

Kümmer dich um deinen eigenen Dreck. Idiot.

Stella fällt auf, dass der Junge ganz anders gekleidet ist als die Erwachsenen, mit seinem übergroßen Kapuzenpullover, dazu die Haare abrasiert bis auf ein paar Dreadlocks am Hinterkopf, außerdem hat er Lippen- und Nasenpiercings. Er sieht ganz so aus, als hätten ihm die Drogen das Hirn weggepustet.

Marco erklärt Stella, wie sie die Flasche halten soll.

Nur Crack hat noch gefehlt. Danke dir, Marco, ich muss dir wirklich am Herzen liegen.

Sie folgt seinen Erklärungen angespannt, als müsse sie ein Examen zum Thema »Wie rauche ich Crack aus einer Flasche« ablegen. Er hält die Flasche für sie fest, nimmt das Feuerzeug und zündet die Spitze des Aluminiums an, das zu rauchen beginnt.

»Jetzt ziehen!«

Stella drückt die Lippen fest um den Strohhalm und zieht so stark sie kann. Ein Erstickungsgefühl überkommt sie, und sie gibt mit einem Handzeichen zu verstehen, dass es genug ist.

»Jetzt halte es in der Lunge«, sagt Marco.

Sie versucht, die Luft anzuhalten, spürt einen Widerstand im Rachen, so als würde ihr etwas quer im Hals liegen. Schließlich muss sie husten, Rauchwölkchen fliegen stoßweise aus ihrem Mund, begleitet von allgemeinem Gelächter.

Moment, seid ihr etwa hier, um mich zu bewerten?

»Kommt schon, Jungs«, sagt Marco, »lacht sie nicht aus, es ist ihr erstes Mal.«

Der Glatzkopf nimmt ein paar Züge von der Flasche und gibt sie an den Mageren weiter, nimmt die Pokerkarten und mischt.

»Spielen wir 'ne Runde.«

Die Karten bedeuten nichts Gutes.

Marco, der Glatzkopf, der Magere und der hirnverbrannte Junge beginnen das Spiel. Ab und zu unterbrechen sie, um ein paar Züge von der Flasche zu nehmen, Stella zieht ebenfalls und schweigt, allein.

Wenn du nur herkommen wolltest, um Crack-Poker zu spielen, hättest du es mir sagen können, dann wäre ich zu Hause geblieben.

Allein. In der Ecke. Während sie lachen, sich unterhalten und spielen. Allein. Ihr Magen beginnt zu rumoren. Nach dem zehnten Zug erscheint ihr die Garage immer mehr wie eine Gefängniszelle. Die Risse in der Wand, der Geruch nach verbranntem Natron, die Dunkelheit und das Fehlen jeglicher Fenster, alles verstärkt das Gefühl des Eingeschlossenseins. Langsam geht es ihr schlechter. Ihre Lunge scheint blockiert, als würde sich ein Asthmaanfall ankündigen.

Ich will hier raus.

Sie versucht, noch etwas durchzuhalten. Die anderen spielen weiter. Die anderen ziehen an der Flasche. Die anderen lachen. Marco wirft ihr nicht mal einen halben Blick zu.

»Ich kriege keine Luft mehr!«, sagt Stella plötzlich.

Marco dreht sich zu ihr um, klopft ihr auf die Schulter. Er lacht mit seinen schiefen, kaputten Zähnen.

»Hör auf, du hast zu viel genommen.« Und schon dreht er sich zum Tisch zurück und setzt das Spiel fort.

»Ein Jammerlappen, deine Freundin«, sagt der Glatzkopf.

Marco lacht.

Deine Mutter ist ein Jammerlappen. Ich kriege keine Luft mehr, ich muss hier raus.

Marco bittet die anderen, ihn zu entschuldigen. Er entfernt sich, das Handy in der Hand.

»Wie bitte … nein … jetzt … bin unterwegs!« Er steckt das Telefon in die Tasche zurück.

Stella atmet erleichtert auf.

Endlich verlassen wir diese Jauchegrube.

»Leute«, sagt er, »entschuldigt mich, mir ist was dazwischengekommen, ich muss schnell nach Sarignano.«

Stella will schon aufstehen.

»Bringt ihr Stella nach Hause?«, fragt er, schaut zum Glatzkopf und richtet seine Ray Ban.

Der Glatzkopf fletscht die Zähne zu einem Grinsen. Stella sieht die beiden Goldzähne.

»Natürlich.«

Was zum Teufel hat er vor?

»Marco!« Sie steht auf.

»Amore, verzeih mir, aber du kannst das nicht verstehen, es ist was passiert, ich muss … mach dir keine Sorgen, das sind enge Freunde von mir, sie bringen dich nach Hause.«

Das kann er mir nicht antun.

»Marco!« Sie geht ihm hinterher, während der Rollladen hochfährt. »Warte, ich komme mit! Lass mich einfach auf der Straße raus. Du musst mich nicht bis nach Hause bringen. Bitte!«

»Stella, es ist drei Uhr nachts, wo soll ich dich denn rauslassen? Warte auf meine Freunde, ich habe dir doch gesagt, dass sie dich mitnehmen.«

Ja, wahrscheinlich bringen sie mich direkt ins Krankenhaus, in das Bett neben Albertos.

Marco verschwindet hinter dem Rollladen, Stella erstarrt. Der Rollladen fährt wieder herunter.

»So, Mädchen«, sagt der Glatzkopf, »was für ein Spiel wollen wir spielen?«

»Was für ein Spiel wollen wir spielen«, echot der Magere.

Völkerball: Der Erste, der mich berührt, kriegt Ärger.

Stellas Blick schweift von einem zum nächsten: der Magere mit seinen pustelähnlichen Eiterpickeln, dann der blasse Junge, dessen Piercings größer sind als sein Gesicht, der Glatzkopf mit seinen Schweißflecken unter den Achseln, von denen ein Gestank nach schimmligem Lauch und Natron ausgeht. Stella mustert ihre verfaulten Münder, ihre Zähne, übler Mundgeruch steigt ihr in die Nase.

Sie beschaut ihre Hände. Die des Glatzkopfs sind fleischig und haarig, die des Mageren sind blechern knochig, die des Jungen blass und verschwitzt. Die Krallen bohren sich in ihren Bauch. Mit einem Mal ist ihr alles klar.

Ich muss versuchen, das Heft in die Hand zu nehmen.

»Ich schlage vor, wir spielen das Spiel, dass ihr mich zu Alberto nach Hause fahrt«, sagt sie, ohne wirklich zu glauben, dass sie das machen werden.

»Alberto wer? Etwa dieser Dreckskerl?«, fragt der Glatzkopf. »Was meint ihr«, fragt er in die Runde, indem er eine Mädchenstimme imitiert, »bringen wir sie nach Hause zu Alberto?«

Stimmt, verdammt, Albertos Wohnung zu erwähnen, war kein guter Schachzug.

Sie lachen, sie lachen wie Hyänen. Grinsen. Der Glatzkopf nimmt die Sonnenbrille ab und nähert sich Stella.

»Zeig uns doch mal dein schönes Kleidchen hier«, sagt er, während er ihr über das Bein streichelt.

Ich musste mir ja auch noch mein bestes Kleid anziehen, ich bin echt ein Genie.

Stella spürt, wie ihr die Adern gefrieren.

Nimm deine dreckigen Hände von meinem Bein!

Sie fasst die Hand des Glatzkopfs und stößt sie kraftvoll weg. Die anderen beiden kommen auf sie zu. Der Magere schiebt ihr eine Hand zwischen die Brüste.

»Reißen wir ihr das Kleidchen vom Leib?«, fragt er die anderen beiden. Die grinsen.

Sie spürt diese Knochen unter ihrem Kleid hinabklettern, den fauligen Mundgeruch aus Natron und Fisch.

Ich muss die Situation in den Griff bekommen.

Der Glatzkopf knöpft sich das Hemd auf, Stella sieht, wie seine Speckrollen um die Hüften wabbeln.

»Ok, ok, in Ordnung«, sagt sie, »ich habe verstanden. Jetzt amüsieren wir uns alle, ja? Wir ziehen noch eine Flasche, und dann zieh' ich mir das Kleid selbst aus. Seid ihr einverstanden?«

»Großartige Idee«, sagt der Junge.

»Halt die Klappe«, erwidert der Magere, »du kannst höchstens danke sagen, dass du hier dabei sein darfst.«

»Leute, lassen wir unsere Miss hier entscheiden«, sagt der Glatzkopf, »noch eine Flasche? Also gut, noch eine Flasche. Aber, Stella, du rauchst sie ohne Kleid. Bist du einverstanden?«

Du musst machen, was sie sagen, du lässt sie abspritzen, und die Sache ist vorbei.

»Okay.«

Stella streift ihr rotes Kleid ab, spürt, wie der Stoff über ihre Haut gleitet. Schauer überkommen sie, aber es sind keine des Glücks. Alles was sie noch anhat, ist ein roter Spitzentanga und ein BH, der ihre Brüste so zusammenschnürt, als wären es zwei runde Melonen. Der Glatzkopf leckt sich über die Lippen. »Komm, Stella, setz dich hierhin«, sagt er, während er den Stoff mischt. Sie rückt ihren Stuhl näher zu ihm heran. »Nein«, sagt er und zeigt auf seinen Schoß, »hierhin.«

Wunderbar, genau das habe ich mir vorgestellt, ich hoffe nur, dass ich dich direkt vollkotze.

Stella schluckt. Ekel kommt ihr den Rachen hoch wie der Geschmack einer bitteren Pille.

Wie es aussieht, wird es doch nicht so schnell vorbeigehen, wie ich gedacht habe.

Sie senkt den Kopf und setzt sich auf die Lehne des Sessels, in dem der Glatzkopf sitzt. Sein Schweißgeruch dringt in ihre Nase. Die anderen beiden kommen auf sie zu und beginnen, ihre Brüste zu kneten.

Mir ist schon klar, dass ihr zwei Drecksklumpen lange keine Frau angefasst habt, aber langsam, langsam.

»Finger weg«, sagt der Glatzkopf, »lasst sie in Ruhe rauchen.«

Oh, wie nett von ihm, er verteidigt mich sogar.

Er fasst sie um die Hüften und zieht sie zu sich heran. Sie spürt den schweißfeuchten Bund der Hose und wie der harte Schwanz dieser Bestie gegen ihren Steiß drückt.

»Hier, Miss«, sagt er und reicht ihr die Flasche, »du darfst anfangen.«

Ich muss mich so zudröhnen wie noch nie zuvor, bis ich mich vollkommen vergesse. Und morgen erinnere ich mich an nichts.

Stella umschließt den Strohhalm mit den Lippen. Der Glatzkopf öffnet ihren BH. Sie presst die Augen zusammen.

»Deine Lippen sind echt fürs Blasen gemacht«, sagt der Magere und schiebt sich eine Hand in die Hose. »Du gibst doch Blow-Jobs, oder? Und bist du gut darin.«

Für dich würde ich es richtig gut machen und dir die Eier gleich mit abreißen.

Auch der Junge knöpft sich die Hose auf. Stella ignoriert die beiden. Der Glatzkopf hält das Feuerzeug oben an die Flasche, Stella inhaliert. Der Rauch schießt ihr in die Lunge, der animalische Schweißgeruch dringt in ihre Nasenflügel, und die feuchten Speckrollen drücken ihr ins Kreuz. Sie will kotzen.

»Rauch, so viel du willst«, sagt der Glatzkopf und legt seine Hand auf ihre Brust.

Gott, wie ekelhaft.

Der Magere zieht seinen Schwanz raus und nähert sich damit Stellas Brust. Sie spürt diese warmen, rauen Hände, die ihre Brüste kneten und seine feuchte Eichel auf ihrer Brustwarze.

Ich muss das Zeug inhalieren. Ich muss mich zuballern. Ich muss mich von allem lösen.

Stella zieht so stark sie kann. Die Hand des Glatzkopfs geht ihr unter den Slip. Stella bewegt sich nicht. Schockstarre. Seine behaarten, stachligen Hände streichen über die glatte Haut ihrer Scham.

»Ah«, grinst der Glatzkopf, »du bist rasiert.«

Nein, weißt du, eigentlich bin ich ein Albino.

Der Magere und der Junge stoßen ihre Schwänze gegen Stellas Brüste, holen sich einen runter und bohren dabei die Eichel in Stellas Haut.

Das letzte Mal, dass ihr eure Schwänze gewaschen habt, war wohl zu eurem fünften Geburtstag.

Der Schwanz des Glatzkopfs drückt durch die Unterhose, sie spürt, wie er feuchter wird und ihr den Arsch beschmiert.

Ich will verrecken, Gott, warum lässt du mich nicht verrecken. Ich pumpe mich mit Drogen voll, warum verrecke ich nicht.

Die Flasche ist leer. »Oh, du bist unersättlich«, sagt der Junge, während er ihr den Schwanz gegen die rechte Brust drückt.

»Jetzt werden wir dich bestrafen«, sagt der Magere.

Noch mehr als jetzt ist, glaube ich, nicht möglich.

Der Glatzkopf steckt seinen fleischigen Finger in Stellas Vagina.

Ich habe mich geirrt.

Es tut weh, sie ist nicht feucht, und ihre Vagina ist verschlossen. Es ekelt sie, diesen Fremdkörper in ihren Körper eindringen zu fühlen. Es tut höllisch weh.

Wie wird es erst sein, wenn sie dir ihre Schwänze reinschieben.

Der Glatzkopf gibt Stella einen Klaps auf den Arsch und sorgt dafür, dass sie sich hinstellt.

Er zieht sich die Hose und Unterhose herunter und nimmt seinen Schwanz in die Hand. Ein starker Fischgeruch breitet sich aus, und dieses braune, von Adern durchzogene Ding sieht für Stella aus wie eine vergammelte Wurst.

»Jetzt lutsch ein bisschen hier dran«, sagt der Glatzkopf.

Es geht nicht, es ist einfach zu widerlich.

Ihr Herz rast wie wahnsinnig, der Brechreiz ist übermächtig, und ihr Magen sticht. Die Krallen haben ihr den Bauch zerschlitzt und bohren sich nun die Speiseröhre hinauf. Der Glatzkopf fasst sie an den Haaren und lässt ihre Lippen gegen seinen Schwanz schlagen. Die anderen beiden wichsen jetzt schneller und schaben mit ihren Schwänze über ihren Rücken. Der Magere zieht ihr den Tanga herunter und wichst über ihrem Arsch. Stella öffnet den Mund, und der Gestank steigt ihr bis ins Hirn. Der Glatzkopf schiebt ihr seinen Schwanz bis zum Rachen hinein. Stella ist kurz davor, keine Luft mehr zu bekommen, aber er drückt ihn noch weiter hinein. Sie kotzt. Und er drückt weiter seinen Schwanz in ihren Rachen: »Du saust mir den ganzen Schwanz ein, Schlampe.«

Sie spürt etwas Hartes an ihrem Anus. Sie ist von Kotze verschmiert. Oder Wichse. Sie kann es nicht mehr genau sagen. Ein starker Schmerz. Sie schließt die Augen, schreit, sie versucht, an irgendetwas anderes zu denken.

Denk an das Meer, Stella, denk an die Wellen des Meeres.

Denk an die Wellen. Zähl sie.

Zähl die Wellen, Stella, zähl die Wellen.

Eins, zwei, drei …

DER ZUSAMMENBRUCH

Stella tritt aus der Garage des Glatzkopfs, gekrümmt vor Schmerzen. Inzwischen kann sie nicht mehr unterscheiden, welche Körperteile Schläge und Verletzungen erlitten haben und welche nicht.

Wo soll ich in diesem Zustand jetzt hin?

Sie legt die Hand auf die raue, kalte Maueroberfläche und stützt sich daran ab. Mit der anderen Hand hält sie sich die Rippen. Ihr Kleid ist zerrissen und voller Sperma, das schwarze Make-up ist von den Augen über die Wangen verschmiert, die Haare sind zerzaust und verknotet, der Pony hängt an der Seite herab.

Bestimmt sehe ich aus wie eine Hure nach Feierabend.

Sie sieht ein Auto mit laufendem Motor wenige Meter entfernt, ein schwarzer Fiat Panda mit lauter Punk-Aufklebern. Sie geht, sich an der Wand entlanghangelnd, in Richtung des Panda.

Hoffentlich fährt er nicht vorher los.

»Hey«, schreit sie, »entschuldige …«

Ein Kopf ragt aus dem Seitenfenster, der ihr nicht neu ist. Eine Mütze voller Broschen, ausgehöhlte Wangen, überall Piercings, die Figur eines Skeletts.

Sabino, der Fixer.

»Sabino.«

»Ste … Stella?«, fragt Sabino verwundert.

Sabino kommt auf sie zu, Stella legt ihren Finger auf die Lippen, um ihm zu bedeuten: Sabino, sei still, sag nichts.

Als er bei ihr ist, mustert er sie von oben bis unten. Sein Blick fragt: Was zum Teufel ist mit dir passiert? Wer hat dich so zugerichtet? Aber er sagt nichts.

»Was machst du?«, fragt sie mit heiserer und rauer Stimme.

»Ich bin gestern hergekommen, um den Stoff abzuholen, aber dann bin ich im Auto eingeschlafen.«

Stella senkt die Augen, um ihre Bestürzung zu verbergen.

Der dreckige Bastard verkauft also sogar Heroin.

»Ich hab' diese Party gesucht, hier in der Nähe, ich wollte eigentlich gestern Nacht dahin gehen, aber dann …«

Ich nehme an, du warst so dicht, dass du mit der Spritze im Arm eingepennt bist, nicht wahr, Sabino?

»Verstehe,« sagt sie, »und was hast du jetzt vor?«

»Dann gehe ich eben jetzt auf die Party, wen juckt's, die geht sowieso drei Tage, willst du mit?«

Klar, so, wie ich aussehe, kann ich nirgends hin.

»Keine Ahnung.«

»Ich leihe dir meine Jeans und ein frisches T-Shirt.«

Frisch ist ein großes Wort, fehlt nur noch, dass ich die Sachen von Sabino, dem Fixer, anziehe.

Stella schaut an sich hinab: alles Dreck. Sie schaut hinauf zum Himmel, zieht ein bisschen Nasenschleim hoch.

Was soll mir noch passieren?

»Sabino, weißt du was? Ich komm mit auf die Party.«

Stella steigt ein, schiebt mit dem Fuß eine gebrauchte Spritze beiseite, Sabino gibt ihr eine breite, am Knie zerrissene Jeans, ein kurzärmeliges T-Shirt mit dem Logo der Exploited (ein Schädel mit Irokese) darauf. Er wartet, bis sie fertig ist, dann steigt er ein und fährt los.

Das Auto ist abgesoffen.

Das kann ja heiter werden!

»Keine Sorge, die Kiste braucht immer ein bisschen Zeit, um loszufahren, aber dann geht sie ab wie eine Rakete.«

Wenn du das sagst.

Sie nutzt die Gelegenheit, um das Make-up aufzufrischen und die Haare etwas zurechtzumachen. Sie betrachtet ihre Kleidung.

Von der Nutte zur Punkabbestia, was für eine Wende.

Endlich fährt das Auto los, ruckt vor und zurück, schüttelt sie durch. Stella beobachtet Sabinos Augen, die sich, wenn er drauf ist, unabhängig voneinander bewegen.

Er ist drauf.

Von irgendwoher kommt dieser ranzige Mozzarellageruch, aber sie weiß nicht, ob es vom Auto oder von seinen Klamotten herrührt.

»Wolltest du allein auf die Party gehen?«, fragt sie und blickt in die Weingärten, die gerade am Fenster vorbeischießen. Sie schluckt den Kotzgeschmack herunter, der ihr noch immer im Mund liegt.

»Bin immer allein.«

»Und deine Freunde von der Piazza Umberto?«

»Was für Freunde? Die würden dir sogar die Unterhose klauen, um eine Dosis zu kaufen.«

Warum? Du nicht?

»Scheißleute mit verbranntem Gehirn«, sagt er. Stella schluckt.

Du dagegen bist ein echter Gentleman.

»Sabino, an meinen Geburtstag hattest du mir was versprochen, erinnerst du dich?«

»Ehrlich gesagt, nein.«

»Du hast mir gesagt, du würdest auf die Party gehen, um deine Deals zu erledigen, und ich bekäme alles umsonst, alles, was ich will, das hast du gesagt …«

Er betastet sich die Jeans, holt ein weißes Tütchen und reicht es Stella.

»Such mal eine CD-Hülle und leg zwei Lines.«

»Was ist das?«

»Nexus, neues Zeug.«

Aber ja, mir ist sowieso alles komplett scheißegal, was soll mir noch passieren?

Stella legt die Lines, Sabino zeigt mit dem Finger auf das Röhrchen. Sie zieht zuerst, dann er, beim Fahren.

Sie erreichen den Ort, der eine Art verfallener Turm mitten auf dem platten Land ist. Eine Mauer aus Boxen, drei Meter hoch, eine Gruppe Technoraver direkt an den Boxen und ein ausgeflippter DJ, der lauter Knaller spielt: Speed Kore, French Kore, Industrial Techno. Heavy stuff.

Sabino reicht Stella ein Tütchen grüner Pillen.

»Für dich, Blondie, aber sei vorsichtig, die sind heftig.«

Das von dir zu hören, ist doch lächerlich.

Sie wirft gleich zwei ein und spült sie mit einem warmen, schalen Bier herunter. Sie steigen aus dem Auto und steuern auf die Soundmauer zu. Der Fixer bleibt stehen, schaut Stella an, barfuß und in seiner Kleidung.

»So gefällst du mir wirklich, kleine Punkerin.«

Sie lächelt.

Klar, ab morgen ziehe ich mich nur noch wie eine Punkabbestia an, um sicherzugehen, dass mich niemand mehr anfasst.

Sie stürzt sich in die Menge und beginnt zu tanzen. Die Schmerzen sind verschwunden. Die Bässe in den Ohren, elektrische Entladungen in den Eingeweiden, dieses Gefühl von Leichtigkeit und Benommenheit, das alles, nur um an nichts zu denken.

Nichts kann mich zerstören.

Stella nimmt noch zwei Pillen aus dem Tütchen und steckt sie sich in den Mund. Sie klaut einem an die Box geklebten Raver die Flasche Bier. Trinkt. Schluckt das Zeug runter.

So macht sie weiter, schluckt immer zwei Pillen auf einmal, bis sie die Gesichter, Töne und Körper nicht mehr unterscheiden kann. Ihr wird heiß, sehr heiß, sie schwitzt, ihre Beine zittern. Ihre Lippen sind kalt, eiskalt, und sie schwitzt weiter.

Was passiert?

Vor ihr steht eine hässliche, magersüchtige Frau, bei der beim Tanzen die Knochen knirschen. Stella sieht, wie der Oberarmknochen aus der Schulter herausspringt. Dasselbe mit der Wirbelsäule – beim Hüpfen kann man sie durch das T-Shirt sehen, und es scheint, als würde sie aus dem Körper herausragen.

Scheiße, was ist das für ein Ungeheuer?

Die Frau dreht sich um, und Stella kann jetzt deutlich ihr Gesicht sehen. Ihre Mundwinkel hängen herab, wie ein Lächeln verkehrt herum. Sie trägt ein graues T-Shirt, aus dem die Rippenknochen durchblicken. Die Augen sind nach unten gewandt, und ihr Gesicht scheint das eines Aidskranken im Endstadium, fast ohne Haut, ein Bündel Muskeln und Knochen. An den Mundwinkeln brauner Schorf. Die Frau nähert sich ihr und redet in einem unverständlichen Kauderwelsch.

Was willst du von mir?

Stella fängt an, stark zu zittern. Die Frau ist so nah, dass sie die Spitzen der Knochen auf ihrer Haut spüren kann sowie den Kadavergeruch. Sie redet weiter auf sie ein, wiederholt die Wörter, aber Stella kann den Sinn nicht erkennen.

Vielleicht ist sie der Tod. Er ist gekommen, um mich mitzunehmen.

Stella zittert und schwitzt, ihre Lippen sind gefroren, sie hört auf zu tanzen. Der Schmerz in der Brust ist wie der Stich einer Nadel, er reicht hoch bis zur linken Schulter und strahlt bis in den Arm.

Bin am Sterben.

Sabino, der Fixer, sieht das Mädchen bleich werden und sich schütteln. Er nimmt sie und schleppt sie ins Auto, während sie weiter mit aufgerissenen Augen diese Frau anstarrt.

»Stella, wie viele hast du davon genommen? Ich habe dir doch gesagt, du sollst vorsichtig damit sein, das war Amphetamin, verdammt!«

Sabino legt Stella ins Auto.

Sie schlottert und Schweiß fließt aus ihr, der ihr wie Blut vorkommt. Der Schmerz in der Brust kommt und geht, ein Arm scheint wie gelähmt.

»Hilfe!« schreit sie zitternd, ohne zu wissen, wer neben ihr steht.

Sabino, der Fixer, hebt etwas vom Boden auf.

»In solchen Fällen kann man nur eins machen.«

Er reicht ihr die Spritze, mit der er sich gerade selbst einen Schuss gesetzt hat, und streckt ihren Arm.

»Bitte, sorg dafür, dass ich runterkomme!«, schreit Stella, die das Gefühl hat, dass ihr Herz kurz davor ist zu platzen.

Sabino greift Stellas Arm, streift ein Haargummi von seinem Handgelenk und bindet damit ihren Unterarm ab. Dann, nach zwei gescheiterten Versuchen, steckt er ihr die Nadel in die Vene. Er drückt den Kolben, die Spritze entleert sich. Sie kommt langsam wieder zu sich.

Gott, danke.

Stella spürt ein angenehmes Gefühl, das sich vom Bauch wie ein

Kitzeln im ganzen Körper ausbreitet. Sie ist müde und merkt, wie sie sich einem schwarzen Loch nähert, aber sie lässt sich in diesen Schlund hineinsinken, als fiele sie in eine weiche, unendliche Matratze.

Ja, mir geht's gut …

Sabino sieht, wie Stella die Augen aufreißt, Schaum aus ihrem Mund dringt. Er wird nervös.

»Scheiße, sie hat eine Überdosis!«

Ja, ich genieße …

Sabino fängt an, Stella zu ohrfeigen, die ihre Farbe verliert und auskühlt.

»Komm schon, Stellina, komm, los jetzt … Scheiße … Mist …«

Wie schön …

Er greift Stellas kalte Wangen fest mit den Händen, drückt die Finger kräftig hinein, schaut in diese weit geöffneten starren Augen.

»Komm schon, Stella, hey, komm zu dir!«

Ich schwebe auf einer Wolke.

Sabino schwitzt stark, ist in Panik vor Sorge. Er sieht aus dem Fenster, dann zu Stella, der Schaum aus dem Mund kriecht, die blau, eiskalt wird.

»Verdammte Scheiße, Hiiiilfe!«

Die Blumen im Himmel.

Er legt das rechte Ohr an Stellas Herz. Hört nichts.

»Sie kommt nicht wieder zu sich, diese Scheißtussi.«

Mir geht's gut, es kitzelt, wie schön.

Er ohrfeigt sie nochmals, aber sie bleibt steif und still und furchtbar bläulich.

»Scheiße noch mal, was mach' ich jetzt?«

Ich fliege.

Stellas Lippen sind ganz blau.

»Scheiße, die stirbt jetzt hier in meinem Auto!«

Ohne weiter zu überlegen, macht er den Motor an, fährt zur Hauptstraße und legt Stellas Körper dort auf den Asphalt.

Sie sieht ein blendendweißes Licht und fühlt sich leicht, leicht, körperlos, so leicht, dass sie fliegen kann.

Ja, wie schön, ich fliege …

Ein dumpfes Geräusch. Ein Knall. Hände.

»Sie kommt wieder zu sich«, sagt eine Stimme.

Stella erwacht plötzlich, während eine weiß angezogene Frau sie ohrfeigt.

Wo zum Teufel bin ich?

Sie hängt am Tropf.

Sie sieht verschwommene Lichter. Die Brust, die Rippen, die Beine, alles tut weh.

Sie fühlt verschwitzte Hände in ihrem Nacken. Zwei große Brüste hängen ihr im Gesicht, und zwei warme Arme schließen sich um ihren Hals und ihre Schulter.

»Stella, meine Liebe!«, weint ihre Mutter.

Kann mir jemand einen Scheißspiegel geben, ich muss sehen, wie ich aussehe.

FREUNDINNEN

Tina ist unten vor Stellas Haus, sie beißt sich auf die Lippen, blickt sich um, führt den Finger zur Klingel und zieht ihn dann doch wieder zurück. Sie schaut hinauf zum Fenster, entdeckt Stellas Umriss hinter der Scheibe, die durch das Glas nach draußen schaut, doch der Blick scheint ins Nichts zu gehen.

Sie drückt auf die Klingel. Keine Reaktion. Sie schaut noch mal zu ihr hinauf. Sie steht immer noch an der gleichen Stelle, regungslos. Tina klingelt ein zweites, ein drittes Mal. Es meldet sich eine zittrige, weibliche Stimme.

»Guten Tag, hier ist Tina, Stellas Freundin. Könnten Sie Ihre Tochter bitten runterzukommen?«

»Stella will niemanden sehen«, antwortet Monica.

»Ja, aber es geht um etwas Wicht…«, sie stockt, schnauft. »Entschuldigen Sie, aber ich glaube, ich muss Ihre Tochter um Verzeihung bitten, könnten Sie ihr zumindest sagen, dass ich hier unten bin?«

»Tina, meiner Tochter geht es gut, sie will mit keinem von euch mehr was zu tun haben.«

Tina schlägt sich mit der Faust aufs Knie. Schaut hinauf zum Fenster. Das reglose Mädchen hinter der Scheibe ist dieselbe, mit der sie zusammen verreist und auf Partys und Konzerte gegangen ist, mit der sie lauter gemeinsame Erfahrungen gemacht hat, mit der sie Drogen und Liebschaften geteilt hat, dieselbe, die sie betrogen hat, wegen einer flüchtigen Scheißbegierde. Das Mädchen hinter der Scheibe sieht aus wie Stella, und trotzdem scheint es eine ganz andere Person zu sein.

Na sieh mal einer an, wen haben wir denn da: miese alte Freunde.

Sie hat Tina gesehen, wahrgenommen. Sie sieht genau zur ihr hinunter. Sie rührt sich nicht, zeigt keine Regung, aber sie schaut zu ihr herunter, hat ihre Anwesenheit irgendwie verzeichnet.

Ich geh runter, sorge dafür, dass sie sich beschissen fühlt und komme zurück.

Tina beobachtet, wie Stella sich von der Scheibe entfernt. Sie bläst verärgert die Luft aus, zündet sich eine Zigarette an, klemmt die Haare hinter die Ohren, setzt sich auf den Gehweg. Eine Minute kann sie warten, bis sie entschieden hat, was sie als Nächstes machen will, denn Stella wird sowieso nicht herunterkommen.

Als sie mit der Zigarette fertig ist, erhebt sie sich, will schon gehen, doch jemand hält sie an der Schulter.

»Hey«, sagt Stella, »was machst du hier?«

Tina dreht sich um. Stellas Augen schauen in ihre Richtung, sind aber ganz woanders. Sie sind leblos, die Lider leicht gesunken, der Blick distanziert. Sie spielt mit einem Stück Leder, das sich von der Handtasche gelöst hat. Ihre Finger drehen und wenden und drehen und wenden es.

»Stella, ich wollte dich nur mal wiedersehen.«

Wenn du knapp am Tod vorbeischrammst, erinnern sich die Leute plötzlich, dass du existiert hast.

Stella trägt ein schwarzes, kurzes Kleid, das aber wohl eher eine Art Schlafanzug zu sein scheint, ihre Haare sind etwas durcheinander, aber nicht wirklich zerzaust, die Augen sind ungeschminkt, sonst trägt sie ihre Militärstiefel mit Plateausohle. Unter ihren Augen sind rote Streifen, als ob jemand ihr Gesicht zu stark mit einem Handtuch abgerubbelt hätte. Sie setzt sich etwas widerwillig neben Tina auf den Bordstein, sie wirkt ungeduldig, als wolle sie die Sache schnell hinter sich bringen.

Dann hören wir mal, was sie will.

Tina bewegt die Hand auf Stellas nacktes, dünnes Bein zu, aber langsam, mit unbeholfener Bewegung. Sie sitzt da und wartet. Tina legt die Hand sanft auf Stellas Knie, aber nur fast, es ist mehr ein Streifen als eine richtige Berührung. Stella dreht sich zu ihr um. Ein Zusammenstoß ihrer Blicke. Aber es ist der Kampf zwischen einem Frosch und einem Tiger.

»Hör mal, ich wollte mich entschuldigen, für das, was ich gemacht habe«, sagt Tina.

Stella bleibt kühl.

Weil du mich zum Teufel geschickt hast oder weil du Marco gefickt hast?

»Du hast also davon gehört, ja?«, fragt Stella, als ob sie von irgendeinem beiläufigen Vorfall reden würde.

Die andere senkt den Blick, beugt den Kopf, nickt.

Stella betrachtet Tina: ausgehöhlte Wangen, leicht fettiges Haar, nicht mehr pink sondern mattbraun, in ihrer blassen Visage sind kaum noch Piercings, ihr dünner Körper ist ohne Rundungen, ohne Definition.

Du spielst die Freundin doch nur, weil ich dir leidtue, aber du weißt gar nicht, wie sehr du mir leidtust.

»Jedenfalls, alles in Ordnung, ich hab' mich erholt.«

»Die Sache ist, dass ich mich schuldig gefühlt habe.«

Zu spät. Du hättest dich schuldig fühlen sollen, als du all den Mist verzapft hast. So ist es zu einfach.

»Schuld gibt es nicht«, sagt Stella und starrt ins Leere, »es gibt nur Entscheidungen und Verantwortung.«

»Na, dann sagen wir, dass ich Verantwortung übernehmen und mich für alles entschuldigen will.«

Als ob das für mich irgendeine Rolle spielt, mir geht es ja sicher nicht deinetwegen schlecht.

»Wie lange warst du nicht mehr draußen, Stella?«

»Seit drei Wochen.«

»Und fehlt dir nichts?«

»Mir ist es völlig gleichgültig.«

Ausgehen oder nicht ausgehen. Essen oder nicht essen. Schlafen oder nicht schlafen. Sein oder nicht sein. Ich sehe keine Unterschiede.

»Hör zu, heute findet wieder das Wasser-in-den-Ohren-Festival statt. Diesmal am Strand, in der Nähe vom Parco Perotti, hast du Lust mitzukommen? Ich meine, du und ich, als Freundinnen, ohne alles andere.«

»Keine Ahnung, ohne alles andere scheint mir ein bisschen übertrieben.«

»Ich hab' aufgehört, Stella.«

Sie zeigt keine Reaktion auf das Geständnis ihrer Freundin, erhebt sich nur, geht zur Haustür und drückt auf die Klingel.

»Ich gehe auf ein Konzert.«

»Stella«, antwortet Monica aufgeregt, »oh Gott, wie sollen wir das machen? Sag deiner Freundin, wenn dir etwas passiert, dann bringe ich sie um.«

»Nein, nein, ich gehe mir nur die Beine vertreten, spätestens in einer Stunde bin ich zurück.«

»Meine Güte, Stella, ich mach mir Sorgen, bitte …«

»Ja, ist ja gut, ich hab' gar keine Lust, unter Leuten zu sein, ich gehe ein paar Schritte und komme zurück.«

Stella steigt in Tinas Auto, ein weißer Ford Ka, älteres Modell. Sie fahren durch die Stadt mit ihren rötlichen Lichtern, entlang der inzwischen geschlossenen Läden, beleuchteten Schilder von Bars und Pubs, zwischendrin die Leuchtballons der chinesischen Restaurants, und auf der Straße, den Gehwegen die Proletencliquen und ihr Gebrüll.

All das interessiert mich nicht.

Sie parken in zweiter Reihe. Sie steigen am Parco Perotti aus, eine Wiesenfläche, wo früher ein unerlaubtes Hochhaus gestanden hatte, das schließlich infolge eines Gemeindebeschlusses abgerissen wurde. Es ist ein nüchterner Park, ohne Bäume, ohne andere Pflanzen außer dieser künstlichen Wiese. Sie laufen auf dem Weg zwischen Park und Strand. Man hört die Bässe der Musik. Die Leute laufen kreuz und quer. Hip-Hopper, Gothic, Punkabbestia, Indie-Rocker, mehr oder minder komische Vögel. Stella erkennt kein bekanntes Gesicht.

Sind sie alle zur Vernunft gekommen, die armen Schweine?

»Weißt du, mir gefällt so ein Typ, also echt, er geht auf unsere Uni, vielleicht kennst du ihn ja.«

Stella nickt zerstreut. Sie riecht den Meeresgeruch, die Algen, der Wind peitscht auf ihre Haut.

Ich hab' nie einen interessanten Typ an der Uni gesehen.

»Also, ich hab' keinen Bock mehr auf Gefühle pur, diese Sachen, die du nur mit MDMA oder LSD empfindest, ich hab' keine Lust mehr darauf, auf eine chemische Verbindung für einen Abend, ich will die Dinge so, wie sie wirklich sind, ich bin auf dem Weg, vernünftig zu werden.«

Bis jetzt bist du nämlich nur irgendein Monster.

Tina und Stella nähern sich von der Musik angezogen der Bühne. Es läuft Elektromusik, aber nicht die von den Raves, sondern eher in Richtung Meditation, in Richtung Selbstfindung. Auf der Bühne stehen ein DJ und eine dralle blonde Sängerin in einem roten Overall aus PVC. Stella schaut sie bewundernd an.

Früher hätte ich alles getan, um so eine kennenzulernen.

Stella schließt die Augen, lässt sich von der Musik mitreißen. Ihre Hüften kreisen, beschreiben keine genauen Bahnen, bewegen sich frei im Raum. Tina fängt auch an zu tanzen.

Alles ist so weit entfernt, dass nicht mal das Tanzen irgendwelche Gefühle in mir weckt.

Jemand nähert sich ihnen und beginnt, neben ihnen zu tanzen. Proleten. Einer kommentiert Stellas Bekleidung, ein anderer versucht, sie anzusprechen. Die Reaktion ist immer eine Abfuhr.

Proletenpack.

Während sie tanzt, ohne Drogen, ohne Alkohol im Körper, hört sie das Handy in der Tasche vibrieren. Holt es heraus. Liest die Nachricht: »Wo bist du?«

Stella hört auf zu tanzen, schluckt den Speichel hinunter, der den trockenen Geschmack der Angst hat.

Warum meldet er sich noch bei mir?

»Beim Wasser-in-den-Ohren.«

»Ich auch.«

Ich will dich nicht sehen. Ich will dich nicht sehen. Ich will dich nicht sehen.

»Was hast du? Warum bist du stehen geblieben?«, sagt Tina.

»Nichts, Tina, ich muss weg.«

»Wohin?«, sagt Tina überrascht.

»Nach Hause, ich muss los.«

»Wie, jetzt, es ist schon spät, ich fahre dich, wenn du willst.«

»Nein, ich gehe zu Fuß, sag nichts, ich will weg von hier.«

»Warum?«

Darum, geh mir nicht auf den Sack.

Sie lässt ihre Freundin stehen und geht in entgegengesetzter Richtung der Bühne davon. Tina folgt ihr erst, dann verliert sie sie in der Menge. Stella rennt, presst die Augen zusammen, um das Weinen zurückzuhalten.

Flieh, Stella, flieh.

Das Handy vibriert, spielt *People are strange*.

Geh nicht ran, Stella, geh nicht ran.

Ihr Herzschlag steigt, sie spürt einen plötzlichen Stich im Unterleib, als würde sich ein heftiger Durchfall ankündigen.

Geh nicht ran.

»Ja?«

»Bist du noch auf dem Konzert?«

Sag ihm, dass du gegangen bist.

»Ich bin gerade dabei wegzugehen.«

»Aber du bist noch da?«

Es reicht, beende das Gespräch mitten im Satz. In your face!

»Bin beim Parco Perotti.«

»Ich auch.«

Nein, Stella, nein.

»Wo genau?«

»Neben dem Kiosk mit dem Bier, du?«

Nein, er wird dich nicht haben.

Stella legt auf, schaltet das Handy aus, schließt die Augen und wirft es weit weg wie einen Rugbyball. Sie hört, wie es auf dem Asphalt aufschlägt. Sie geht mit langen Schritten, wirft panische Blicke nach rechts und links. Sie geht zügig am Kiosk vorbei. Geht. Geht. Dann wird sie an der Schulter festgehalten.

Gott, nein.

»Stella.«

Sie dreht sich um. Sieht ihn.

Was will er noch von dir, dieser verdammte Dreckskerl?

Marco stürzt auf sie zu und umarmt sie. Sie fühlt einen Krampf im Darm, sie bleibt steif in dieser Umarmung wie in einem Netz gefangen. Der Geruch von Marcos Schweiß kriecht ihr unter die Haut. Stella fängt an zu schwitzen. Herzrasen, Bauchschmerzen, Krämpfe.

Sie atmet nicht.

Was willst du von mir?

Marco drückt sie stärker, es ist keine tröstliche Umarmung, es ist eine Schlinge. Beide wissen, dass sie aus der Sache nicht herauskommen.

»Ich will, dass du die Wahrheit weißt«, flüstert er ihr ins Ohr, während er seine Arme um ihre drückt.

Was für eine Wahrheit? Deine? Seine? Die seiner dreckigen Scheißfreunde?

»Du bist ein wunderbarer Mensch.«

Er drückt, drückt stark, so stark, dass sie versucht, sich zu widersetzen, aber ohne Erfolg. Er drückt mit ganzer Kraft, dass ihr Arme und Rippen schmerzen.

Er will dich zerbrechen. Er will dich zertrümmern.

»Ich glaube, dass du die ganzen Scheißgeschichten, die dir passiert sind, nicht verdient hast.«

Er drückt weiter. Stella schluckt den sauren Geschmack ihres Speichels und gibt den Widerstand auf.

Erzähl mir nicht diesen Bullshit, Marco, ich will es nicht hören, verdammt.

Marco bringt seine rechte Wange an Stella linke. Bei der Berührung spürt sie eine merkwürdige Feuchtigkeit.

Weint er?

»Ich will nicht, dass du noch mal so leidest, nie mehr.«

Du weißt doch, warum er das sagt, dieser verdammte Wichser, verstehst du nicht, was er vorhat?

»Hör mal gut zu, Stella, ich lie…« Er stockt. »… bewundere dich.«

Er liebt dich nicht, er bewundert dich nicht, er verachtet dich und fertig.

Stella fängt wieder an zu zittern.

»Nein, im Ernst, Stella, ich bewundere dich, du hast so viel Mut wie niemand sonst.«

Der Mut, mich von Männern und Drogen auffressen zu lassen?

»Ich beneide dich, weil du wirklich ein freier Mensch bist, freier als ich. Du hast mich übertroffen, Stella, in allem.«

»Marco, du bist der Meister in diesem Spiel, wer soll ich deiner Meinung nach sein? Ich bin unsicher, das ist alles.«

»Die Sicherheit ist nicht alles«, versucht er die Kontrolle wiederzuerlangen und lockert ein wenig den Druck. »Du bist mir überlegen, was die Substanz betrifft.«

Worauf will er hinaus?

Stella befreit sich, entfernt sich ein paar Schritte, schaut in Marcos glänzende Augen. Die Tränen auf seinem Gesicht.

Du hast ihn immer mit diesen bösen, undurchdringlichen Augen gesehen, und jetzt sind es nur die eines einsamen Kindes.

»Ich brauche dich, Stella.«

Ja, um deine Schulden abzuzahlen.

Sie geht mit weit aufgerissenen Augen rückwärts, als ob er ihr gesagt hätte, dass er sie töten wolle.

»Du darfst keine Angst haben, dich zu verlieren, dich auszuprobieren …«

»Ich hab' mich schon verloren«, unterbricht sie ihn.

Stella spürt den Bauch, der wie ein Herz klopft, und den Schmerz, der den rechten Unterleib durchzuckt.

»Komm heute Abend mit mir, Stella.«

Sie geht weiter zurück, während sie die Hände auf den Bauch drückt, unterhalb des Nabels, um den Schmerz aufzuhalten.

»Nein.«

»Wir nehmen keine Drogen, wir gehen auf eine Party, aber ohne irgendwelche Drogen, ich hab' aufgehört.«

Hast du das heute nicht schon zu oft gehört?

»Ich nicht.«

Marco wirft ihr einen enttäuschten Blick zu und kniet sich dann vor ihr hin: »Ich bitte dich, Stella, bleib bei mir heute Nacht.«

Gottverdammt, Stella, hau ab.

»Marco, lass mich in Ruhe.«

»Ich bitte dich.«

Sie schüttelt den Kopf und schließt die Augen, wie um sich zu zwingen, nicht nachzugeben.

Dann schaut sie ihn mit katzenartigen, boshaften, falschen Augen an.

Diese Nacht wird die letzte sein.

»Ok, Marco, aber ich will Drogen, und zwar große Mengen.«

DIE LETZTE NACHT

»Der einzige Ort, wo du sie bekommen kannst, ist auf der Party.«

Sie machen sich auf den Weg. Marco hat das Auto direkt hinter dem Park abgestellt bei den Gleisen der Bahnstation Parco Sud. Sie steigen ein, er macht den Motor an, und los geht's.

Stella presst noch immer die Hände auf den Bauch.

»Was hast du?«

»Nichts.«

Ich muss auf die Toilette, verdammt!

Die Party ist nicht weit entfernt, nach zehn Minuten sind sie schon da. In diesen zehn Minuten – eisiges Schweigen.

Der Fiesta biegt in eine Landstraße ein, kaum ein Licht in der Umgebung. Ein verlassenes Landhaus am Meer bei San Giorgio, wo die Nigerianerinnen auf den Strich gehen. Die Bässe dröhnen zu ihnen herüber. Eine Reihe Autos steht am Straßenrand, zwischen der Straße und den Klippen.

»Jetzt machen wir es so«, sagt Stella angestrengt, ihre Eingeweide grummeln und stechen. »Du gehst da rein, besorgst MDMA, Speed, Ketamin, Trips, keine Ahnung, was auch immer du findest.

Dann gehen wir aufs Meer und ziehen uns das Zeug zusammen rein, du und ich.«

»Aber, sorry, ich meine, jetzt, wo wir schon hier sind, lass uns mal die Lage checken, wenn wir eine finden, die …«

Die Dreier-Nummer kannst du heute vergessen.

»Nein«, unterbricht ihn Stella, »ich will keine Frau heute Nacht, hast du das verstanden? Niemand anderes, nur du, ich und viele Drogen, Exzess, erinnerst du dich? Wir müssen bis an die Grenzen gehen, wir müssen darüber hinaus. Besorg so viel, wie du kannst. Mal sehen, wo uns das hinführt.«

Vielleicht werden wir den Sinn dieser Geschichte begreifen oder uns das Gehirn endgültig wegpusten.

Sie schaut ihn an.

Marcos Nacken hat eine Gänsehaut, als ob das Gewicht dieser Worte ihn erfasst hätte. Sie sieht etwas in seinen Augen, etwas, das es vorher nicht gab oder vielleicht einmal gab und jetzt nicht mehr gibt. Stellas Augen hingegen sind leer, ausdruckslos, vollkommen schwarz.

Sie wirft ihm einen letzten warnenden Blick zu, sie weiß, dass er, egal was passiert, nie durch ihre Augen wird sehen können, und umgekehrt.

Marco steigt unbeholfen aus dem Auto, stößt mit dem Kopf gegen die Autotür, sein Handy fällt auf den Boden. Er hebt es auf.

»Scheiße, es ist ausgegangen.«

Er versucht, es einzuschalten. Nichts. Er versucht, den Akku rauszunehmen und wieder einzulegen. Nichts.

Oh, wie schade, langsam beginnen auch dir, die Dinge zu misslingen.

»Los, beeil dich«, sagt Stella, »sonst ist nachher schon alles weg.«

Marco geht in Richtung der Party.

Stella verspürt noch immer Stiche in der Magengegend. Sie schaut sich um: Hier und da ziehen ein paar Typen im Auto ihre Lines, aber sie sind alle ziemlich weit entfernt.

Sie steigt aus dem Auto. Es geht eine leichte Meeresbrise, die sich in dunklen, abgeschiedenen Gegenden wie dieser schlicht in Kälte verwandelt. Stella hat eine Gänsehaut.

Perfekt, in diesem Fall kann es das Allheilmittel sein.

Sie geht die Leitplanke entlang. Klettert darüber, hebt ihr Kleid und zieht den Slip runter. Schließt die Augen und beißt die Zähne zusammen. Sie presst so fest, dass ihr Kopf rot anläuft.

Komm schon, dann ist diese nervtötende Sache endlich vorbei.

Sie riecht den Gestank von Algen, spürt den Wind auf den Beinen und verkrampft. Sie kann nicht. Dann das Dröhnen eines Motors, ein Licht, ein Auto.

Nein, verdammt.

Noch ein Auto, und noch eins, und noch eins.

Stella gibt auf, zieht den Tanga hoch und geht zum Auto zurück. Die Knie an der Brust sitzt sie da und seufzt vor Schmerz.

Denk nicht daran, es ist einfach nur Bauchweh und keine Bombe.

Sie ist müde, es wird ungefähr zwei oder drei Uhr nachts sein, und sie hat noch nichts genommen. Die Lider fallen ihr zu.

»Da bin ich wieder.«

Sie öffnet abrupt die Augen.

»Hast du mich erschreckt.«

»Bist du eingepennt? Keine Sorge, jetzt wirst du wieder wach, mit all dem Zeug, das ich mitgebracht habe.«

Das Bauchweh hat sich etwas abgeschwächt.

Sobald du dir eine Line ziehst, wirst du den Bauch nicht mehr spüren.

Marco legt sich einen Trip auf die Zunge und nähert sich Stellas Mund. Diese Angewohnheit, sich die Trips mit der Zunge zu geben, mochte sie immer sehr, fand sie immer aufregend und verrucht. Und so küssen sie sich wie ein echtes Liebespaar, tauschen Speichel und LSD. Sie fühlt sich komisch. Trotz der Weichheit von Marcos Lippen, des Geschmacks, des Geruchs kommt es ihr vor, als ob sie einen Fremden küssen würde.

Er löst sich, legt die Hände aufs Steuer.

»Es gibt noch mehr«, sagt er.

»Hmmm. Was denn?«

»Ich hab' jede Menge besorgt, aber ich würde sagen, wir ziehen jetzt nur eine Line MDMA, und den Rest heben wir fürs nächste Mal auf.«

Ja, sicher, das nächste Mal gehst du mit meiner Zwillingsschwester aus.

»Was hast du noch?«, fragt Stella.

Marco wird langsam ein bisschen nervös, er schafft es nicht, die Situation in den Griff zu bekommen. Er holt alle Tütchen raus. Ein Gramm MDMA, ein Gramm Ketamin, zwei Gramm Speed.

Sie schaut ihn mit gierigen Augen an.

»Heute«, sagt sie, »müssen wir alles aufbrauchen.«

Seine Laune trübt sich, er wirkt ängstlich und erschüttert.

»Bist du verrückt, Stella? Was ist, hattest du etwa Freude an deiner Überdosis? Willst du gleich noch eine haben?«

Stellas Kopf dröhnt, als würde ein Specht unaufhörlich mit seinem Schnabel dagegen klopfen. Sie legt die Hände auf die Stirn.

Ja, ich will heute Nacht mit dir sterben, das ist immer noch besser als die Einsicht, monatelang wegen eines Trottels gelitten zu haben.

»Leg mal irgendeine Line«, sagt Stella.

Marco hält den Atem an, nimmt eine CD vom Armaturenbrett und legt zwei Lines MDMA. Das ist frisch und gut. Man riecht auch von fern den starken, leicht bitteren Geruch.

»Du bist ein Hosenscheißer«, sagt sie.

Marco sieht sie mit großen Augen an. Die kleine Nutte ist dabei ihm die Stirn zu bieten, was erlaubt sie sich? Er ist es, der herausfordert, wie kann sie sich erlauben, seine Position einzunehmen?

Stella bewegt sich nicht, fixiert Marco.

Bist du zum Schwächling mutiert?

Er hat das Gefühl, als bohre sich etwas in ihn, etwas Kaltes auf Brusthöhe. So hat er Stella noch nie erlebt, er erkennt sie nicht wieder, etwas in ihr macht ihm Angst. Stella weiß das, weiß, welche Macht sie hat, und dass diese noch wachsen wird, wenn es ihr gelingt, kalt und distanziert zu bleiben. Er ist fast so weit, sie nach Hause zu bringen, dort abzusetzen und nie wieder zu sehen. Er schließt die Augen, lächelt.

»Wie du willst, Stella, ich sage es nur dir zuliebe, weil du sonst übertreibst, und dann geht es dir schlecht.«

Marco setzt ein fieses Grinsen auf, das gleiche wie bei jenem Mal vor dem alten besetzten Krankenhaus, das Grinsen, das ihr den Kopf verdreht hat.

Vielleicht hat er noch nicht ganz kapiert, dass mit diesen Zähnen das Lächeln nicht seine stärkste Waffe ist.

Er öffnet alle drei Tütchen. Mischt die verschiedenen Substanzen, kreiert ein Triptychon aus Speed, MDMA und Ketamin. Er legt zwei Lines, rollt einen Schein, zieht, dann gibt er es an Stella weiter. Sie zieht auch: das Brennen der Kristalle in der Nase, der bittere Schleim, der den Rachen hinunterfließt.

Reines Dynamit.

»Und jetzt suchen wir mal ein geilen Ort«, sagt sie.

Marco, der den Kopf in den Nacken gelegt und gegen das Rückenpolster gelehnt hatte, um die Wirkung des Stoffes abzuwarten, schaut sie an. Stella spürt seine Angst, sie weiß, dass ihm die Situation aus der Hand gleitet.

Er öffnet die Autotür.

»Lass uns aussteigen und auf die Klippen hier setzen.«

»Nein, zu einfach, ich will weg von hier, versuchen wir, nach Sannormanno zu fahren, schauen wir mal, ob du in diesem Zustand noch fahren kannst.«

So wie an dem Abend, als wir zu Lory und Alberto gefahren sind: alles unter Kontrolle.

»Oder traust du dir nicht zu, jetzt zu fahren, Marco?«

Marco schaut sie gar nicht mehr an. Er denkt, dass er ihr heute Nacht sehr weh tun wird, sehr sehr weh tun. Diese verzogene Nutte, die sich als böses Mädchen aufspielen will.

Er lässt den Motor an. Beschleunigt abrupt. Stella hält sich am Sitz fest. Ihre Pupillen werden größer, sie spürt die Geschwindigkeit im Bauch und lächelt.

Die Straße ist verlassen. Nach etwa einem Kilometer sehen sie den Umriss von jemandem, der den Daumen rausstreckt, am Straßenrand. Marco verlangsamt, um zu schauen, was es ist.

Eine schwarze Frau, groß und mit offensichtlich vergrößerter Brust, in Korsett und Minirock, Sandaletten mit Keilabsatz und zerlaufenem Make-up.

»Nehmen wir die mit?«, fragt er und lacht höhnisch.

Nein, sag nein.

Stella schafft es nicht, rechtzeitig zu verneinen, da hat Marco schon scharf gebremst, so scharf, dass sie fast mit dem Kopf durch die Scheibe geflogen wäre. Sie befürchtet, dass Marco durch diesen

Eindringling wieder Herr der Lage werden könnte, sie spürt die Gefahr, ihm wieder in die Falle zu gehen, wieder mitzuspielen.

»Steig ein.«

Die Frau steigt ins Auto. Ihr Gesicht ist aufgeblasen, ebenso ihre Lippen, die dem Schnabel einer Ente ähneln. Sie ist unglaublich hässlich, trotz ihres aufreizenden Aussehens, und strömt einen üblen Duft aus, eine Mischung von Couscous und Sperma.

Marco schaut Stella an. Sie hat wieder Bauchschmerzen.

Scheiße, nicht mit einer Hure, verdammt.

Stella fühlt ihren Kopf leichter werden, ihre Sicht verschwimmt, die Beine kribbeln.

»Wo willst du hin?«, fragt Marco, während er die Hure im Rückspiegel anschaut.

»Via Brüno Buosì.«

Sie hat einen französischen Akzent, spricht die Wörter undeutlich aus.

Am Ende spricht sie vielleicht nicht mal italienisch, dieses Wrack.

Stella lehnt den Kopf nach hinten, um den Trip, der gerade in ihrem Hirn explodiert, zurückzuhalten. Sie spürt die Schauer, die ihren Körper überkommen, sie muss scheißen und fühlt eine seltsame perverse Lust zwischen den Beinen.

Etwas streift ihren Schenkel.

Was macht er?

Marco hebt ihr Kleid mit der rechten Hand, die linke ist weiter am Lenkrad. Stella schaut ihn an. Er schaut sie an. Jetzt hat er wieder das Heft in der Hand. Er macht das gleiche fiese Grinsen wie zuvor, nur jetzt ist es sicher und lang. Er lässt die Finger zwischen Stellas Schenkel gleiten. Sie erschauert, öffnet ein wenig die Beine, spürt die Wärme.

Was hast du vor mit der da hinten?

Er schiebt den Saum des Tangas von Stella zur Seite, es kitzelt erst angenehm und verwandelt sich dann in echten Genuss. Der Slip saugt sich mit ihren Körpersäften voll. Sie spreizt die Beine, wirft den Kopf nach hinten, beißt sich auf die Lippen.

Die Straße schießt unter ihnen durch.

Stella fängt an zu stöhnen. Marco fährt, ohne die Straße zu sehen, er macht es Stella mit den Fingern und schaut dabei die Hure im Rückspiegel an.

»Komm, das reischt jetzt«, sagt die Hure, »guck nach vorne.«

Er knöpft sich die Hose auf und führt Stellas Hand hinein. Sie umschließt das Glied mit den Fingern. Es ist steif und warm. Sie wird noch feuchter.

Liegt es an der Vorstellung, eine Hure im Auto zu haben, dass du mal eine Latte hast, oder warst du bei der Psychotherapie?

Er fasst Stella an den Haaren und drückt ihren Kopf gegen seinen Schwanz. Während sie sich zu ihm hinunterbeugt, schaut Stella kurz zurück zur Hure. Die ist zu Tode erschrocken. Stella lächelt ihr boshaft zu, bevor sie Marcos Schwanz bis zu den Eiern in den Mund steckt, um ihn zu lutschen, bis er bebt.

»Das reischt, das reischt«, sagt die Hure.

Sie fahren in Bari ein. Es gibt mehr Verkehr auf der Straße, aber Marco lässt Stella da, wo sie ist, lässt sie weiter lutschen und schaut die Hure an. Er weicht den anderen Autos aus. Ein Auge zur Straße, ein Auge zur Hure. Stella lutscht.

»Kommst du mit, Liebe machen?«, fragt er die Hure.

Was für einen Scheiß redet er, dieses Arschloch?

Stella hat Lust, ihm in den Schwanz zu beißen, hält sich aber zurück. Sie unterbricht, ein Speichelstreifen tropft von ihren Lippen herunter und landet wie Gelee auf Marcos Eichel. Er packt sie am Haar und drückt sie wieder gegen sein Glied. Er will, dass sie dieselbe ist wie immer, die, die ihm einen bläst und die Klappe hält, die, mit der man machen kann, was man will, und die trotzdem immer wieder angekrochen kommt. Stella weiß das und fühlt sich wie Dreck.

»Non, non, bitte, lass mich aus«, fordert die Hure aufgeregt.

»Und was, wenn wir dich bezahlen?«

Das Auto erreicht die Via Bruno Buozzi. Stella löst den Kopf aus Marcos Griff und erhebt sich, schaut die Hure an und sagt knurrend:

»Ja, los, komm mit, oder besser: Geh mit ihm.«

Die Hure hält sich am Rückenpolster fest.

»Wie viel willst du?«, fragt er.

»Hundert.«

Stella packt Marco am Handgelenk, drückt fest zu.

Willst du echt so einen Scheiß machen?

Marco starrt Stella an. Dann schnauft er laut.

»Hundert Euro kannst du vergessen«, sagt er und beobachtet die Hure im Rückspiegel, »im Gegenteil, du sollst uns bezahlen, für das Erlebnis, das wir dir bieten: Du weißt nicht, was es bedeutet, mit uns Sex zu haben, du weißt nicht, was du versäumst.«

Die Hure streichelt Stellas Schulter.

»Es tüt mir leid, tüt mir leid für disch«, sagt die Hure, »du arme Ding, tüt mir leid.«

Sie spürt die Berührung dieser Hand auf ihrer Schulter. Für einen Moment ist sie drauf und dran, es sich anders zu überlegen. Von einer Hure zu hören: du armes Ding, tut mir leid, das muss sie erst mal verdauen.

Marco hält das Auto an.

»Steig aus!«, sagt er.

»Noch eine Stück weiter«, sagt die Hure.

»Nein«, sagt er, »jetzt sofort aussteigen!«

»Ja, ja, setz mich hier ab.«

Sie steigt aus. Schlägt die Tür zu. Läuft auf die Überführung zu. Er fährt wieder los.

Stella atmet erleichtert auf. Der Magen knurrt. Sie zündet sich eine Zigarette an.

»Du solltest aufpassen, so bekommt man Krankheiten.«

»Nein, nicht unter Frauen, ich hab' mich informiert.«

Ah ja, wir Frauen sind also dagegen immun?

»Sie war nicht schön.«

»Ja, stimmt, aber die Situation war spannend, und außerdem haben wir ihr eine einmalige Gelegenheit angeboten, wann wird ihr so was wieder passieren?«

»Leider wollte sie nicht davon profitieren«, antwortet Stella zerknirscht.

Das Auto gerät ins Schleudern, und Marco fährt rechts an den Straßenrand.

»Ich bin so drauf, Stella, ich schaffe es nicht mehr zu fahren, wo gehen wir hin?

»Wir gehen ans Meer, in Sannormanno.«

Er reibt sich die Augen, ist verschwitzt, blass.

»Nein, Stella, beim besten Willen, aber ich schaffe es nicht, bis dahin zu fahren.«

»Lass uns noch ein Triptychon machen, los, ich fahre.«

Fahr seinen Wagen zu Schrott.

Marco macht Stielaugen und schüttelt angespannt den Kopf.

»Hör mal, wir gehen, wohin du willst, aber ich fahre.«

»Aber leg drei dicke Lines, ja?«

Und scheiß aufs Risiko.

Er ist verärgert. Er legt drei Lines, länger als die zuvor. Schein. Nase. Ziehen. Beide werfen den Kopf nach hinten.

Sie hat schon wieder das üble Gefühl im Darm. Kolitis. Durchfall.

Scheiße.

Stella sieht, dass Marco sehr dicht ist. Sie weiß, was er will. Er will bestimmt noch etwas Verrücktes mit ihr tun, etwas, das er seine Freundin nie fragen würde.

»Der Grund ist, dass ich Extremsituationen mag«, sagt Marco »wir müssen das Unmögliche herausfordern, wir müssen zusammen die ganze Welt ficken.«

Los geht's, da sind die ersten Anzeichen geistiger Gestörtheit, du hast ihm zu viele Drogen verabreicht. Gott, mein Bauch.

»Alles in allem sind es extreme Sachen, wir mögen so extreme Sachen«, sagt er weiter.

Extremer als das ist nur eins.

»Glaubst du, es gibt eine Grenze für die menschliche Perversion?«, fragt sie und presst ihre Hand unterhalb des Nabels auf den Bauch.

»Ich glaube, es gibt keine Grenze, man kann immer darüber hinaus.«

Stella drückt sich mit beiden Händen auf den Bauch und kauert sich zusammen.

»Du hast mich immer erschreckt, weil es mit dir keine Grenzen gibt. Ich kann nicht mehr so leben. Verstehst du das? Dass es mir schlecht geht? Ich weiß nicht, ob ich das, was ich tue, wirklich will, oder ob es mir nur passiert. So kommt man irgendwann auf den Tod.«

»Du musst dich nur daran gewöhnen.«

Einen Scheiß werde ich tun! Gewöhn du dich daran, dich vergewaltigen zu lassen.

Stella versucht, wieder zu sich zu kommen. Krämpfe. Die kommen und gehen.

»Na dann, weißt du, was ich dazu sage? Fahr mit Vollgas bis Sannormanno durch.«

Marco starrt Stella an, die Augen weit aufgerissen.

»Was bitte?«

»Was gibt es Extremeres als den Tod? Wir müssen dem Tod entgegentreten. Für mich ist der Tod der stärkste Orgasmus. Du sagst immer, du würdest keine andere wie mich finden, all diese schönen Sachen, stell dir mal vor, wie schön es wäre, wenn wir zusammen sterben, jetzt!«

»Ja, aber ich will leben.«

»Rase, Marco«, schreit sie, »zeig mir, dass du dazu fähig bist, rase.«

Die Bauchschmerzen kommen und gehen. Stella ist eigentlich zu high, um zu verstehen, was wirklich passiert.

Marco kommt nicht bis Sannormanno, sondern hält beim ersten Parkplatz am Meer, den er sieht. Sie ziehen noch eine Line, noch eine und noch eine weitere. Sie ziehen alles weg. Sie sind so zugedröhnt, dass sie kaum sprechen können. Sie steigen aus dem Auto.

Der Himmel ist nicht mehr so dunkel, es fängt an zu dämmern.

Stella geht aufs Meer zu. Über diese Scheißklippen zu laufen, im Ketamin-, MDMA-, LSD-Rausch, ist ein titanisches Unterfangen. Stella setzt einen Fuß in eine etwas größere Vertiefung und fällt auf den Arsch. Sie verschrammt sich den Schenkel und die rechte Arschbacke. An der Handfläche klebt Blut. Sie spürt einen starken Stich im Darm.

Gott, besorg mir eine Toilette, verdammt noch mal!

Marco kommt zu ihr. Hilft ihr auf. Schaut sie an: Blut von den Hüften bis zu den Füßen, diesen Fixerblick, der ins Nirgendwo geht, das zerrissene Kleid. Er versucht, ihr beim Gehen zu helfen, guckt sie an, als wollte er fragen: Geht's dir gut? Sie antwortet mit einem hasserfüllten Blick, befreit sich mit einem kleinen Schubser aus seinem Griff um ihre Hüften.

Lass mich erst mal aufstehen, bevor du anfängst, mich zu begrapschen.

Marco ist wütend, packt Stella mit Gewalt an den Hüften, genau an der Stelle, auf die sie eben gefallen ist.

»Au!«, schreit sie.

Stella, verteidige dich.

Sie windet sich heraus, er greift sie wieder an derselben Stelle und wirft sie auf die Felsen. Sie schlägt mit dem Kopf und der rechten Seite auf, ihr rechtes Bein brennt, und sie spürt, wie die Flüssigkeiten im Magen auf und ab gluckern.

»Siehst du?«, schreit er. »Scheiße noch mal haben wir uns abgeschossen, und hier sind wir, du und ich, lebendig wie eh und je.«

Stella starrt ihm in die Augen und versteht, dass irgendwas nicht stimmt, irgendetwas in ihrem Plan schiefgelaufen ist.

Sie krabbelt auf allen vieren über die Klippen, klammert sich mit den brennenden Händen an den Felsen fest. Erreicht eine Grenze, einen Abhang. Ihr ist plötzlich kalt. Der Wellenschlag. Seewind. Salz. Sie sieht hinab.

Ein paar Meter werden es schon sein.

Wellen, Schaum, Klatschen. Sie schaut sich um.

Marco.

Er kommt näher.

Sie überlegt, ins Wasser zu springen.

Ja, Stella, spring ins Wasser, dann kannst du sicher sein, dass diese Geschichte ein Ende nimmt.

Marco hat sie eingeholt.

»Wo willst du hin?«

Stella schaut sich um. Die Farben fangen an, die Finsternis zu durchdringen. Ein blauer und erdbeerroter Streifen wurde an den Himmel gesprüht.

Ok. Jetzt beruhige dich mal. Ihr seid nur wie wahnsinnig auf Droge, das geht vorbei. Es ist nur Angst, das geht vorbei.

»Marco, warte, lass mich erklären.«

Er kommt näher.

»Küss mich.«

Stella weiß nicht, was geschieht. Sie muss kacken, ihr geht es schlecht. Ihr Magen krampft sich zusammen, und der Darm rumort. Eine Träne rinnt ihr über die Wange, die Marco vorgibt, nicht zu sehen.

Er setzt sich auf eine Klippe. Sieht ihre nackten, zerkratzten Schenkel, das zerrissene Kleid. Sein Schwanz wird steif, und er nimmt ihn in die Hand.

»Los, Stella, komm her, küss mich.«

Stella schaut zu Marco, und allmählich sieht sie ihn wieder so wie an jenem Abend bei Alberto und Lory: ein krummer Zwerg, mit gelblichen Zähnen und dem Grinsen eines Hobbits. Ein Hobbit mit dem Schwanz in der Hand. Allmählich, während sie sich nähert, sieht sie ihn immer klarer: ein Armleuchter, ein Loser, der sich nicht auf seinen Beinen halten kann, einer, der gern den Bösen geben will, aber nicht bösartig genug ist.

Komm schon, mach etwas Gemeines, vielleicht erregst du mich.

Stella steht Marco gegenüber. Er nimmt ihre Hand und führt sie zu seinem Schwanz.

»Küss mich, küss mich, küss mir den Schwanz.«

Er drückt ihren Kopf mit der Handfläche herunter, Stella hält sich so stark den Bauch, dass die Nägel sich in die Haut graben.

Was für Bauchweh, um Himmels willen.

Sie öffnet die Lippen, versucht, gegen das Ekelgefühl im Bauch anzukämpfen. Ihr Mund ist vom Speichel verklebt. Marco schiebt ihr seinen Schwanz bis zum Rachen hinein. Stella fühlt dieses große Stück Fleisch in sie einbrechen, ihren Mund ausfüllen. Er drückt es weiter, mit aller Kraft.

»Komm, lutsch ihn, lass ihn nicht schlaff werden«, schreit er.

Bei all den Drogen, die wir genommen haben, bräuchte man dafür, wie ich dich kenne, ein Wunder.

Stella versucht, sich mit allen Mitteln zu überzeugen, dass der Marco, dem sie gerade einen bläst, derselbe ist, mit dem sie all diese absurden Erfahrungen gemacht hat, dass er ihr Herr ist, dass er der Bösewicht ihrer Geschichte ist, aber sie schafft es nicht mehr, ihn so zu sehen. Sie empfindet etwas Ähnliches wie das, was sie bei Donato gefühlt hat, als sie gerade Marco kennengelernt hatte, eine Emotion, die einer Rose ähnelt, die schwarz wird und langsam stirbt. Sie weiß, dass sich etwas in ihr gerade verändert, und selbst ihm einen zu blasen, ist auf einmal widerlich.

Sie bemüht sich, es so hart zu machen, wie sie kann, aber die Bauchkrämpfe kommen immer wieder, und sie beginnt zu wimmern.

»Lutsch, ja, komm schon, du Sau, nimm ihn ganz in den Mund.«

Stella hat das Gefühl zu ersticken, sie bekommt keine Luft. Er hält ihr die Nase zu und schiebt ihr den Schwanz hinunter bis zum Hals. Stella spürt die faltige Haut und die Sackhaare an ihren Lippen.

Sie hat das Gefühl, dass etwas aus dem Magen hochsteigt – ein starker Brechreiz.

Ich kann nicht mehr.

Sie kotzt auf Marcos Glied. Er hebt ihr Gesicht. Es ist voller Tränen und Erbrochenem, ihre Augen glänzen wie die des Opfers.

Er legt sie mit dem Bauch auf den Felsen, reißt ihr den Slip ab. Er spreizt ihr den Arsch mit den Fingern.

»Nein, Marco«, bettelt Stella, »bitte, mir geht's nicht gut, ich hab' Bauchschmerzen, ich bitte dich, nein.«

Er schaut sie mit strengen Augen an, den grausamen, unbarmherzigen Augen des Jägers. Befeuchtet einen Finger mit Speichel und steckt ihn ihr in den Arsch. Sie presst die Backen zusammen, Marco onaniert kurz, dann steckt er seinen Schwanz hinein.

Stella schreit.

»Komm, ja, schrei nur, Schlampe«, sagt er, während er hart zustößt, bis er das ganze Ding eingeführt hat.

Sie fühlt sich überschwemmt, vielleicht ist es Blut, der Bauch brennt höllisch, und sie hat dieses dicke, steife Ding im Rektum, das ihr alles umkrempelt.

»Wie viele Männer haben ihn dir schon in den Arsch gesteckt, hä? Wie viele? Schlampe! Das ist es, was du bist, eine Schlampe!«, ruft er und zieht sie an den Haaren zu sich heran.

Stella durchlebt die Nacht in der Garage des Glatzkopfs noch einmal, sie fühlt, wie ihr der Darm weggerissen wird. Sie gehört ihm nicht, es gibt zu viel Dreck zwischen ihnen, egal was Marco noch tut, nichts kann diesen ganzen Dreck auslöschen.

Auf einmal verliert Stella die Kontrolle. Die Schmerzen in ihrem Bauch sind so heftig, als würde eine Blase platzen, sie spürt, dass sie es nicht mehr zurückhalten kann.

»Hör auf, Marco, es tut weh«, schreit sie.

Marco spürt ein unangenehmes Gefühl an seinem Schwanz, etwas blockiert das Eindringen.

Scheiße!

Schnell zieht er den Schwanz raus. Sie wirft sich auf den Boden, tränenüberströmt, vom Schmerz überwältigt, während das Blut und der Kot aus ihr herausspritzt. Er starrt auf seine scheißeverschmierte Eichel. Gestank.

»Ekelhaft«, sagt Marco und schaut noch immer auf seinen Schwanz.

Stella richtet sich auf, sie ist von Blut, Sperma und Kot befleckt.

»Ich hab' dir doch gesagt, dass es mir schlecht geht, warum lässt du mich nicht in Ruhe.« Sie tritt ihm in den Rücken.

Marco macht einen Ausfallschritt, um nicht umzufallen. Stella fletscht die Zähne und gibt ihm einen Stoß gegen die Hüfte. Er verliert das Gleichgewicht, gewinnt es aber zurück. Sie kann ihm noch einen Stoß geben, entschlossener, damit er hinunterfällt, oder ihm eine Hand auf die Schulter legen und verzeihen, wie sie es schon so oft getan hat, sich weiter mit ihm treffen, bis das Feuer, das sie vereint hat, endgültig erloschen ist. Von ihm wird nichts zurückbleiben als ein paar zerbrechliche, verschwommene Erinnerungen, aber er wird sie immer vor Augen haben, diese Nacht, diese Morgendämmerung und dieses Stück Scheiße, das sie in diesem Moment verkörpert.

Ein schönes Bild, nicht wahr?

Die Zeit bleibt stehen. Alle Dinge stehen still. Sie muss sie nur wieder anschieben. Sie muss sich nur dazu entscheiden, aber es steht ihr frei, es zu tun, daran glaubt sie.

Na los, zieh ihn hoch und geh nach Hause, setz dich aufs Klo, das hast du dringend nötig, und dann nimm eine Dusche, früher oder später wird alles vorbeigehen.

Stella spürt den Druck dieser Entscheidung auf ihrem Kopf lasten wie etwas, das sie sich vielleicht nicht verzeihen wird, in dem einen oder in dem anderen Fall wird sie gezwungen sein, mit dem zu leben, was sie jetzt entscheidet.

Das heißt, egal, was ich mache, ich bin am Arsch. Großartig.

Die Welt beginnt, sich weiterzudrehen. Marco kommt wieder zu Kräften, er hat Tränen in den Augen. Er umschließt ihre Hände mit seinen.

»Kommst du, Sternchen? Genug, lass uns zu mir nach Hause gehen.«

Klar, natürlich, vielleicht binde ich mir die Kochschürze um und wir frühstücken zusammen wie ein süßes Pärchen.

Stella drückt Marcos Hände, drückt sie so fest, dass sie fühlen kann, wie sie ihm das Blut abschnürt. Er lächelt, sie nähert sich mit ihren Lippen seinem Hals, streift mit den Lippen hauchzart über seine Haut. Er umarmt sie.

Du bist niemand mehr.

Sie schreit ein lautes »Nein«, lässt Marcos Hände los und stößt gegen seine Schultern, um ihn hinunterzuschubsen. Er hält dagegen, um nicht zu fallen. Er fasst sie an den Handgelenken.

»Spinnst du?«

Stella fletscht die Zähne und stellt ihm ein Bein. Marco quetscht ihre Handgelenke. Stella stößt mit aller Kraft, tritt nach ihm, schlägt gegen seine Brust, beißt ihm in die Hände, er lässt sie los, sie stößt, so stark sie kann.

Ein Stein rollt hinunter und klatscht auf die Wasseroberfläche, Marco verliert das Gleichgewicht. Sie schreit, so laut sie kann.

Es geschieht etwas Titanisches, oder du hast einfach nur ein Mittel gegen die Kolitis gefunden.

Sie ist dort und sieht ihn fallen, auf das Wasser klatschen, mit den Armen rudern und um Hilfe rufen: »Hilfe, Hilfe! Stella, ich bitte dich, hilf mir«, brüllt Marco vom Wasser hinauf.

Er schafft es nicht zu schwimmen. Er kneift die Augen zu, das Wasser zieht ihn in einen Strudel, dass er kopfüber untergeht wie ein Stein. Stella findet, dass er einer Robbe ähnelt, so, wie er mit den Armen wedelt. Sie bewegt sich nicht. Kann nicht sagen, ob die Szene, die sie gerade erlebt, real ist. Es kommt ihr wie ein Flash vor, eine Fata Morgana des Trips, eine Einbildung.

Gleich öffnest du die Augen, und ihr sitzt noch immer im Auto und zieht eine Line nach der anderen.

In einem Augenblick sieht sie ihre erste Begegnung, und es ist so, als würde sie diesen Geruch riechen wie ein Minzparfüm, das sich in der Luft ausbreitet und, indem es sich über die Dinge legt, den Schmutz bedeckt, Marcos Geruch, der sie verrückt gemacht hat. Sie erinnert sich an das Brennen der Zigarette auf ihrem Rücken. Sie erinnert sich an das Stechen in der Brust, in der Nacht, in der sie glaubte, dass sie zusammen nach Berlin abhauen würden.

Sie drückt sich die Hand gegen die Brust, während sie die Blase im Wasser beobachtet, wie ein schwarzes Loch im Universum. Um Stella steht es nicht schlecht, aber auch nicht gut, sie steht weder auf dieser noch auf jener Seite, sie ist überall.

Sie spürt nicht die Feuchte der Tränen, die ihre Wangen hinabrinnen, sie spürt nicht das Rascheln des Windes, sie schmeckt nicht den bitteren Geschmack von all den Drogen, die sie sich reingezogen hat. Was sie wahrnimmt, ist dieser Minzgeruch, die blaue Farbe von Marcos Augen, wenn sie sich in ihren nackten Körper bohren, seine zugedröhnte Stimme, die ihr zuflüstert: »Wir müssen mehr machen, darüber hinausgehen.«

Und hier sind wir, Marco, jenseits, wie du es wolltest.

Stella bemerkt in diesem Moment, dass dieser Marco, der »Würdest du mit mir abhauen« geschrieben hat, der ihren Rücken mit Brandzeichen versengt hat, der auf jeder Party mitten aus der Menschenmenge auftauchte, der sie weit fortführte von dieser Welt, der sie mit einem Blick dazu bringen konnte, das zu tun, was er wollte, der, von dem sie überzeugt war, in ihn verliebt zu sein, dieser Marco treibt nicht tot übers Wasser, diesen Marco hat es nie gegeben.

Und du hast nie jemanden umgebracht.

Stella schaut auf den treibenden Körper eines Mannes, den sie vorgibt, nicht zu kennen. Aber für einen Augenblick sieht sie ihren eigenen Körper im Wasser, die blonden Haare fließen frei zwischen den Wellen und dem zerrissenen Kleid, der weißen Haut und den abgeschabten Militärstiefeln.

Stella dreht diesem Bild den Rücken zu und beginnt zu laufen. Sie läuft, bis sie nicht mehr kann, sie keucht, erreicht die Straße und läuft weiter.

Sie bleibt nicht stehen, bis nicht die allerletzte Kraft aufgebraucht ist. Dann stützt sie sich an einer Mauer ab, verschwitzt, die Wunden noch immer deutlich zu erkennen. Sie hört das Dröhnen der Autos, die vorbeirasen. In der Ferne sieht sie die Bushaltestelle. Wenn sie es bis dahin schafft, wird sie nach Hause gehen, wird schlafen, und beim Aufwachen wird ihr alles nur noch wie ein schlechter Film vorkommen. Sie muss nach Hause kommen und alles vergessen. Ihr ist heiß und kalt, sie zittert und schwitzt.

Sie heftet den Blick auf den Asphalt und sieht ihren eigenen Schatten hinter ihren Schritten verschwinden.

STRAUB, ISABELLA
Südbalkon
Roman
254 Seiten
Gebunden
ISBN 978-3-351-05002-3
Auch als E-Book erhältlich

Das Leben ist kein Südbalkon

»Man sieht es einem Gebäude nicht an, wenn darin ausführlich gelitten wird.«
Ruth tut, was der Rest der Gesellschaft sich wünscht: Nichts. Sie hat keinen Job, keine Kinder, nur einen Freund, für den sie das Flittchen spielt, bevor er wieder hinter dem Computer verschwindet. Ruth ist Außenseiterin, aber gerade weil sie nicht am normalen Leben teilnimmt, kann sie uns alles darüber erzählen. Voll Sehnsucht und Abscheu zugleich schaut sie in die Wohnungen der anderen, verabredet sich zum Kaffee aus Kostengründen in Möbelgeschäften, trifft sich zum Rendezvous im Küchenstudio und beobachtet zur Ermunterung Kranke vor der Klinik. In der modernen Stadt mit der allgemein zur Schau getragenen Happyness findet sie einfach keinen Platz. Bis sie Pawel begegnet.

»Dieser Autorin fällt wirklich was ein!« BURKHARD MÜLLER, SÜDDEUTSCHE ZEITUNG

Mehr Informationen erhalten Sie unter www.blumenbar.de oder in Ihrer Buchhandlung

Blumenbar

Stephanie Gleißner
EINEN SOLCHEN
HIMMEL IM
KOPF
aufbau
Roman

STEPHANIE GLEISSNER
Einen solchen Himmel im Kopf
Roman
224 Seiten. Gebunden
ISBN 978-3-351-03506-8

Eine Heilige im Hinterland

Nach langer Zeit ist Annemut wieder bei ihren Eltern zu Besuch im Hinterland. Tatsächlich aber kommt sie wegen Johanna. Die kluge, schöne, unnahbare Johanna war ihre beste Freundin, das einzige Mädchen, das den pöbelnden Jungs Respekt einflößte. Heute arbeitet sie für die örtliche Krankenkasse und redet Annemut einsilbig mit »Frau Murr« an. Was ist nur aus Johanna geworden? Annemut erinnert sich an den Sommer im Gartenhaus, an Ausgeh-Nächte und jene Morgendämmerung, in der sie zusahen, wie die Pension Malinowski niederbrannte. Ohne Erklärung hatte Johanna damals ihr bisheriges Leben und ihre Freundschaft aufgegeben. Annemut will endlich wissen, was wirklich geschah.

Mehr Informationen erhalten Sie unter www.aufbau-verlag.de
oder in Ihrer Buchhandlung

aufbau